O Segredo de Indie

Direção editorial: **Flávio Machado**
Coordenadora editorial: **Erika Alonso**
Tradução: **Yma Vick**
Capa: **Júlia Machado**
Projeto gráfico e editoração: **Ricardo Brito | Estúdio Design do Livro**
Produtor gráfico: **Vitor Alcalde L. Machado**
Preparação: **Maria Isabel Diniz Ferrazoli**
Revisão: **Fernanda A. Umile**

Ficha catalográfica elaborada por
Lucilene Bernardes Longo – CRB-8/2082

Taylor, Tara.
O segredo de Indie / Tara Taylor e Lorna Schultz Nicholson ; tradução Yma Vick. – São Paulo : Butterfly Editora, 2015.
296 p.

ISBN 978-85-68674-01-7

1. Literatura canadense 2. Novela juvenil I. Nicholson, Lorna Schultz II. Wick, Yma III. Título

CDD-819.2

Butterfly Editora Ltda.
Rua Atuaí, 389
Vila Esperança/Penha
CEP 03646-000 – São Paulo – SP
Fone: (0xx11) 2684-6000
www.flyed.com.br | flyed@flyed.com.br

Impresso no Brasil:
Corprint Gráfica e Editora Ltda.

1-2-15-5.000

TARA TAYLOR
&
LORNA SCHULTZ NICHOLSON

O Segredo de Indie

Tradução
YMA VICK

BUTTERFLY
EDITORA
São Paulo – 2015

CONFORME NOVO ACORDO ORTOGRÁFICO

agradecimentos

Tara

Primeiramente quero agradecer ao Plano Divino e a todas as pessoas, vivas ou que já se foram, que passaram pela minha vida. Cada uma foi uma bênção e uma grande fonte de aprendizado. Expresso também minha gratidão por todos os clientes que tive ao longo desses anos, que me permitiram viver a paixão de ajudar e servir neste mundo. Agradeço também à editora Hay House, à sua equipe de arte e à fabulosa equipe editorial. Agradecimento especial à Sally Mason por seu árduo trabalho e por partilhar seu carinho pela Great White North; à Laura Koch, por me receber tão bem quando cheguei à Nova Iorque, e à Patty Gift, por ser uma verdadeira luz. Agradeço também a meus maravilhosos pais, a quem amo com toda a força de meu ser. Vocês me ensinaram a ser forte, independentemente do que possa acontecer, a perdoar sempre e também a entender que o amor conquista a tudo e a todos. Obrigada também, meu grande irmão, que sempre me deu apoio e proteção. Pat Armstrong, meu anjo na Terra, que me colocou sob suas asas. Meu carinho por você é imenso. E também por minha amiga Peggy McColl, uma fonte de inspiração. Obrigada, Peg, por acreditar em mim e por seu grande trabalho. Expresso meu amor e gratidão por Angie, Erin, Natty, Jen, Mega, Wild D., Lee Ann, Krystal, Shauna e Emily, que me deram apoio durante todos esses anos. Ao amor de minha vida, Jeff. Agradeço a você por todo o amor, apoio incondicional e por me manter concentrada e forte quando mais precisei. Agradeço muito a Tom e à Bev, por criarem tão bem seu maravilhoso filho e também pelo grande apoio que me deram. E à minha querida mentora, Cindy. Sinto todos os dias sua presença, me ajudando a crescer e a desenvolver cada vez mais minha intuição. Você sempre me deu aquele empurrãozinho nos momentos em que eu mais precisava (e continua a me dar).

Ao final dos agradecimentos, não deixo de lembrar com carinho e lágrimas de emoção minha coautora, Lorna. Parece até que foi ontem que você me recebeu de braços e coração abertos. Sinto que já a conheço há muito tempo (há muitas vidas, com certeza). A você, Bob, e seus maravilhosos filhos, Mandi, MJ e Grant, que me fizeram sentir em casa na cidade de Calgarary, assim que eu cheguei, sem conhecer o lugar ou as pessoas. Serei eternamente grata pelos momentos de amor e alegria com vocês, que me fizeram sentir como um membro da família. E depois de algum tempo descobrimos o que o Plano Divino havia reservado para nós. Tenho muito orgulho de trabalhar com pessoas de tanto talento e que me ofereceram tão calorosa amizade. Não conseguiria me imaginar tendo essa experiência maravilhosa com quem quer que seja além de vocês, as almas mais belas que já encontrei. Adoro todos, incondicionalmente. Contem com minha amizade e lealdade para sempre!

Agradeço também a todos os leitores e desejo que esta série os inspire a conhecer e a desenvolver sua intuição.

Lorna

Meu primeiro e maior agradecimento é para Tara Taylor, que carinhosamente abriu as portas de seu passado e me permitiu entrar. Contou, sem hesitar, todas as suas histórias, e me forneceu fotografias que ajudaram a visualizar e a criar a imagem da personagem Índigo. Esteve disponível em todos os momentos em que a procurei e soube respeitar aqueles em que eu precisava estar sozinha para escrever. Eu demorava, às vezes, semanas para aparecer, mas ela me aguardava pacientemente. Tara é altamente intuitiva e ajuda muitas pessoas a compreender como funciona e se manifesta esse dom. É uma pessoa muito generosa que trata a todos com carinho. Fico muito honrada por ter me escolhido para escrever um romance sobre sua vida. Mesmo que isso signifique (e é a mais pura verdade) que agora eu também esteja me comunicando com pessoas que já faleceram! Não é uma coisa maluca?

Agradeço também à equipe editorial da Hay House por seu trabalho de marketing tão eficiente. E à Peggy McColl, por ajudar com a assinatura do contrato. O que seria de um autor sem um grupo de apoio como esse? Patty, Jackie, Kath, Andrea e Joan são a melhor equipe que eu poderia imaginar. Apesar de uma parte de nós morar no Canadá e outra nos Estados Unidos, estamos todas sempre conectadas pelo espírito da autoria. Admiro a essas mulheres por seu talento para a escrita, por seus grandes conselhos sobre a área editorial e, principalmente, pelos momentos de descontração, risos e demonstração de amizade de que desfrutamos. E também agradeço muito à minha família. Brenda, minha irmã, que embora não tenha participado diretamente na composição deste livro, leu muitos de meus trabalhos quando tudo ainda era um sonho em minha carreira de escritora. Jamais tive chance de lhe agradecer de verdade. Seu apoio sempre foi muito importante para mim.

Não posso deixar de agradecer às minhas filhas, Mandi e Marijean, que leram e opinaram sobre este romance desde as primeiras páginas, fornecendo valiosas informações sobre a linguagem e a forma de pensar dos adolescentes. E a meu filho, Grant, que estava morando comigo durante meu processo de criação. Sei que não lhe ofereci uma alimentação tão boa ou saudável durante esse período. Peço desculpas.

E a meu marido, Bob, companheiro há vinte e quatro anos (que, como meu filho, tem o mesmo hábito de comer o que sobrou das refeições do dia anterior). Devo demais a ele, pois me dá o espaço de que preciso para escrever, massageia meus ombros e ainda me traz café, sem reclamar quando eu pulo da cama de repente, no meio da madrugada, cada vez que tenho uma boa ideia e quero dividir com ele antes de correr para o computador.

E a você, amigo leitor: agradeço por ler o que escrevo.

sumário

PARTE 1
setembro de 1997
página 11

PARTE 2
outubro de 1997
página 131

PARTE 3
março de 1998
página 229

perguntas e respostas
página 281

PARTE 1

setembro de 1997

capítulo 1

De repente minha mente se esvaziou, e eu comecei a enxergar tudo branco. "Não, por favor, de novo, não", pensei. A palheta caiu da minha mão, e não consegui me abaixar para pegá-la. Meu corpo ficou paralisado. A velha guitarra de meu pai agora parecia um bloco de gelo no meu colo, fria e pesada. Então tudo começou a girar. Era sempre assim: minha mente se esvaziava, eu sentia um frio terrível e em seguida tudo ao meu redor ficava girando, como se eu estivesse presa em uma imensa roda-gigante, sem poder sair. "Não, não quero ver. Não quero ter isso de novo. E se for alguma coisa ruim?"

Tudo girava sem parar. Fechei os olhos bem apertados e contraí o rosto até ele ficar parecido com uma uva-passa. Respirei fundo, pela barriga, para ver se conseguia evitar ou pelo menos diminuir aquela sensação horrível. Mas não funcionou. O imenso redemoinho foi me sugando para dentro de um túnel. Eu não tinha como controlar a situação. Fui deslizando. Aquilo parecia não ter fim. Até que, de repente, parou. Lá estava eu, então, no lugar em que não queria estar; no lugar em que tentava ao máximo evitar. Contra a minha vontade, olhei através de algo que lembrava uma lente telescópica para dentro de uma espécie de aquário sem peixes. Não, com certeza a intenção não era me mostrar belos peixinhos. Eu estava tendo uma visão. E nela havia duas pessoas: Burke Brown, o melhor jogador de hóquei do colégio e namorado de Lacey, minha melhor amiga, e uma garota. Mas eu não conseguia identificá-la. Estava de costas para mim. Não era Lacey. Ele sorria e a abraçava. Algo me dizia que era uma das meninas da nossa classe. Usava uma minissaia preta, justa, e uma camiseta turquesa que a deixava *sexy*. Os dois foram se aproximando mais, e ela passou os braços ao redor do pescoço dele e ficou nas pontas dos pés. A barra de sua camiseta escapou de dentro da saia e subiu, a ponto de revelar uma pequena borboleta tatuada nas costas. Os dois se beijaram ardentemente, e o calor da energia deles se espalhou ao redor. Cheguei a ver pequenas faíscas acima de suas cabeças e ouvir até o barulho delas. E tudo em 3-D, como se eu estivesse escondida ali, espionando os dois. Não era algo que eu devesse ver. Mas estava vendo. Queria me virar, sair dali, mas não conseguia me mexer. De tanto ter aquelas visões, eu já sabia que vinham sempre ricas em detalhes, com imagens em 360 graus. O beijo terminou, e a garota se virou e olhou em minha direção com seus cílios longos e sensuais e o batom manchado ao redor da boca. "Ah, meu Deus." Não podia ser. Mas era. Amber McKinnon, a maior inimiga de Lacey. A visão foi esmaecendo, e, por um instante, ficou tudo branco novamente. Então eu estava de volta ao meu quarto de paredes roxas e móveis pretos, com a guitarra no colo. O frio havia passado, e minha visão tinha voltado ao normal. Mas as imagens gritavam, vivas em minha mente. Coloquei as mãos no rosto e comecei a tremer. Minha cabeça começou a doer violentamente, e eu fui esfregando a mão na testa, tentando fazer melhorar. Pelo menos eu não tinha visto alguém morrendo. "Deixe de ser idiota!" Era a voz feminina que falava o tempo todo comigo, mentalmente. E em seguida veio a masculina, que sempre me acalmava. Eram vozes tão opostas e diferentes que, às vezes, eu tinha impressão de estar enlouquecendo. Nunca vi alguém morrendo, é claro. Tenho apenas sensações. Peguei o travesseiro e joguei longe. Ele acertou o pôster roxo e branco, psicodélico, de Jim Morrison, em que ele parecia ter asas. Sempre adorei a banda *The Doors*, apesar de ninguém da minha idade escutar aquele tipo de música. A poesia das canções deles me tocava fundo e me fazia bem.

"Miau".

Era Cedar, minha gatinha preta. Ela se sentou, lambeu as patas e se espreguiçou com aquele jeitinho todo especial que os gatos têm de se arquear. Assustou-se com o voo do travesseiro.

— Desculpe — eu disse baixinho, coçando a cabeça dela. — Não quis assustar você. Não me deixe aqui sozinha, está bem?

Então, como se entendesse minhas palavras, ela circulou e se deitou, enroladinha, ronronando.

Passei a mão em seu pelo macio e fiquei imaginando como seria bom poder me esquecer de tudo, de meus medos, com aquela facilidade. Peguei a guitarra e a guardei embaixo da cama. Adorava ficar no quarto criando músicas. Compunha coisas que me faziam sentir... me faziam sentir o que mesmo? Parte do mundo? Ou alguém totalmente fora dele? "Vamos ser francas, Indie. Você jamais vai fazer parte deste mundo."

— Pare! — sussurrei. — Fique quieta. Não fale comigo. Você bem sabe que o que eu mais quero é ser uma garota de 17 anos como qualquer outra e que essas coisas estranhas deixem de acontecer para eu poder ficar em paz e ter um namorado.

"Indie, essas coisas que lhe acontecem não são ruins."

Desta vez foi a voz masculina e suave que respondeu. Eu não tinha a menor ideia de quem poderia ser aquele homem que falava comigo, mas ele sempre tentava me acalmar. Era tranquilo e gentil. Mas naquele momento eu não estava com vontade de retribuir gentilezas.

— São ruins, sim. Muito ruins.

"Às vezes é preciso aceitar..."

— Chega! Vá embora! Pode me deixar em paz?

Tapei os ouvidos com as mãos e comecei a cantar alto, balançando para a frente e para trás, e a cama estalando com o movimento. Eu seria sempre uma estranha neste mundo porque tinha visões; visões que se tornavam realidade. Era algo que me acontecia desde a infância. E eu era tão ingênua, na época, que achava que todas as pessoas viam e ouviam as mesmas coisas. Nem imaginava que nem todos podiam ver. Uma vez, quando tinha 9 anos, estava com minha amiga Anna na igreja. Estávamos usando vestidos novos, sentadas no banco e com os pés balançando. Fiquei olhando as pessoas ao redor, cada uma com suas luzes coloridas acima da cabeça, enquanto o pastor falava e falava. Sabia que devia estar prestando atenção ao que ele dizia, mas estava tão distraída olhando aquelas luzes e... vendo a gaiola vermelha e rosa de minha porquinha-da-índia em meu quarto. De repente meu estômago embrulhou. Estava acontecendo alguma coisa com a pequena Teresa? Senti agonia e uma tristeza imensa. Mamãe e eu tínhamos ido ao *pet shop* e escolhido uma gaiola bonita para combinar com a colcha rosa de minha cama. E eu escolhi Teresa por causa de seu pelo diferente, com manchas cinza e marrom, não liso como o dos outros. Fiquei me segurando até o pastor terminar de falar e podermos ir embora. Na saída, cochichei no ouvido de Anna:

— Está acontecendo alguma coisa com a minha Teresa.

Quando chegamos em casa, corri até o quarto e parei na porta ao vê-la deitada no chão da gaiola, fria e sem movimentos. Anna gritou. Virou-se para mim e perguntou:

— O que você fez com ela?

— Nada — respondi.

Hoje, analisando a cena, vejo que estava relativamente calma naquele momento. Ao contrário de Anna, aquilo não foi uma surpresa para mim.

— Você me dá medo! Quero ir para casa!

Meus olhos se encheram de lágrimas. Minha amiga me achava estranha. Mas por quê?

Parei de balançar e olhei para o teto. "Por que tenho que ser assim?", pensei.

Agora eu não era mais criança, mas aquelas coisas estranhas continuavam a acontecer.

— Por que tive que ver Burke com Amber? Por quê?? — gritei.

Baixei a cabeça e continuei a falar baixinho:

— Preferia ter visto um porquinho-da-índia morto.

Joguei-me na cama, olhando para o teto novamente. Burke estava traindo Lacey? Não, não podia ser. A visão estava errada. Mas eu sabia que era verdade. Queria demais que não fosse. Será que, pelo menos uma vez, eu não podia ter a sorte de ver alguma coisa que não se realizasse? Levantei-me, fui até a penteadeira e peguei meu caderno de desenho. Abri na página em que tinha desenhado Lacey Hughes e Burke Brown juntos, com seus nomes em letras garrafais, dentro de um coração vermelho e brilhante. Ao redor, eu havia desenhado anjinhos amarelos e estrelas coloridas com caneta de purpurina. Fiz aquele desenho no primeiro ano do ensino médio. Quando Lacey e eu terminamos o ensino fundamental, escolhemos dois rapazes por quem queríamos nos apaixonar. Ela escolheu Burke. Sentamo-nos as duas no chão do quarto dela com papel, tesoura, lápis, marcadores e papel brilhante espalhados ao nosso redor, exatamente como fazíamos no primeiro ano. Prometemos que seria a última vez e que não contaríamos a quem quer que fosse, pois estávamos iniciando o ensino médio e era hora de agir como adultas. Rimos muito desenhando os corações, sonhando com o dia em que finalmente teríamos um namorado. Lacey e eu éramos amigas desde o jardim de infância. Ela tinha cabelos castanhos e era mais alta, e eu era loira e baixinha. Ela era extrovertida, enquanto eu era o que os professores chamavam de "tímida".

— Burke! — eu disse surpresa. — Mas ele é o mais bonito da escola!

— Por que não posso sonhar alto? — ela disse, sorrindo, de cabeça erguida e desenhando um coração ao redor do nome dele.

Então meu cérebro começou a trabalhar como um computador, fazendo *download* de informações em grande velocidade. Minha mente se esvaziou e eu gritei:

— Vermelha! Você vai estar usando uma blusa vermelha no dia em que ele a convidar para sair!

— Ah, meu Deus! — ela respondeu, no mesmo tom. — Então vai mesmo acontecer! Você viu! — e, sorrindo, levantou as sobrancelhas e completou. — Vermelha xadrez? Vermelha de gola alta? Ou, quem sabe... uma regata vermelha bem *sexy*?

Ela começou a levantar e abaixar os ombros, imitando dança. Ouvi então a palavra "regata" em minha mente e ri.

— Regata vermelha, pois vai ser na primavera.

Levantei-me de repente e, fazendo de conta que tinha um microfone na mão, comecei a cantar a plenos pulmões:

— Lá vai o gatinho dela! E o nome dele é Burke!

Lacey rolava no chão, gargalhando, enquanto eu continuava cantando e dançando como louca. Ela também se levantou e, fingindo segurar um microfone, veio cantar comigo. Depois de um bom tempo de tanta gargalhada, nos jogamos na cama, rindo muito. Lacey era minha única amiga que sabia de minhas visões e aceitava aquilo como algo que fazia parte de mim. E eu adorava isso. Ficamos deitadas, lado a lado na cama dela, olhando para o teto de estuque durante algum tempo até que ela perguntou:

— Ele vai mesmo me convidar para sair?

— Sim — respondi, convicta. — Vai mesmo.

Burke era loiro, musculoso e um grande jogador de hóquei; o sonho de todas as meninas da escola. Jogava na posição central, e suas fotos apareciam com destaque no jornal de esportes local, Ottawa Citizen's, depois de cada jogo. Andava sempre de cabeça erguida, orgulhoso, usando a jaqueta com o símbolo da equipe, já que era o destaque do OHL Major Junior Team. Em minha cidade, especialmente no ensino médio, os jogadores de hóquei tinham muitas regalias. E ele sabia bem disso. Fazia pose para todas as fotos com o taco ao seu lado; no rosto, uma expressão séria, de desafio.

Então, finalmente, na primavera do segundo ano, ele convidou Lacey para sair. E, por acaso, ela estava usando uma regata vermelha. Foram quase dois anos se esforçando para se vestir tão bem quanto as outras, usando o mesmo tipo de maquiagem, mantendo os cabelos impecáveis e frequentando as festas mais badaladas da escola até conseguir chamar a atenção de Burke. Também teve que usar toda a sua habilidade para se destacar no time de vôlei. Com tudo isso acabou se tornando uma das garotas mais invejadas da escola, e os dois formavam o par perfeito. Mas, e agora, com aquele namoro que já durava meses, o que eu deveria fazer com a visão que tive? Contar a ela e acabar com tudo? Lacey estava totalmente apaixonada por Burke e ficaria arrasada. Talvez eu estivesse enganada. Podia não ser verdade o que eu tinha visto entre ele e Amber.

"Você tem que aprender a confiar."

Era a voz masculina e carinhosa novamente.

— Pare de falar comigo! — gritei.

Minha garganta secou. Tapei os ouvidos, mas ele não deixava de falar, mesmo depois de eu gritar com ele. Era sempre agradável e suave.

— Está bem, me desculpe. Sei que está tentando ser gentil. Mas, por favor, eu lhe peço, me deixe em paz.

Batidas na porta.

— Ei, irmãzinha, com quem você tanto fala? — era Brian, meu irmão, zombando de mim como sempre.

— Está vendo? — eu disse baixinho, levantando a mão em direção à porta. E respondi em voz alta. — Estou falando com Cedar.

— Sei. Você tem mesmo problemas mentais.

Às vezes, ele entrava e ficava fazendo piada por eu falar sozinha, mas dessa vez simplesmente desceu as escadas e foi para seu quarto. Adorava ficar me ouvindo atrás da porta. Achava aquilo engraçado. Ah! Ah! Ah!

Brian era dois anos mais velho que eu e estava terminando o ensino médio. Trabalhava em uma das melhores lanchonetes da cidade, chamada Licks. Tinha intenção de investir e ter um restaurante ou algo do tipo, mas por enquanto continuava morando em casa, com nossos pais, até ter dinheiro suficiente. E, embora fôssemos parecidos fisicamente (olhos azuis e cabelos claros), nossas personalidades não podiam ser mais diferentes. Brian era do tipo que falava alto, um tanto insolente até, e tinha amigos de todos os tipos: atletas, músicos, *nerds*... dezenas de amigos. Sabia animar uma festa como ninguém e estava sempre de namorada nova.

Respirei fundo, bufando de raiva, esperando até ele entrar no quarto e fechar a porta. Sabia que ele detestava aquele meu comportamento tanto quanto eu. Toda família tem seu "ser estranho", e na minha, claro, eu era o espécime raro.

Virei a página do caderno de desenho, e lá estava outro coração. Eu jamais realizaria meu sonho se não conseguisse parar de ter aquelas visões. O coração desenhado naquela página era roxo, não o tradicional vermelho associado ao amor. E os nomes foram escritos com grandes letras verdes maiúsculas. Ao redor havia apenas anjos vestidos de cinza e preto, sem estrelas brilhantes. Os dois desenhos eram totalmente opostos: um, totalmente claro e brilhante e o outro, escuro. Desenhei com o dedo, dentro do coração, o nome "John", e depois passei o dedo sobre o desenho do meu coração. No dia do desenho eu não tinha escolhido John, e sim Dale Anderson apenas por farra, para me sentir uma mulher adulta e apaixonada por alguém. Mas no ano seguinte John foi transferido para minha escola.

Fechei os olhos. Repassava a imagem do dia em que o conheci centenas de vezes em minha mente. Era impossível evitar. Foi durante a aula de Inglês. Eu estava sentada no fundo da sala, como sempre. Era o "dia do hóquei" na escola, e a maioria dos alunos estava usando camisetas do time com o número de seu jogador predileto. Para mim, aquilo era uma grande palhaçada. Pareciam todos marionetes. Eu me recusava a participar. Então estava sentada ali, morrendo de tédio e de preguiça, rabiscando um desenho no canto da página, quando uma suave fragrância almiscarada de colônia pós-barba masculina misturada com cheiro de cigarro invadiu minhas narinas. Meu corpo entrou em estado de alerta, meu estômago se contraiu, minha respiração se acelerou e então... ele passou na frente de minha carteira. Tentei não ficar olhando. Quem era ele? Nunca o tinha visto na escola. Com certeza era um aluno novo. Mas posso jurar que meu coração chegou a parar por um instante quando ele passou. Estava usando *jeans* e uma blusa de moletom com capuz de um tom cinza desbotado... e, para minha surpresa, não usava a camiseta do time. Só estranhei os chinelos de dedo, que faziam barulho enquanto ele andava, com a barra do *jeans* desgastado arrastando no chão. Ninguém naquela escola usava chinelos de dedo. Ele era completamente diferente de todos ali.

Sentou-se em uma carteira na minha diagonal. Quem era aquele garoto? Minha boca secou e comecei a suar. Escorreguei um pouco na cadeira, deixando os cabelos caírem de lado, sobre meus olhos, para poder olhar melhor sem que ele percebesse.

Seu rosto de traços retos, bem desenhados, sua postura ereta e seus ombros largos me atraíram logo de cara. Mas não parecia ser exatamente um tipo atlético. Tinha um corpo esguio e, ao mesmo tempo, bem estruturado. Os cabelos eram escuros e ondulados e, apesar do corte indefinido e desfiado, de ar selvagem, pareciam ter saído de uma foto de revista. Continuei com meu desenho, só que agora apertando com tanta força que a caneta atravessava o papel. Por que eu olhava para ele daquele jeito? Não fazia o menor sentido. Ao mesmo tempo, o que me atraía nele era o fato de não ser do tipo comum, conformista, assim como eu. O professor continuava a falar, e eu sem prestar atenção, até o momento em que ele perguntou algo sobre o livro que estávamos lendo e o novato ergueu a mão. Endireitei-me na cadeira e prendi a respiração, ansiosa para ouvir sua voz e saber o que ele tinha a dizer. Em tom calmo e com voz macia, aveludada, respondeu com um discurso claro e conciso que me surpreendeu. Parecia mais um professor do que um aluno. O professor sorriu.

— Boa resposta. Seu nome é...?

— John. John Smith.

— Muito boa resposta, John. Nunca ouvi uma resposta assim tão inteligente, especialmente de alguém tão diferente.

Naquele mesmo instante decidi que iria descobrir tudo o que pudesse sobre ele. Tinha que descobrir.

Algum tempo depois, conversando com Lacey em meu quarto, comentei:

— Quero mudar o nome do meu futuro namorado em nosso caderno de desenho.

— Ah, então Dale não serve. Logo imaginei.

Concordei com um gesto, sem saber muito bem como continuar a conversa.

— Então... quem é que você quer namorar?

— John Smith.

Lacey se virou para mim, de olhos arregalados, rindo.

— Indie, ele não deve ser boa coisa. Sabia que foi expulso da escola em que estudava?

— Não me importa.

E não me importava mesmo, nem um pouco.

— Mal fala com as pessoas. Ninguém sabe quem ele é. Além do mais, que nome é aquele: John Smith. Parece "João Ninguém". Totalmente sem graça.

— Não é sem graça, Lacey — respondi, abraçando os joelhos. — Muito pelo contrário. O nome pode ser comum, mas ele é bem misterioso. Não se mistura mesmo com o povo, mas há alguma coisa nele que não sei explicar; algo profundo, secreto... quero descobrir tudo — sussurrei.

— Ele é encrenca na certa, Indie.

— Mas você mesma acaba de admitir que também não o conhece...

Apoiei o queixo nos joelhos, sorrindo, e continuei:

— E é exatamente por isso que eu gosto dele.

Peguei um marcador preto, risquei o nome de Dale e escrevi em letras garrafais: JOHN.

Agora, mais de um ano havia se passado, e eu ainda não tinha conseguido falar com ele. Claro, nos cumprimentávamos e tal, mas nunca conversávamos de verdade, só os dois. Fechei o caderno de desenho, para não virar a página e dar de cara com o poema ridículo que tinha escrito para ele, e o joguei de volta na gaveta. Coloquei os fones de ouvido, liguei o toca-CD e me joguei na cama, olhando para o teto branco. Será que John também gostava de *rock* clássico? Não que fosse algo importante. Só queria saber do que ele gostava. *Heavy metal*? Grunge?

— Bem, pelo menos hoje não tive visões de desgraças ou de alguém morrendo — comentei em voz alta. — E espero nunca mais ter, seja com gente ou com animais.

— Indie?

Era minha mãe, que me ouviu e veio até minha porta. Tirei os fones e os coloquei sobre o criado-mudo.

— Está tudo bem. Só estava falando com Cedar.

Morávamos em um sobrado de três quartos e um banheiro em South Keys, cidade de Ottawa. Era um bairro típico de classe média, e o quarto de meus pais ficava no andar de baixo. Às vezes achava que meus pais eram culpados por eu ser tão estranha. Deviam saber que eu seria assim, caso contrário por que me registrariam com um nome como Índigo Russell? Sim, meu nome é Índigo, o nome de uma cor; um tom de azul bem próximo do violeta. Nem chega a ser uma cor definida. Por que motivo alguém, em sã consciência, dá ao filho o nome de uma cor?

— Posso entrar? — ela perguntou.

— Já estou deitada. Tenho prova amanhã.

— Acho que Sheena e Sacha querem dormir com você.

Eu me sentei.

— Está bem.

Ela abriu a porta e nossos labradores Sheena, de pelo dourado, e Sacha, de pelo preto, entraram, abanando o rabo. Cedar olhou para os dois com ar esnobe, como se estivesse dizendo: "vocês, pobres mortais, dormem aí no chão". E continuou acomodada em minha cama.

Fiz festa com os dois, e eles logo se ajeitaram no chão, perto da cama. Minha mãe fechou a porta, desceu as escadas e eu me encolhi sob a manta, cobrindo a cabeça e deixando apenas uma pequena abertura para o nariz, o suficiente para respirar. O ar quente circulava sob a coberta, aquecendo meu rosto, mas não meu corpo. Porém, eu continuava com a cabeça coberta, pois me recusava a ter que ver espectros brancos, cinza ou pretos voando pelo quarto, interrompendo meu sono e me fazendo tremer de medo. De vez em quando pessoas mortas apareciam para mim, da mesma maneira que as visões malucas. O único de quem eu gostava e não tinha medo era meu avô, que eu chamava de Papa, que morreu quando eu tinha 7 anos, mas vinha me visitar toda vez que eu precisava dele. Fui me encolhendo mais e abracei as pernas. Sasha suspirou antes de adormecer, e Sheena ainda se ajeitou mais um pouco. Cedar já estava dormindo, enroladinha na curva de minhas pernas. Meus animais me davam tranquilidade e proteção contra os espíritos que insistiam em me incomodar. Fechei os olhos e fiz minha prece, em pensamento:

"São Mateus, São Marcos, São Lucas e São João, abençoem o meu sono e me tragam proteção: um anjo para cantar, um anjo para orar e dois anjos para me proteger até o amanhecer".

capítulo 2

— Índigo Russell! — minha mãe gritou. — Vamos logo. Você vai perder o ônibus.

— Já estou indo — resmunguei.

Ergui a cabeça e olhei ao redor. Que alívio. Uma noite sem visitas do outro mundo. Sasha, Sheena e Cedar já tinham saído. Brian com certeza tinha aberto a porta para eles fazerem sua visitinha noturna ao quarto dele. Embora fôssemos completamente diferentes, meu irmão e eu tínhamos uma coisa em comum: amávamos nossos bichinhos.

Oito minutos depois eu estava em frente ao espelho, pronta para sair.

— Ser estranho — eu disse, olhando para minha imagem. — Maluca. Idiota.

E saí, batendo a porta do quarto e descendo para a cozinha.

— Meu plantão é de doze horas hoje — minha mãe comentou, enquanto tomava o café. Estava usando o uniforme verde de enfermeira e os tênis brancos. — Deixei comida na geladeira para o jantar.

Olhou então para o relógio e jogou o resto do café na pia, sem tempo de terminar.

— Blusa nova? — perguntou.

Seu novo corte de cabelo a deixava ainda mais bonita. Sempre quis ser mais parecida com ela. Era impossível não notar seus cabelos castanho-claro e seu corpo esbelto, mesmo com aquele uniforme. Todos os meus amigos a achavam uma mãe superlegal. O único problema é que ela conseguia farejar problemas a quilômetros de distância.

— Não — respondi. — E é uma camiseta, não uma blusa.

Ela sorriu, ignorando meu mau humor.

— Fica bem em você.

Ela tinha aquele olhar doce, que parecia querer dizer "sei que trouxe ao mundo uma criança diferente. E neste momento percebo que você está passando por alguma dificuldade, então digo coisas bonitas para tentar te distrair e fazer com que se sinta melhor consigo mesma". Estava sempre preocupada comigo, dia e noite. Eu me sentia mal com isso. Olhei para ela e senti tristeza. Sua intuição lhe dizia que eu estava com algum problema, mas eu não ia contar a ela que tinha tido outra visão. Isso iria deixá-la ainda pior. Os adolescentes normalmente odeiam seus pais. Vários amigos meus odiavam os deles. Mas eu não. Minha mãe fazia de tudo para me agradar.

— Que bom que você gostou. Obrigada — eu disse.

E saí, com o suco de laranja chacoalhando em meu estômago e me deixando enjoada. Tomava o ônibus na rua mais longa de Ottawa, chamada Bank Street, que cruza praticamente a cidade de um lado ao outro.

Uma onda de calor havia chegado. O ar estava quente e o céu bem azul. Minha jaqueta abriu com o vento e eu fui andando, desanimada. A copa das árvores nos dois lados da rua se unia no alto, dando a impressão de um longo túnel com apenas algumas aberturas para passar a luz do sol; uma sensação aconchegante. E as casas; a maioria azul, verde ou bege, com suas calhas brancas que todo ano eram esvaziadas. Havia também as mais típicas, bem ao estilo de Ottawa, de tijolo aparente e detalhes em alumínio nas bordas. A cidade é uma das mais antigas do Canadá, e também uma das mais frias. Meu bairro devia ser dos anos 1970. E minha casa tinha, com certeza, uns vinte anos, pois meus pais viviam reclamando e comentando sobre as reformas que precisavam fazer. No ano anterior, tinha sido o telhado, e com isso iria demorar mais ainda para eu ter um carro, mesmo que usado. Alguns jardins ainda tinham flores, mas a maioria já estava morrendo. Assim que esfriasse mais um pouco iriam desaparecer. Isso acontecia normalmente no começo de outubro, e faltavam apenas algumas semanas. A maioria dos moradores da cidade, incluindo meus pais, passavam agora os finais de semana no jardim, aparando e preparando as plantas e os arbustos para a chegada do inverno. Nem as roseiras escapavam. Eu sentia falta do cheiro das rosas. Nos dois lados da rua, havia sacos de lixo com galhos e ramos. As folhas também já começavam a mudar de cor e a cair com o vento. Eu adorava fazer montes de folhas e me jogar neles quando criança.

Olhei para o relógio e, sem muita vontade, apressei o passo. Tinha saudade da infância; do tempo em que não sabia que era diferente das outras pessoas. Só comecei mesmo a perceber que nem todo mundo vê espíritos quando meu Papa morreu. E descobri que cemitérios e velórios eram lugares horríveis para mim quando meus pais me levaram para ver o corpo dele.

Mas por que eu estava pensando nele naquele momento a caminho da escola?

No dia do velório nossos parentes e os amigos de meus pais estavam em silêncio em uma sala, e havia fotos de meu avô sobre a mesa. Todos estavam tristes, alguns choravam e havia caixas de lenços de papel por toda a parte. Subi em um banquinho para ver o homem vestido de azul cor do céu deitado ali.

Ele não sorriu para mim. Continuou de olhos fechados e estava muito pálido, com o rosto envelhecido, enrugado. Mas não parecia triste como o resto das pessoas. E eu também não fiquei, já que ele não estava. Estiquei a mão e encostei na dele, sobre seu peito. Coitado. Estava fria como as minhas quando eu saía na neve sem luvas.

Naquela noite, quando me ajeitei sob as cobertas e fechei os olhos para dormir, ouvi a voz de Papa me chamando. Abri os olhos e me sentei. Ele estava de pé, em frente à cama. Não estava mais pálido e envelhecido como no velório. Agora sorria para mim. Eu sorri também, vendo que ele estava contente.

— Diga a sua mãe e a seu pai que eu estou feliz. E que não fiquem tristes, pois eu estou bem. Estou exatamente onde tenho que estar — ele disse.

Na manhã seguinte entrei na cozinha e anunciei:

— Papa mandou dizer que está feliz.

— Indie, do que você está falando? — meu pai perguntou, irritado.

— Papa veio me ver essa noite.

— Indie, você não viu seu avô. Deve ter sonhado com ele.

Aquilo me incomodou. Por que todo mundo insistia em dizer que eu não via, e sim que sonhava com as coisas? Meus pais, meus parentes e meus professores; todos repetiam a mesma coisa. Mas eu sabia que não era verdade. Gostaria muito que fosse, assim não precisaria esconder de todos na escola que eu não era uma menina normal, que via pessoas mortas e que tinha visões, como aquela com Burke e Amber.

Meu colégio, Ridgemont High, não era exatamente perto de casa. Eu tinha que andar e pegar um ônibus (que eu chamava, brincando, de limusine vermelha e branca). Embora morasse em um bairro de classe média e houvesse boas escolas ali, tinha que ir para aquela porque minha casa ficava do outro lado da linha do trem. Ou seja, eu morava no lado errado do bairro. Aquilo me incomodava muito, mas agora que eu estava para terminar o ensino médio não fazia mais diferença. Virei à esquerda na Bank Street e saí do túnel de árvores. Bank Street era uma rua movimentada, com escritórios e lojas, mas nada de interessante; apenas empresas de seguros e lojas de aspiradores de pó. O sol brilhava e o céu estava limpo, sem nuvens. Era um dia de outono perfeito, quentinho, do tipo que normalmente me alegraria. Mas nesta manhã eu só conseguia sentir um grande peso. O que iria fazer quando encontrasse Lacey? O que iria dizer a ela? Éramos muito unidas. Contávamos tudo uma para a outra. Enfiei as mãos nos bolsos, abaixei a cabeça e continuei andando. O peso de minha consciência me fazia arrastar os pés. Fui chutando algumas folhas pelo caminho. Às vezes minhas visões eram tão malucas que eu não tinha ideia do que fazer com elas. Ouvi, então, o barulho do ônibus se aproximando e corri para pegá-lo. Entrei, passei pela catraca e fui para o fundo. Não havia acentos vagos. Tive que ficar em pé. O ônibus seguiu pela Bank Street, passando por diversos bairros até chegar ao centro de Ottawa. Como sempre acontecia quando eu entrava em um ônibus, minha mente começou a viajar ainda mais. Pensei em tudo o que minha mãe já havia lido e me explicado durante todos aqueles anos, tentando descobrir o que havia de errado comigo. Aparentemente, eu conseguia ver além do véu do mundo material e enxergar os mortos (ou fantasmas, como a maioria das pessoas prefere dizer). Conseguia entrar no mundo espiritual, provavelmente porque vibrava em uma frequência diferente da maioria das pessoas. Fiquei olhando os passageiros ao meu redor. Por que só eu tinha que ser diferente? Será que ninguém mais naquele ônibus tinha visões?

Coloquei a mão em minha pequena cruz dourada, pendurada em uma correntinha no pescoço; um presente de meus pais no dia de minha confirmação na Igreja Anglicana. Tocar nela me fazia bem. Não posso dizer que sou uma pessoa muito religiosa, mas sempre me senti confortada e protegida fazendo orações ou segurando aquela pequena cruz. Fui colocada várias vezes para fora da sala na escola dominical por causa das coisas que dizia. Um dia, enquanto a professora explicava que quando morremos vamos para o céu, eu, inocentemente, levantei a mão e disse:

— Mas meus anjos me disseram que algumas pessoas continuam a vagar na terra. São os fantasmas.

Ela se irritou, me levou para o corredor e me deu uma bronca.

— Índigo, anjos não falam com meninas; apenas com os homens de Deus, que são nossos mensageiros na Terra. Não perdem tempo com crianças, muito menos com crianças como você. Além do mais, fantasmas não existem. Você vai assustar as outras crianças falando assim.

Mas fantasmas existem, sim. Sempre apareceram em meu quarto. Segurar a cruz para me sentir protegida podia não fazer muito sentido, mas, se eu pensasse bem, o que fazia sentido em minha vida?

Meus pensamentos se voltaram novamente para Lacey. Doía pensar na visão. Era como se o sofrimento que aquilo iria causar nela já estivesse fazendo efeito em mim.

Quando o ônibus parou perto do colégio, eu desci, com todos os alunos do Ridgemont que estavam nele, mas nenhum que eu conhecesse. Fui andando, desanimada, até o corredor dos armários. O meu ficava exatamente ao lado do dela, e agora que tinha tido a visão de Burke com Amber, a última coisa que queria era ver minha amiga. Se eu demorasse bastante para ir para a sala, o sinal de aviso tocaria e Lacey não teria tempo de falar comigo. Fui andando bem devagar, observando as belas árvores lá fora. Era lindo ver como as folhas mudavam de cor nessa época do ano, com tons de vermelho, laranja e dourado. O outono era muito bonito em Ottawa. Todo ano fazíamos uma espécie de ritual. Íamos até o outro lado da ponte para visitar Gatineau, em Quebec, e ver a paisagem maravilhosa do vale, com suas árvores coloridas. Pessoas do mundo todo vinham visitar e tirar fotos daquela bela mistura de cores espalhada no horizonte. Eu sempre morei em Ottawa, a capital do Canadá. Com todo o dinheiro federal que era investido em nossa cidade, ela era considerada a mais bela, organizada e limpa do país. Não que isso fizesse grande diferença para mim, mas pelo menos meu pai tinha um emprego decente no Departamento de Defesa Nacional como mediador entre o governo e o sindicato. E podia trabalhar de terno, o que o agradava. Para mim, Ottawa era minha casa, e uma casa maravilhosa com todo o seu patrimônio, sua história e seus edifícios preservados, como os belíssimos prédios do Parlamento, entre o Rio Ottawa e o Canal Rideau. Eu gostava deles por causa de suas paredes de pedra e de suas torres, e principalmente do Peace Tower Carillon, com todos aqueles sinos que anunciavam as horas. Mas achava aqueles prédios lindos por fora, pois por dentro eram assombrados. Literalmente. Nunca consegui entrar ali, apesar de centenas de turistas visitarem o lugar todos os anos. Até tentei uma vez, mas não consegui passar dos portões.

Olhei novamente para o lado e vi os policiais com cães farejadores de drogas andando perto da porta, em frente ao muro grafitado, esperando para inspecionar os corredores. Suspirei, voltando à realidade. O que eu queria mesmo era poder aproveitar aquele dia maravilhoso. O ensino médio estava sendo uma grande decepção para mim. Minha vontade, naquele instante, era ir para a terra do filme "Labirinto", de Jim Henson, e me tornar uma guerreira. "Labirinto, a magia do tempo" era meu filme predileto. Adorava a heroína que lutava para salvar seu irmãozinho. De vez em quando eu tinha vontade de fazer algo heroico, de usar uma espada para lutar contra os cavaleiros dos prédios do Parlamento e resgatar as pobres pessoas acorrentadas nas jaulas, atormentadas pelos fantasmas. Eu sabia muito bem o que era ser atormentada por eles.

Uma voz atrás de mim me assustou.

— Índigo Russell, pare de sonhar acordada. Vai se atrasar para a aula, como seu irmão.

Era a vice-diretora da escola. Xinguei Brian em pensamento. Por que eu tinha que ser comparada com ele? A má reputação de meu irmão me perseguia há anos no colégio. Fui andando rápido até o armário.

— Indie! — agora era Lacey. Estava em frente ao armário, com a porta aberta, se olhando no espelho e passando batom, sem perceber que estava atrasada. — Você fez a lição de matemática?

— Fiz — respondi, sem olhar para ela. — Mas você sabe que não sou boa em matemática.

Abri meu armário. Em momentos assim eu queria ter um espelho na porta, como ela. Mas não tinha. Então fingi que estava procurando um livro. Ela terminou de passar o batom, olhou para mim e eu fui obrigada a esboçar um sorriso. Seus olhos castanhos brilhavam, alegres como sempre. Estava feliz. Devia ser divertido ser uma das garotas mais bonitas e invejadas da escola. E Lacey tinha tudo para isso: cabelos lindos, brilhantes, castanhos-chocolate e olhos amendoados. Já eu, era o tipo mais comum na cidade: cabelos loiros bem claros, escorridos, e olhos azuis. Além do mais, ela era superalta, esguia e graciosa, enquanto eu tinha pernas curtas, como meu pai. E era uma das atletas de destaque da escola, enquanto eu era uma pretensa fã de *rock* que chegou até a ter uma banda, mas se esforçou tão pouco que a banda acabou.

— Não tem importância. Posso copiar? Por favor. Só para ter alguma coisa no caderno. Tive treino de vôlei ontem à noite... — ela explicou, erguendo as sobrancelhas perfeitamente delineadas. — E saí com Burke — completou em voz baixa. — Quase transamos, acredita? Acho que da próxima vez vai rolar...

Respire fundo, Indie. Calma. Transar com Burke era a última coisa que ela podia fazer agora, especialmente se ele estava saindo com Amber.

— Claro — respondi. — Claro, pode copiar minha lição.

— Você é a melhor amiga do mundo — ela disse, ajeitando os cabelos ondulados sobre os ombros.

— Sim, acho que sou — eu disse.

Ela olhou para mim e riu:

— O que você tem? Está tudo bem? — perguntou, brincando com a correntinha de prata que eu tinha lhe dado de presente de aniversário no ano anterior e que jamais tirava do pescoço. Então se lembrou:

— Ei, sabia que vai haver uma grande festa nesta sexta? Você tem que ir. Eu não posso, porque vou participar de um jogo do campeonato, mas você pode.

E cochichou:

— Parece que John vai.

Minha garganta secou, comecei a suar e meu rosto ficou vermelho. Comecei a rir para disfarçar.

— Ah, que maravilha. E o que faço? Simplesmente apareço lá, sozinha?

— Vá com Burke. Pelo menos para entrar acompanhada. Depois, durante a festa, pode se aproximar de John.

— Você sabe que eu não levo jeito para essas coisas.

— Não olhe agora, mas ele está vindo — ela cochichou.

Fiquei ainda mais tensa e vermelha.

— Oi, John — ela disse.

— Oi — ele respondeu, com aquela voz macia. E olhou bem para mim: — Oi, Indie.

Olhei para ele, sem graça, e respondi. Ele continuou me olhando de um jeito intenso, penetrante. Eu não conseguia desviar o olhar, hipnotizada. Havia algo naqueles olhos castanhos que eu não conseguia explicar. E isso me fazia muito bem; fazia eu me sentir normal. Então ele seguiu andando, e eu fiquei ali, parada feito boba.

Tentei respirar e me engasguei. Tossi. Meu coração, disparado, parecia querer sair pela boca. Eu tremia, observando aqueles chinelos que faziam barulho no chão e a barra desfiada do *jeans*, ziguezagueando a cada passo. Ele não andava todo empinado, como Burke, mas tinha movimentos muito charmosos, algo que lembrava James Dean ou algo do tipo; as pernas longas e elegantes em perfeita sincronia com o balanço dos braços e dos ombros, fortes e largos. E o mais absurdo eram aqueles chinelos, que ele usava praticamente o ano todo. Quem mais usava chinelos ali? Só ele. Só John era tão diferente, e só ele conseguia me deixar daquele jeito. Enquanto andava, tirou um livro de bolso do moletom e foi lendo. Fiquei imaginando o que poderia ser. Poesia? Filosofia? Algo complexo, profundo?

— Viu como ele olhou para você? — Lacey sussurrou. — Indie, você tem que ir a essa festa.

Eu estava paralisada. Tive que esperar meu coração voltar ao normal para poder falar. Ninguém naquela escola usava blusa de moletom sem marca. Só ele. Marcas eram símbolo de *status*, mas ele parecia não se importar com *status*. Tinha personalidade própria. Continuou lendo e andando ao mesmo tempo, e sem esbarrar em quem passava. Olhei para Lacey.

— Tem razão — eu disse. — Preciso ir. Será que Burke não se importa mesmo de me acompanhar?

Já era hora de eu tomar uma atitude. Caso contrário o ano iria acabar e.... Mas eu também não podia ficar pensando daquele jeito. Então uma ideia me veio à cabeça: se eu fosse à festa com Burke, talvez conseguisse impedi-o de trair Lacey. Seria um bom motivo para ir; não só por causa de John. Eu precisava de algo para me dar coragem.

— Por que não iria? Ele gosta de você. Diz que a acha divertida — disse Lacey.

Ri para disfarçar.

— Só pode ser brincadeira. Sou tudo menos divertida.

Ela riu.

— É divertida, sim, e justamente por achar que não é. Quem mais consegue dublar e tocar guitarra como você?

Esticou a mão e pegou meu caderno.

— Você me deixa copiar a lição de matemática e eu digo a Burke para ir à festa com você.

capítulo 3

Conforme Lacey havia prometido, Burke foi me buscar em casa no sábado à noite. Aquilo não me agradava, mas como eu não sabia onde era a festa e ela tinha combinado tudo, não havia muita escolha. Tive que engolir a raiva e ser simpática. Quando ele tocou a campainha, eu saí e já senti frio. No verão era gostoso sair à noite, mas não no outono. Durante o dia fazia um pouco de calor, e era possível sair mais à vontade, mas à noite era preciso usar algo mais quente. Fui com minha jaqueta *jeans*. Burke, é claro, estava usando a jaqueta do time com o logo *Ottawa 67's*, seu nome e posição bordados na manga e o nome do time, nas costas. Entramos no carro, coloquei o cinto de segurança e perguntei:

— Como vão as coisas no time?

Eu sabia um pouco sobre hóquei, então decidi fazer algumas perguntas para agradá-lo. Morar em Ottawa e não ser fã do Ottawa Senators NHL era praticamente um crime, segundo meu pai, Brian e, bem... o resto da população da cidade. Quando os dois resolviam falar sobre o assunto, mamãe e eu nos desligávamos e começávamos a falar de outras coisas.

— Estamos indo muito bem — disse Burke. — Seis a zero.

— Como assim?

Ele me olhou de lado. Percebi que não sabia tanto sobre hóquei.

— Ganhamos seis partidas e perdemos uma.

Por que ele achava que eu tinha de saber? Viramos na rua Bank e olhei pela janela. Passamos por uma quadra fechada de hóquei com aparência de galpão antigo, bastante comum na cidade. Temos praticamente uma em cada esquina. E, no frio, quando a temperatura fica abaixo de zero, os rinques a céu aberto são a diversão popular número um. As crianças jogam até não sentir mais os dedos dos pés. É a típica diversão canadense. Mas nunca fui muito fã. Nem os jogadores me atraíam. Claro, Burke era muito bonito, mas eu preferia alguém que usasse sandálias em vez de patins. Alguém como John, enigmático e inteligente, que se expressava bem e tinha corpo elegante, não as pernas musculosas dos jogadores. Meu coração batia forte só de pensar que ele estaria naquela festa. O que eu iria dizer para puxar conversa? Se é que ele iria querer conversar comigo.

Passamos por Glebe, meu bairro predileto, cheio de lugares da moda. Ficamos em silêncio. Bank Street era mesmo longa. Cortava vários bairros e áreas comerciais até chegar ao centro da cidade. Glebe era o bairro mais próximo do centro.

— Então — tentei reiniciar a conversa —, você já tem planos para o ano que vem?

— Bem, é meu ano de serviço militar — ele disse. — Estou treinando para melhorar ainda mais e, quem sabe, entrar como recruta para um time da Liga Nacional de Hóquei. Ainda posso jogar por Ottawa no ano que vem, mas meu objetivo é a Liga Nacional. Ou seja, meus planos para o ano que vem são o hóquei. E você?

Boa pergunta, pensei. Eu não fazia ideia.

— Trabalhar durante um ano, talvez.

— Está falando sério? Ainda não tem planos?

Encolhi os ombros.

— Talvez eu viaje. Quem sabe? O que não quero mais é estudar. Não levo jeito para isso.

Olhei pela janela. Queria ter resposta para aquelas perguntas. Mas o fato de ele saber exatamente o que queria não significava que eu também devia saber. Senti um calor de repente. Por sorte estávamos chegando. Abri o botão de cima da jaqueta e afrouxei o cachecol no pescoço, olhando para fora e tentando respirar devagar. Aquele calor repentino me incomodava. Era algum tipo de reação, mas a quê? Às perguntas dele? Ao fato de não saber o que queria para o meu futuro? Ou me incomodava a segurança dele?

— Contra quem é o próximo jogo? — perguntei, tentando manter a conversa para ele não perceber o que estava acontecendo comigo.

— Os Kitchener Rangers.

Então ele começou a falar sobre as probabilidades de vitória, estatísticas, como o time era bom etc. Fiquei até aliviada, pois não tinha que falar. Apenas ouvia. E ia observando as lojas de grife, os cafés, as *hamburguerias* e as dezenas de restaurantes tailandeses, vietnamitas e vegetarianos do bairro. Minha temperatura foi voltando ao normal e consegui relaxar um pouco. Glebe era uma mistura de construções novas e antigas. Tinha tanto edifícios belos e clássicos de tijolos vermelhos, quanto condomínios de última geração, de janelas imensas e estrutura moderna. Meu sonho era, um dia, ter um apartamento em Glebe. Seria no ano seguinte? Era isso que eu queria fazer? Arrumar um emprego e morar em Glebe?

— Talvez eu venha morar aqui em Glebe — eu disse, sem pensar.

Olhei para Burke e aconteceu: minha mente se esvaziou. Agarrei a alça da porta. "Não, agora não, por favor. Tudo menos isso." Mas foi tão rápido que eu nem tive tempo de pensar. Em uma fração de segundo surgiu diante de mim uma camiseta de hóquei preta e dourada. Às vezes era assim; eu via imagens soltas em vez de cenas. Respirei, aliviada por ser só aquilo, mas irritada por ter uma visão justamente com uma maldita camiseta de time, como se já não bastasse viver em Ottawa, a cidade do hóquei.

— Glebe é realmente um lugar ótimo para se viver. Mas bastante cara, não? — ele comentou.

— Cara, sim, com certeza — respondi, mas sem continuar. Não queria ter que voltar a falar sobre mim. Odiava. Além do mais, estava curiosa para saber por que tinha tido aquela visão.

— Que time você quer que o escolha?

— Como assim, me escolha? — ele perguntou.

— Não era disso que você estava falando? Jogar em um grande time?

— Ah, um time que me contrate, você quer dizer?

— Sim.

— O Pittsburgh Penguins.

— Que cor de roupa eles usam?

Ele riu.

— Você quer dizer a cor do uniforme?

— Sim, isso.

— Preto e dourado.

Eu sabia! Olhei pela janela novamente. Por que eu via tudo sobre as outras pessoas e nada sobre mim? Será que conseguiria morar em Glebe? Eu nem sabia mais o que estava sentindo. Havia dias em que eu tinha umas vinte visões, outros em que só me vinham imagens desconexas e, quando eu estava ocupada com muitas coisas ao mesmo tempo, nenhuma. Mas nada a meu respeito, nunca! Algumas visões eram tão intensas que eu tinha fortes dores de cabeça, como no caso daquela com Burke e Amber. Já outras eram rápidas, como a do uniforme, e desapareciam em um instante. Era uma coisa maluca. Observei por um instante o rosto de Burke. Tive vontade de lhe pedir que não se envolvesse com Amber; que aquilo não era certo. E também tive vontade de dizer que ele seria contratado pelos Pittsburgh Penguins. Mas me veio um nó na garganta, e eu não consegui falar. Comecei a tremer e a suar nas palmas das mãos. Coloquei as duas no colo para disfarçar o tremor, torcendo para que ele não notasse. O que estava acontecendo? Por que eu não conseguia falar? Por que não conseguia ajudar minha melhor amiga, pedindo ao namorado dela que não a traísse? Além do mais, queria comentar sobre o uniforme preto e dourado. Por que simplesmente não dizia a ele que o time iria contratá-lo? Será que nem comentar sobre aquelas visões idiotas eu podia? Pelo menos a imagem do uniforme era uma notícia boa. Ou não era? Será que eu estava enganada? Mas também havia o perigo de ele achar que eu era louca. Talvez fosse isso. Resolvi ficar de boca fechada. Entramos em uma rua residencial com belos carvalhos e salgueiros imensos. As casas em Glebe eram diferentes das do meu bairro; bem mais antigas e de estilo clássico, quase todas sobrados de tijolo aparente, construídas entre 1800 e 1900. Burke diminuiu a velocidade, parou em frente a uma delas e eu finalmente pude respirar direito. Saímos do carro e fomos andando em direção à porta. Burke abriu o pequeno portão e, com modos de um perfeito cavalheiro, me deixou entrar primeiro. Segui pelo estreito caminho de concreto e subi os quatro degraus que levavam à varanda de estilo antigo que circundava a casa. Havia mesas e cadeiras no deque. Um cinzeiro cheio de bitucas sobre uma delas indicava que alguém tinha acabado de sair dali. Dava para ouvir o barulho da festa pelas duas janelas da frente. Meu corpo começou a vibrar e minha cabeça a doer. Eu não me sentia à vontade em festas, como Lacey. Bastava ela entrar em um lugar com música e gente conversando para começar a rir, dançar e gesticular, animada. Já eu tinha a impressão de que até as paredes se moviam com a vibração das pessoas. A única maneira de aguentar era achar um canto mais quieto para ficar a noite toda. Fui bater à porta, mas Burck riu e abriu direto.

— Acho que ninguém vai ouvir se batermos. Vamos entrar. Pelo jeito a noite vai ser boa.

Engoli em seco. Tinha levado mais de uma hora para decidir o que vestir e acabei usando um *jeans* e uma blusa simples, de gola em "v". Os únicos itens diferentes eram um colar de prata e brincos de argola para um efeito mais chamativo. Tentei também cachear um pouco os cabelos (mas, claro, não consegui) e passei nas pálpebras um pouco da sombra que peguei emprestado de Lacey, rímel e *gloss*.

Fomos entrando e passamos por um pilar e pelas escadas que levavam ao andar de cima. Alguns garotos, sentados nos degraus, me olharam de cima a baixo. Do outro lado ficava um estreito corredor que levava à cozinha. A casa estava abarrotada de gente. Burke tirou uma pequena garrafa que tinha trazido no bolso e me ignorou. Obviamente não tinha intenção de passar a noite pajeando a amiga de sua namorada. Já estávamos na festa. Agora era cada um por si. Olhei em volta, sem saber o que fazer. Com quem iria conversar? Será que John tinha vindo? Tentei ver se havia alguém conhecido, mas era impossível naquela multidão. A música parecia cada vez mais alta, e eu fiquei parada ali no meio, os pés como que grudados no chão. Já tinha me arrependido de ir. O que estava tentando provar, afinal? Preferia mil vezes estar em casa, assistindo à TV, lendo ou até dormindo....

Respirei fundo para ver se a insegurança diminuía. Fechei os olhos até me recuperar um pouco. Lugares cheios me faziam muito mal. Era como se meu sangue absorvesse tudo o que as pessoas ao redor estavam sentindo, e eu acabava ficando ou hiperagitada ou totalmente deprimida. Depois de algumas inalações profundas abri os olhos, ainda tentando manter a calma. Afinal, tinha ido àquela festa para ajudar minha melhor amiga. E para ver John. Fui abrindo espaço entre o povo a caminho da cozinha. Burke estava à minha frente, então fui bem devagar para ele não perceber que eu ia na mesma direção.

Foi então que vi John. Estava sozinho, encostado no pequeno balcão, segurando um copo. Parecia tão deslocado quanto eu. As roupas eram as mesmas de sempre: *jeans*, sandálias de dedo e camiseta sem logotipos. E no bolso da jaqueta de moletom havia um livro com uma parte da capa à vista. Mas de onde eu estava não dava para ver o título. Parei e fiquei olhando para o chão por um instante. Será que ele tinha me visto? Então alguém esbarrou em mim, e eu tive que olhar para a frente. Agora ele estava me olhando. Aqueles olhos castanhos mexiam demais comigo. Tentei imaginar o que Lacey faria no meu lugar. Sorri. Ele ergueu a mão e me cumprimentou. Com o movimento, seus cabelos se espalharam um pouco pela testa. Sem pensar no que estava fazendo, fui andando em piloto automático e parei bem na frente dele.

— Oi — ele disse, devagar, com um leve sorriso. — Que surpresa, você aqui. Imaginei que não gostasse desse tipo de festa.

Ergui os ombros.

— Achei que você também não gostasse — respondi.

Ele confirmou com um gesto de cabeça e ficou me olhando. Eu queria desviar o olhar, mas não conseguia. Depois de alguns segundos, sem saber o que dizer ou fazer para disfarçar o calor que comecei a sentir, apontei para o livro:

— O que você está lendo?

Ele tirou o livro do bolso, e, ao ver a capa, tentei relaxar e fazer pose casual, mas meu coração quase saiu pela boca.

— *O Profeta Adormecido* — ele disse. — Já ouviu falar em Edgar Cayce?

Eu conhecia os livros de Edgar Cayce. Por causa de minhas visões, minha mãe e eu tínhamos dezenas de livros sobre mediunidade, inclusive os de Cayce, um visionário que viveu entre

1800 e 1940. Mas era só o que eu sabia sobre o autor, pois procurava não demonstrar muito interesse. Minha mãe ficava dizendo que eu tinha o mesmo dom que ele, que devia aceitar o que acontecia comigo etc., etc. Balancei a cabeça.

— Não. Nunca ouvi falar.

— É muito interessante. Ou melhor, é fascinante — e colocou o livro de volta no bolso. — Que tal irmos lá fora respirar um pouco?

— Sim, claro — eu disse, e fui seguindo atrás dele naquele mar de corpos, braços, pernas e ombros.

Enfim, conseguimos chegar ao terraço, iluminado pela lua cheia. As estrelas brilhavam no céu limpo. Senti como se minha energia estivesse sendo sugada. Desde pequena, olhar para a lua cheia me fazia sentir assim. Eu me escondia sob as cobertas para não ver o brilho que entrava pelas frestas da janela durante a noite.

Tremi, e um arrepio me percorreu a espinha.

— Está com frio? — John perguntou.

— Não. Estou bem — eu disse.

Ele tirou o maço de cigarros do bolso e o bateu de leve no parapeito. Pegou um deles e o colocou na boca, protegendo-o com as mãos em forma de concha para que o vento não apagasse a chama do isqueiro. Fiquei olhando a chama avermelhada e as faíscas. Ele levantou a cabeça, tragou, expeliu a fumaça e me passou o cigarro. Peguei e traguei também, tentando sentir o ponto onde seus lábios tinham tocado, imaginando se aquilo poderia ser classificado como uma espécie de primeiro beijo. Exalei e devolvi o cigarro. Ele ficou me olhando meio de lado e sorriu.

— O que foi? — perguntei.

— Não sabia que você fumava.

Coloquei as mãos no bolso de trás e endireitei as costas. Não tinha intenção de explicar que fumava só para me sentir fazendo parte de algo; de um grupo, talvez. Sendo alguém tão diferente, eu tinha essa necessidade. Praticava em frente ao espelho para não fazer feio quando estava com as pessoas. Era uma ferramenta social.

John pegou meu queixo e me fez olhar direto para ele. Aquilo me fez vibrar. Depois passou a mão em meus cabelos, brincando com as pontas. Sorriu. Parei de tremer e senti um calor agradável.

— Seu olhos são da cor de seu nome.

Inclinei a cabeça, sentindo a mão dele em meu rosto, mas não consegui falar. Ele acariciou novamente meus cabelos. Eu não acreditava que ele estava me tocando. Que se lembrava do meu nome.

— Fumar não vai tirar sua inocência — ele disse.

A porta se abriu e a magia do momento se perdeu. Era Sarah Sebert. Ao me ver, comentou com voz de quem já havia bebido bastante:

— Indie, não sabia que você estava aqui.

Dei um passo para trás, me afastando de John, e voltei a sentir frio. Cruzei os braços para tentar me aquecer.

— Sim, vim com Burke.

Sem dizer uma palavra a Sarah, John entrou e fechou a porta. Quis ir atrás dele, mas ela me segurou pelo ombro.

— Este cara não é demais?

Não respondi. Ela cochichou em meu ouvido:

— Venha, vamos entrar. Vou pegar um drinque para você. Minha irmã conseguiu bebida para mim.

Sarah sempre foi a alegria das festas. Adorava beber, rir e dançar. E era legal com todos. Nunca vi alguém que sorrisse com tanta facilidade.

Entramos. Ela me levou até o outro lado da sala e pegou uma mochila escondida em um canto. Olhei na direção da cozinha, procurando John.

— Arranje um copo — ela disse.

Fingindo procurar um copo, saí olhando pelos cômodos, mas nem sinal de John. Será que ele tinha ido embora? Será que eu tinha dito alguma coisa errada? Peguei um copo e fui até Sarah. O que eu tinha feito de tão grave para ele sair assim, sem sequer se despedir? Ela se virou para o canto e, discretamente, despejou a bebida no copo, me entregou e guardou a garrafa de volta na mochila. Pegou, então, seu copo e se virou para mim.

— Um brinde à pessoa mais divertida que eu conheço.

— Não sou tão divertida assim — eu disse.

— Mas claro que é. Quando entrou na classe ontem cantando Beatles achei que eu ia molhar as calças de tanto rir.

— Ah, não teve tanta graça. Para falar a verdade, achei que a sala estivesse vazia. Jamais cantaria se soubesse que havia alguém ali além de Lacey.

Mas era bom saber que Sarah me considerava uma pessoa divertida. Aquilo me fez bem. Será que John me achava divertida também? Muito provavelmente, não. Não tinha jeito de quem gostasse de garotas divertidas. Era isso. Talvez eu não fosse o tipo dele. John devia gostar de meninas mais descoladas. Sarah interrompeu meus pensamentos.

— Precisamos voltar a ensaiar, nem que seja por farra. Lembra-se de como nossa banda estava legal no ano passado?

Comecei a rir. Nossa banda de garotas era muito divertida. Eu adorava os ensaios, mesmo eles não sendo muito sérios.

— Até que uma das músicas ficou decente, não? — eu disse.

Ela ergueu o punho fechado, em saudação, e eu ergui também.

— Vamos voltar a ensaiar — ela insistiu. — Vamos voltar a tocar nosso *rock and roll*.

— Sim, vamos — respondi, animada. — O que temos a perder? Era tão divertido.

Brindei com ela, tentando parecer descolada.

— Indie, você é um barato — ela disse, rindo bêbada. — E muito bonita também, tenho que dizer.

Então ela olhou para alguém do outro lado da sala.

— Ei, é o Burke ali, não? Preciso falar com ele.

Saindo apressada, sem querer se esbarrou em mim e derrubou bebida em meu braço.

— Que droga — ela disse. — Bem, só conheço uma maneira de acabar com esse tipo de acidente.

Virou o copo na boca, bebendo tudo de um gole. Depois fez careta, balançou a cabeça e olhou para mim.

— Vamos lá, Indie. Você também.

— Não tenho como. Meu copo está cheio.

Então me lembrei de minha verdadeira missão naquela festa: manter Amber e Burke longe um do outro. Que tipo de amiga eu era se não conseguia sequer me concentrar nisso? Naquele momento os dois estavam bem próximos; próximos demais para o meu gosto. Olhando melhor vi que ela estava com a mão nas costas dele, segurando seu cinto como um animal segurando a presa. E pior: estava usando a mesma roupa da cena em que os dois se beijaram em minha visão. Além de brincos de argola enormes, bem maiores que os meus, e saltos altos e finos para completar. Minha cabeça começou a latejar e minhas mãos a suar.

— Indie! Indie! — Sarah começou a cantar meu nome, e, depois de alguns instantes, todos se juntaram a ela na cozinha.

As vozes reverberavam em minha cabeça. Eu estava zonza, enjoada e as imagens giravam ao meu redor. Não podia passar mal ali. Talvez se bebesse mais um pouco acabasse me sentindo melhor. John tinha ido embora por me achar inocente demais? Virei o resto do copo de um gole só. O líquido desceu queimando, meus olhos lacrimejaram, meu estômago se revirou, mas eu bebi assim mesmo. Sarah me levou pelo braço até a sala, onde a música estava tão alta que fazia tudo tremer. Senti a batida forte sob meus pés no chão de madeira. Depois de algum tempo eu disse:

— Preciso tomar água.

Mas o que queria mesmo era encontrar Burke e Amber. E evitar que ficassem juntos. Fui cambaleando até a cozinha, esbarrando nas paredes. Jamais tinha ficado bêbada em toda a minha vida. Meu corpo estava estranho, sem controle, como se eu estivesse flutuando. Não encontrei Burke e Amber.

— Você viu Burke? — perguntei a um garoto que praticamente nem conhecia. As palavras mal saíam de minha boca.

— Uau! Você está chapada, hein, menina?

Balancei a cabeça, tentando dizer que não, e o movimento fez meu estômago piorar de vez. Então aconteceu exatamente o que estava evitando ao máximo: vomitei. E tudo começou a girar ao meu redor novamente. Não consegui me segurar. Vomitei mais uma vez.

— Que droga! — alguém disse. — Vou levá-la pra fora.

Era Sarah, que me segurou pelo braço e foi me levando até a varanda. Lá estava eu de novo, na varanda, mas agora sem John. Sarah me ajudou a me sentar, e eu apoiei a cabeça nos joelhos para ver se a tontura diminuía.

— Tenho que ir para casa — balbuciei.

— Com quem você veio?

— Burke.

— Ah, é. Você já tinha dito.

— Sim. Lacey pediu a ele para me trazer.

— Ok. Vou falar com ele.

Ela entrou, e eu acabei me deitando no chão, olhando para as estrelas e para a lua cheia. E, como sempre, tive a impressão de que ela me observava. Era muito estranho. O tempo foi passando, meu estômago não melhorava e a lua parecia continuar rindo de mim. Eu tinha vomitado em alguém. Que horror. Fiquei imaginando quem limparia aquilo. Por que John tinha ido embora? Será que não gostava mesmo de mim? Tive vontade de chorar. Onde estava Sarah? Eu tinha que ir para casa.

Então ela apareceu na porta, rindo.

— Encontrei Burke. Estava com Amber em um dos quartos lá em cima.

Ainda deitada, tapei os ouvidos com as mãos.

— Lá, lá, lá, lá...

— Pare com isso — ela disse, rindo ainda mais.

Sentou-se então ao meu lado, no chão, e me puxou para eu me sentar. Continuei com as mãos nas orelhas. A porta se abriu novamente, e, ao ver quem era, abaixei as mãos.

— Ei, Indie, você está bem? — perguntou Burke, com ar realmente preocupado.

Tentei me levantar e quase caí de bruços. Burke foi mais rápido e me segurou.

— Mil desculpas — balbuciei.

— Não se preocupe. Está tudo bem. Vou levar você para casa. Eu já queria mesmo ir embora.

— Resolvido, então — disse Sarah, dando um tapinha nas costas de Burke.

— Você está bem para dirigir? — tentei dizer.

— Sim, estou bem.

Ele foi me levando até o carro e me deu um saquinho plástico, caso desse vontade de vomitar no caminho. Encostei a cabeça no apoio do banco, e o mundo começou a girar novamente, como se eu estivesse em uma daquelas portas giratórias. Eu só queria que aquilo acabasse. Não queria estar bêbada daquele jeito. Por que John tinha ido embora? Fomos para casa em silêncio, pois eu estava enjoada demais e não conseguia falar. Fiquei bem quieta e de olhos fechados para não vomitar. Por que ele tinha ido embora daquele jeito sem ao menos se despedir?

Meus olhos se encheram de lágrimas. Quando Burke parou em frente à minha casa, tentei abrir a porta do carro, mas até isso parecia uma missão impossível naquele momento. Burke deu a volta e abriu para mim.

— O que Sarah disse não é verdade — ele comentou.

Fui saindo aos poucos, tentando colocar os pés no chão. Nem consegui responder. Ele me ajudou a ficar em pé e a chegar até a porta de casa. E também a achar a chave na bolsa. Assim que eu entrei, caindo no corredor, Brian veio correndo da cozinha.

— O que é isso? — ele perguntou.

— Oi, Bri — tentei dizer. E desabei no chão.

Ele me ergueu pelo braço.

— Shhh... — sussurrou. — Não deixe mamãe ver você assim. Fique quieta e eu a ajudo.

— Estou tão mal.... — sussurrei.

— Shhhh.

— Mal mesmo. John saiu e nem se despediu de mim. Por que ele fez isso?

— Esqueça isso agora. Não fale, ok? Vai acordar mamãe.

Mas eu continuei a resmungar. Quando estávamos quase no fim do corredor, mamãe saiu do quarto, de pijama.

— Indie, o que aconteceu?

— O quê? — respondi, apoiando a mão na parede. — Está tudo bem.

— Você está bêbada?

— Não, ela está bem — disse Brian.

— Quantos copos você bebeu?

— Uummm — balbuciei, mostrando um dedo, mas enxergando dois.

— Você a levou a alguma festa? — ela perguntou a Brian, em tom de acusação.

— Mãe, ela só tomou um drinque. E é fraca para bebida. O que mais posso dizer?

Tombei contra a parede, e mamãe me segurou pela parte de trás da jaqueta.

— Deixe comigo agora — ela disse, me levando para o quarto. — Amanhã vamos conversar sobre isso.

— Mãe, eu não sou mais criança.

Entrei no quarto e vi dois Jim Morrisons na parede. Tropecei e me segurei em minha mãe. Vi duas gatas pretas sobre a cama e comecei a rir.

— Veja só. Cedar arranjou uma irmã gêmea.

Cedar miou para mim como se eu fosse um ser de outro planeta.

— Venha, vamos tirar essa roupa — disse minha mãe.

Deixei que ela me ajudasse, mas quis tirar eu mesma o sutiã e acabei acertando o rosto dela. Caí na gargalhada, e ela me ajudou a vestir o pijama.

— Indie, isso não tem graça.

— Ah, eu acho que tem. Sabia que o pessoal da escola me acha divertida? Eu, Indie Russell. Divertida.

Comecei a cantar a música predileta de meu pai, dos Beach Boys, só que com minha própria letra.

— Ih, será que papai está ouvindo? Ele adora os Beach Boys. Mas eu, não. São um bando de velhos ridículos.

— Espero que ele não esteja ouvindo mesmo — ela disse, agora em tom mais calmo. — Não ia gostar nada. Agora durma.

Assim que me deitei e me cobri, a vontade de rir acabou. Tudo começou a girar novamente. Cedar parecia entender o que estava acontecendo e veio se deitar, quietinha, na curva de minhas pernas. Resmunguei para minha mãe:

— Queria tanto que John gostasse de mim. Só que eu sou esquisita demais para ele.

— Você não é esquisita — ela respondeu.

— Eu fico vendo essas coisas. É ridículo.

— Não é ridículo. Faz parte de você.

— É horrííível...

— Shhh. Durma, Indie — ela disse, agora com firmeza. — Amanhã conversamos.

— Às vezes, eu queria voltar a ser criança — solucei. — Pelo menos naquela época eu não sabia que tinha esse problema.

Tentei me sentar e quase caí da cama.

— Lembra-se de quando Papa morreu? Lembra-se de que eu o vi?

— Indie, chega.

— Eu tinha só 7 anos.

Minha mãe saiu do quarto, balançando a cabeça.

— Mas eu ainda tenho visões! — gritei.

Joguei a cabeça no travesseiro e tudo voltou a girar.

capítulo 4

Acordei com o toque do telefone explodindo em meus ouvidos. E desconfiei que fosse para mim. Espiei para fora das cobertas para ver as horas e xinguei. Dez e meia da manhã. Alguns raios de sol entravam pela fresta da cortina. Minha cabeça latejava e meu estômago... nada bem. Ao esticar a mão para alcançar o telefone, derrubei o porta-retratos de minha foto com Sheena, Sacha e Cedar, que ficava sobre o móvel.

— Alô — minha voz saiu rouca.

— Alguém me disse que a noite foi boa.

Era Lacey, rindo.

— Nada boa.

— Burke me contou que você bebeu todas.

Gemi só de pensar em tudo o que o pessoal iria falar na escola. Por sorte era domingo. Quem sabe até o dia seguinte eles esqueceriam?

— Pelo menos não vomitou no carro. Burke achou tudo muito engraçado. Você é sempre tão certinha.

— Você falou com mais alguém? — perguntei.

A reputação de um aluno podia ir para o espaço em uma única festa.

Ela fez silêncio por um instante e fiquei pensando se não tinha feito algo mais grave de que não me lembrava. Fiquei esperando a resposta, ansiosa. Ela demorou a falar, e seu tom agora era diferente.

— Preciso perguntar uma coisa séria.

— Sim, o que é?

Tudo o que eu precisava agora era água, muita água. E gelada.

— Você viu se Burke e Amber ficaram juntos na festa ontem?

Aquilo foi como um soco em meu estômago. Até aquele instante eu só estava pensando em minha ressaca e em minha reputação. Que bela amiga eu era. Antes que eu pudesse responder, ela continuou:

— Aquela idiota da Adriana me telefonou hoje dizendo que viu os dois em um dos quartos se amassando. Burke me ligou ontem à noite e hoje também para dizer que estava com saudade, que me ama etc. Parecia normal. E que cara ele teria para me ligar se estivesse me traindo? — fez uma pausa. — Indie, você viu alguma coisa?

— Não — respondi.

Não era exatamente mentira. Tinha visto os dois conversando durante a festa, porém nada mais íntimo.

Lacey respirou aliviada.

— Obrigada, amiga. Você é ótima.

— Eu estava bêbada.

— Sim, mas teria ouvido ou visto alguma coisa diferente. Sabe, aquele seu dom.... Adriana está mentindo, com certeza. Quer acabar com meu relacionamento para ficar com Burke. Além do mais ele não ficaria com alguém como Amber. Ela não faz o tipo dele.

Lembrei-me então de Amber segurando Burke pelo cinto. E de ter ouvido Sarah comentar algo a respeito. Além de minha visão, é claro. Mas ela não ia gostar de saber.

— Sei que Burke não faria uma coisa dessas comigo — ela disse. — Estamos muito bem. Talvez seja melhor mesmo eu dar o próximo passo com ele, sabe? Ficarmos juntos de verdade seria a confirmação do que sentimos um pelo outro.

Ela parecia estar tentando convencer mais a si mesma do que a mim.

— Não vá fazer isso só por fazer — eu disse.

— Não. Quero que seja no momento certo — ela respondeu rápido. — E, pelo jeito, você já está apta a dar conselhos sobre homens, hein?

— Não, não tenho esse conhecimento todo.

— Confio em Burke, e ninguém vai me fazer mudar de ideia. Quero que minha primeira vez seja com ele.

O que eu podia dizer? Tinha até como explicar sobre a visão, mas a essa altura ela provavelmente não acreditaria. Além do mais, talvez Burke nem voltasse a ficar com Amber de novo. Podia ter sido algo casual, de que Lacey nem precisava saber. E ele tinha me trazido para casa depois e me tratado com toda atenção. No fundo, Lacey devia saber que nem tudo estava bem entre eles. Não era possível que não percebesse. E por que tinha que ser justamente eu a contar?

Terminamos a conversa, desliguei o telefone e me joguei de volta no travesseiro, olhando para o teto. Aquelas visões acabavam comigo. Eu realmente não sabia o que fazer com elas. "Alguém, por favor, me diga", pensei. Não queria ser falsa com minha amiga. Ela não merecia ter um namorado que a traísse. Por outro lado, também não queria contar a ela sobre algo que vi e que podia não ser verdade. Senti uma onda de frio e comecei a tremer. Puxei as cobertas e me encolhi, mas o frio não passava. "Por que tenho essa maldição?", me perguntei. Fechei os olhos para ver se aquilo passava e eu voltava a dormir. Mas a claridade que entrava no quarto era tão forte que nem adiantava ficar de olhos fechados. Reclamando, me levantei e fui fechar as cortinas. A piscina ainda tinha água; os raios de sol se refletiram nela e me ofuscaram a vista, fazendo minha cabeça latejar ainda mais. Protegi os olhos com as mãos, pensando que ninguém, naquele momento, teria como saber qual era o meu estado.

Meu estômago se revirou. Fechei as cortinas e voltei para a cama. Cobri a cabeça e já estava quase dormindo quando a porta do quarto se abriu.

— Muito bem, mocinha. Já descansou bastante. Sua sorte é que seu pai não está em casa. Sabe o que ele pensa sobre essa história de bebida para menores de idade. É bom que isso não se repita.

Minha mãe entrou e escancarou as cortinas que eu tinha acabado de fechar.

— Não abra! — eu disse, virando o rosto para o outro lado e cobrindo a cabeça.

— Preciso que você limpe a piscina.

— Agora?

— Não neste exato momento, mas ainda hoje.

— Brian não pode limpar?

— Vocês dois têm trabalho para hoje.

Ela se sentou na beira de minha cama, ficou em silêncio por um instante e foi puxando minhas cobertas devagar. Colocou a mão em meu rosto e perguntou:

— Quer conversar? — sua voz estava calma agora.

— Não.

— Tem certeza?

— Mãe, eu estou bem.

Rolei para o outro lado e fechei os olhos.

— Você disse alguma coisa sobre um rapaz ontem à noite. Foi com ele que bebeu?

— Não!

Ela se levantou e foi para a porta.

— Então, já que está tudo bem, quero que se levante e vá limpar a piscina.

Ela saiu, fechou a porta e eu gemi, desconsolada.

Tudo bem? Não, nada estava bem. Eu estava morrendo de ressaca, tinha tido uma visão, que podia arrasar minha melhor amiga, o garoto de quem eu gostava tinha ido embora sem nem se despedir, eu tinha me embriagado, vomitado e dado o maior vexame. Mas tinha que admitir que, na verdade, as coisas nunca estavam muito bem comigo. Minha mãe provavelmente achava que eu tinha me embriagado para fugir de meus problemas. Minha cabeça agora dava agulhadas, e eu quase gritei de dor. Só faltava ela querer marcar uma consulta para mim com um psicólogo por causa disso. Ah, mas eu faria um escândalo se ela se atrevesse.

Aos 7 anos, quando contei a meus pais que tinha visto meu Papa, os dois ficaram muito "preocupados". Antes de ele morrer, eu achava que todo mundo via luzes coloridas em volta das cabeças das pessoas e fantasmas andando pelo quarto à noite. Se eu soubesse tudo o que sabia agora, jamais teria dito a eles o que quer que fosse. Junto com a "preocupação" deles foram surgindo todos os meus sintomas físicos. Apertei o estômago com a mão para ver se diminuía o enjoo.

Quando comecei a ter dores constantes de estômago, por volta dos 10 anos, minha mãe me levou ao médico da família. "Ela está bem. Não tem qualquer problema clínico", ele dizia toda vez que eu ia para as consultas. E me olhava de lado, como se eu fosse uma hipocondríaca. Mamãe resolveu, então, procurar outro médico. E a médica que me atendeu começou a me fazer perguntas que nada tinham que ver com meu estado físico.

Perguntava sobre namorados e amigos. Mas eu gostava da dra. Z (era assim que eu a chamava). Então, um dia, durante uma consulta, vi uma foto dela com o filho sobre a mesa e disse:

— É um menino lindo. E que gosta de desenhar.

Ela olhou em volta da sala, tentando ver se havia algum desenho dele por ali. Mas não havia. Virou-se para mim de um jeito engraçado e disse:

— Sim, gosta mesmo.

E eu continuei, sem pensar.

— Mas é muito tímido. Tem dificuldade para se relacionar com as pessoas.

Desta vez ela me olhou mais séria.

— Sim. É verdade.

Na consulta seguinte, quando estávamos sozinhas, ela disse:

— Você é realmente diferente. Acredito que tenha algum tipo de percepção extrassensorial.

Então eu era diferente. Era esse o diagnóstico? Que droga era aquilo que ela tinha dito? E pelo jeito não tinha cura. Não era como catapora. Contei à minha mãe, naquela noite, o que a dra. Z havia dito. Para minha mãe, eu era apenas "sensitiva". Eu sabia que ela já vinha pesquisando sobre o assunto. E foi essa "sensitividade" que fez meus pais pedirem à dra. Z que indicasse um psicólogo. Minha primeira sessão de terapia tinha sido no começo da adolescência com o diagnóstico de Transtorno de Déficit de Atenção e Hiperatividade. Meu estômago doía demais na época. E a tensão de tanto ir a médicos e psicólogos acabou me fazendo ter uma úlcera.

Esfreguei a região do estômago, imaginando se a úlcera não tinha voltado. Seria péssimo. Mas desta vez eu iria disfarçar a dor e os eventuais refluxos de sangue para que meus pais não ficassem "preocupados". Remédios baratos funcionavam muito bem. Ainda me lembrava do que meu pai havia dito um dia, quando minha mãe chegou do médico comigo:

— Mas como uma criança pode ter úlcera? Ela devia é estar brincando com suas bonecas, andando de bicicleta e desenhando com outras meninas de sua idade.

— Sim. Só que ela é uma criança que internaliza todos os problemas — minha mãe respondeu.

Continuei na cama e cobri a cabeça novamente. Eu era realmente um ser diferente; uma aberração. Quem iria querer namorar alguém assim? Em especial, um garoto inteligente como John. Mas eu queria muito ficar com ele. Para isso, teria que ser mais inteligente ainda e esconder muito bem meus segredos. Estava novamente encolhida sob as cobertas, bem quietinha, quando minha mãe gritou:

— Indie, levante-se! Vá limpar a piscina.

— Ainda tem uma sujeirinha ali — disse Brian, confortavelmente sentado na cadeira, com as mãos cruzadas atrás da cabeça.

— Você devia é estar me ajudando — respondi. — Queria que mamãe e papai cobrissem esta piscina. Estamos no outono; ninguém a usa mais.

— Eu uso — disse Brian. — É uma piscina aquecida, lembra-se? — e fez uma pausa. — Ah, é verdade. Você não lembra porque tem medo dos monstros que habitam as profundezas da água, não é mesmo?

— Cale a boca — eu disse, andando até o outro lado para pegar um inseto morto, boiando.

— Irmãzinha, você me deve uma. Salvei sua pele ontem à noite. Você não ficou naquele estado tomando um drinque apenas; não mesmo. Foram muitos. E por falar nisso, quem é John? Devo dar uma surra nele por ter deixado você daquele jeito?

— Veja se fica quieto e me ajuda a limpar a piscina.

— Nem pensar.

— Você não pode ser legal comigo de vez em quando?

— Não. Quem disse que eu sou um bom cristão?

— E o que ser bom cristão tem que ver com me ajudar a limpar a piscina?

Fui até o outro lado para pegar o aspirador.

— Já lhe disse que acredito na teoria do caos? Todo movimento no mundo gera mudanças e nada é previsível. É tudo questão de matemática, não de sonhos.

Olhei para ele. Claro, estava fazendo piada com minhas visões. Não acreditava que eu realmente as tivesse e dizia que eu inventava tudo aquilo para chamar a atenção de nossos pais. Mas eu estava me sentindo tão mal que não queria discutir. Peguei a rede e joguei para ele.

— Certo, então vamos testar a sua teoria do caos. Talvez seu movimento possa melhorar a aparência desta piscina.

A segunda-feira chegou mais rápido do que eu queria. Ainda sentia os efeitos da ressaca quando fui para o ponto de ônibus. O álcool parecia estar demorando a deixar meu organismo, apesar da diarreia que tive no domingo todo. O tempo agradável da semana anterior havia desaparecido. Agora, o céu estava coberto de nuvens escuras, o que combinava perfeitamente com meu humor. Fechei os botões da jaqueta *jeans* e inclinei a cabeça para enfrentar o vento, sabendo que logo teria que tirar o casaco de inverno do guarda-roupa. O sol de verão não viria tão cedo e o vento estava cada vez mais gelado. Cheguei à escola cedo, e os corredores ainda estavam vazios. Nem fui até o armário. Segui direto à biblioteca para procurar material sobre um projeto de inglês que tinha que terminar. Ali também estava vazio. Fui para a seção de literatura e peguei um livro sobre o movimento feminista. Precisava fazer um estudo comparativo sobre o romance que estávamos lendo: *The Handmaid's Tale*[1], de Margaret Atwood. Era um romance antiutópico, sobre a opressão das mulheres, e praticamente um alerta para evitar a complacência. Abordava também a questão da indiferença com relação a elas, ou pelo menos era essa a minha impressão. Levei o livro até uma mesa e me sentei para copiar algumas observações para meu trabalho sobre opressão feminina. Depois de alguns minutos ouvi alguém entrar, mas continuei escrevendo.

— Índigo.

Aquela voz aveludada e tão familiar me fez saltar da cadeira.

— Então foi você que pegou o livro que eu estava procurando.

Com um movimento ágil e leve, ele se sentou na cadeira diante da mesa e esticou as pernas. Olhei para ele e deixei meus cabelos caírem sobre o rosto para disfarçar a surpresa. Como podia estar tão bonito àquela hora da manhã? Seus cabelos caíam charmosamente sobre a testa, e o olhar, belo e profundo. O cheiro do creme pós-barba invadiu minhas narinas.

— Já estou terminando — gaguejei, continuando a escrever.

Ele tirou um livro da mochila.

— Não há problema. Eu espero.

Olhei para a capa e me arrepiei. Era *O Profeta Adormecido* novamente. Aquilo me fez lembrar a festa, quando ficamos lá fora fumando sob o luar.

— Está lendo para algum trabalho aqui da escola? — perguntei, tentando não gaguejar.

— Comecei a ler por causa das aulas de psicologia, mas gostei e estou me divertindo.

— E gostou de *The Handmaid's Tale?*

— Sim. Gosto da autora. Tem um estilo profundo. Pode--se pensar no trabalho dela em vários níveis. Achei interessante,

1. *O conto da empregada* (N. da T.).

porque me fez pensar sobre complacência, sobre como as pessoas acham que as coisas vão continuar sempre iguais e acabam perdendo tudo com isso. Há muitos indivíduos complacentes em nossa sociedade e, para mim, complacência é quase sinônimo de mediocridade. E quem quer ser medíocre? É bem melhor fazer algo que ajude a melhorar o mundo, não?

Eu nem tinha certeza do que iria fazer da minha vida. Será que acabaria me transformando em uma pessoa medíocre, sem fazer algo de útil, como ele tinha acabado de descrever? Uma professora tinha mesmo dito que eu não iria longe.

— Gostei da mensagem do livro sobre opressão — eu disse. — Vejo que o movimento feminista ajudou muitas mulheres, mas ainda há países em que elas sofrem grande repressão.

Terminei de copiar e passei o livro para ele, surpresa comigo mesma por estar dividindo minhas ideias daquela maneira.

— É todo seu.

Ele fechou o livro que estava lendo e o guardou junto com seu material.

— É verdade. Concordo. Você assiste às aulas de psicologia?

Balancei a cabeça negativamente. Jamais estudaria psicologia, mesmo com minha mãe dizendo que essas aulas complementares ajudariam a melhorar minha média semestral. Quando se tratava de análise de personalidade, de tanto fazer terapia, eu provavelmente entendia mais do assunto que os professores.

— É uma matéria bem interessante e fácil, além de ajudar na média geral.

— Sim, já me disseram.

— Pena mesmo que você não esteja fazendo. Poderia me ajudar.

Olhei bem para ele, imaginando que estivesse brincando, como na noite da festa. Mas não parecia estar. Difícil acreditar que podia querer minha ajuda.

— É pena — respondi.

Ele bateu de leve com a caneta na mesa.

— É um curso de um ano, com provas semestrais e apresentação de um trabalho em janeiro. O meu será sobre Edgar Cayce e suas visões, que acabaram se tornando realidade. Quero compará-lo com Sigmund Freud. Só que é uma ideia minha. Talvez não haja uma base real para comparação. Estou pensando se não é melhor simplesmente escrever sobre Cayce.

Fechei meu caderno.

— Mas janeiro ainda está longe — ele continuou. — Sou bem capaz de ir lendo os livros de que gosto mais durante os próximos meses e deixar para escrever o trabalho uma noite antes da apresentação.

— Infelizmente acho que não vou poder ajudar. Nunca ouvi falar dele.

— De Freud?

— Não. É claro que sei quem é Freud. Estou falando de Cayce.

Desta vez ele sorriu.

— Sim, você me disse no sábado, durante a festa, não se lembra? Ou será que já se esqueceu de tudo o que aconteceu naquela noite?

Alguém tinha contado a ele que eu fiquei bêbada? Ou quem sabe ele nem tivesse ido embora, mas ficado em um dos quartos lá em cima?

— É claro que me lembro — eu disse.

Para mudar de assunto, comecei a guardar minhas coisas na mochila.

— Se quiser saber mais sobre ele, posso lhe emprestar meu livro.

— Sim — eu disse. — Mas precisa terminar de ler primeiro.

Por que ele estava conversando comigo sobre o assunto? Sabia de alguma coisa a meu respeito?

Ele se recostou na cadeira e a empurrou para trás, balançando-se nela.

— É impressionante o que ele fez.

— O que ele fez? — perguntei.

Ele endireitou a cadeira e se inclinou em minha direção. Seus cabelos caíram sobre a testa e cheguei a sentir seu hálito. Tive muita vontade de esticar a mão e tocar seu rosto, de sentir seus cabelos e sua pele. Queria poder voltar no tempo e ficar mais um pouco com ele naquela varanda, sentindo o calor de sua mão em meus cabelos. Mas desta vez queria que ele me abraçasse. Ou então... que chegasse mais perto e me beijasse. Bem ali, na biblioteca. Mas ele só continuou a falar.

— Ele tinha visões que se tornavam realidade. E conseguia curar pessoas a quilômetros de distância. Só precisavam lhe dizer o nome delas. Não é incrível?

A temperatura da sala parecia subir de repente. Parecia que eu estava lá fora, sentada sob o sol em um dia de verão. O suor começou a escorrer em minha camiseta. Será que meu rosto estava ficando vermelho? Eu só queria que ele parasse de falar sobre aquele assunto e se concentrasse em mim. Que olhasse em meus olhos e acariciasse meu rosto. Aquilo me incomodava. Era melhor eu ir embora. Mas não conseguia me mexer. Era como se estivesse presa em um círculo de energia ao redor dele. Naquele instante eu só queria que ele esquecesse tudo e me convidasse para fumar lá fora.

— Eu me concentraria mais em Freud. Esse Cayce não me parece muito confiável — gaguejei.

— Como você sabe? — ele perguntou, agora com os olhos fixos nos meus, sem piscar.

Fiquei como se estivesse hipnotizada, sem conseguir desviar o olhar. Então, ele sussurrou:

— Acabou de dizer que não o conhece.

As palavras saíram lentas, diretas. Eu tinha que fazer alguma coisa. Qualquer coisa. Aquilo estava me deixando sem jeito, mas eu não conseguia me mover. Então, sem pensar, acabei dizendo:

— Bem, o que você me disse sobre ele me deu essa impressão.

Afastei, então, minha cadeira, e ele também se afastou. O espaço que se formou entre nós quebrou o encanto. Seus olhos se tornaram mais frios, ele se recostou novamente na cadeira, cruzou os braços, inclinou a cabeça e disse:

— Você está julgando um homem sem conhecê-lo? Muita pretensão, Índigo Russell.

Seu tom de voz me confundiu. Ele estava brincando ou me ridicularizando? Lembrei então quando ele me disse que eu era inocente. Era assim mesmo que me via? Pois eu queria que me visse de igual para igual, não como uma menina inocente.

— Não estou julgando — eu disse.

— Está fazendo o que, então?

Peguei a caneta e a girei em torno do dedo.

— Expressando minha opinião.

Ele fez um gesto com a cabeça e ficamos em silêncio por um instante. Ele deu um meio sorriso.

— Gosto disso.

O ar ainda estava carregado de eletricidade ao nosso redor. Ele quebrou mais uma vez o silêncio, batendo com a caneta na mesa.

— Cayce dará um estudo interessante.

Mas não tive certeza se estava falando comigo ou consigo mesmo. Então ele olhou para mim e me incluiu na conversa.

— Quero dizer, é preciso pensar nesse tipo de coisa. Certo?

— Sim — encolhi os ombros.

Ele continuou:

— Não pode existir um mundo além do nosso, o qual só pessoas como Cayce consigam ver? Ele tinha verdadeiros transes.

Abaixei a cabeça e coloquei o cabelo para trás da orelha. Ele não ia mesmo mudar de assunto. Vesti a jaqueta, peguei minha mochila e a coloquei no colo por um instante. John estava tão absorto em seus pensamentos que nem percebeu. Eu estava pronta para ir embora, e ele continuava a falar como se eu nem estivesse ali.

— É surreal.

Eu me levantei.

— Tenho que ir. Não posso me atrasar mais. Vejo você na aula.

Saí o mais rápido possível.

A manhã parecia não ter fim. Eu não conseguia parar de pensar em John e em sua obsessão por Edgar Cayce. Tínhamos livros desse autor em casa, mas eu nunca os tinha lido. Ficavam acumulando pó em um quartinho. Um deles tinha sido presente da dra. Z para minha mãe. Mas eu não me interessava em ler aquilo. O que John diria se soubesse que eu tinha visões? Não podia descobrir. Ele achava Cayce fascinante, mas se o conhecesse pessoalmente, provavelmente iria achar que era um maluco.

Encontrei Lacey antes do horário de almoço.

— Oi. Você vai almoçar na lanchonete? — ela perguntou.

— Vou. E você?

Fechei a porta do armário.

— Não — ela respondeu, balançando a cabeça, os olhos cheios de lágrimas, prestes a cair no choro.

— Ei. O que aconteceu? — perguntei.

— É essa história de Burke — ela disse, com voz trêmula. — Parece que todo mundo na escola só fala disso.

Ela olhou para mim, e meu coração ficou apertado, meus braços e pernas ficaram pesados e minha cabeça latejou. Eu estava sentindo a dor dela. Aqueles belos olhos brilhantes e alegres de sempre agora estavam tristes e o sorriso radiante tinha desaparecido.

— Preciso lhe contar uma coisa — tomei coragem. Mas, quando ia continuar, Burke surgiu no corredor, vindo em nossa direção. Sorriu e colocou o dedo sobre os lábios, pedindo que eu não a avisasse de sua presença. Chegou atrás de Lacey, cobriu seus olhos e cochichou em seu ouvido:

— Adivinhe quem é.

Ela se virou, toda contente. E ele acariciou seu rosto com tanto carinho que eu tive que olhar para o lado.

— Até mais tarde — eu disse, deixando os pombinhos a sós.

capítulo 5

Finalmente o sinal de final de aulas tocou. Fui andando automaticamente em direção ao armário, com a mente concentrada em descobrir como contar a Lacey sobre a visão. Pensei em ler alguns poemas de Morrison. Eles poderiam ter alguma coisa que a ajudasse a enfrentar a dor. Morrison escrevia muito sobre dor. E também sobre liberdade. Eu gostava de um de seus poemas que falava de liberdade interior; sobre como podemos abrir a mente e deixar a alma vagar livremente. Talvez fosse disso que Lacey precisasse: abrir a mente e deixar a alma livre para perceber que Burke não era uma presença positiva em sua vida. Se eu decidisse contar a ela, teria que ser com tato e com honestidade. Mas por que contar agora que tinha acabado de ver os dois tão felizes juntos? E se ela decidisse transar com ele e então descobrisse que ele a estava traindo? Isso iria acabar com ela. Eu tinha que contar antes que o pior acontecesse. Por que eu não era normal? Esse era o grande problema na minha vida: não ser "normal". Respirei fundo e decidi que não adiantava mais esperar. Era hora de tomar uma atitude.

Imersa em pensamentos, mal percebi o esbarrão.

— Oi, Indie — era John, ao meu lado. — Como você anda rápido.

Ele tinha esbarrado em meu ombro, e o toque de seu corpo me fez diminuir o passo. Ele foi me acompanhando.

— Terminei de ler o livro de Cayce. Achei que você podia querer emprestado.

Observei sua expressão. Ele estava falando sério. Mas eu não me lembrava de ter pedido para ler o livro, muito pelo contrário. Tinha deixado bem claro que não me interessava.

— Ah — foi minha resposta.

Ele tirou o livro do bolso, e, ao me entregar, nossas mãos se tocaram. Aquela estranha corrente elétrica percorreu meu corpo novamente. Aliás, eu adorava observar as tempestades elétricas que aconteciam em Ottawa e a chuva torrencial que caía em seguida e, depois, sair na chuva, sentindo as gotas d'água caindo em meu rosto.

— Só não repare nas páginas dobradas. Comprei o livro em um sebo — ele disse.

— Sem problema — eu disse, sorrindo. — Se conseguir um lugar para me sentar no ônibus de volta, já posso começar a ler.

— Que bom. Depois me diga o que você...

Ele não terminou a frase. Passou a mão pelos cabelos e suspirou ruidosamente. Aquele suspiro e o movimento de seus ombros me causaram uma estranha sensação. Naquele momento aquele corpo, de postura sempre tão calma e charmosa, demonstrava uma espécie de fragilidade que eu jamais tinha visto. Captei imediatamente a tensão e a dor dele, mas não consegui entender o que poderia ser. Naquele instante até desejei poder ver alguma coisa; ter uma visão me mostrando o que tanto o incomodava. Mas só consegui ouvir o barulho no corredor, ao nosso redor. A dor que ele sentia, e que eu senti também, era tão real, tão intensa. Por que não conseguia me concentrar? Era como se aquele incômodo fosse maior que minha capacidade de enxergar o que estava acontecendo com John. Mas eu sabia que era algo sério. Ele olhou para o chão e chutou uma pedrinha, disfarçando.

— Bem, tenho que ir. Espero que goste da leitura.

E foi embora. Fiquei observando seu jeito, agora instável, diferente do caminhar macio e confiante de sempre. Tive vontade de correr atrás dele, de tentar conversar e ajudá-lo a se sentir melhor. Mas não corri. Algo me dizia que ele não me deixaria entrar em seu mundo. Não ainda. Peguei minhas coisas e fui para o ponto de ônibus. O dia estava escuro, nublado. O sol não aparecia. Era o típico dia de outono que já anunciava a chegada do inverno. Entrei no ônibus e consegui um assento ao lado da janela, mas não peguei o livro para ler. Fiquei apenas observando as nuvens baixas no céu. Às vezes nevava na época do *halloween*. Aquela paisagem acinzentada me fez sentir frio. Fiquei imóvel, me lembrando da voz de John, estranha, instável, e de sua súbita insegurança. O ônibus parou, e as portas se abriram, deixando entrar uma corrente de ar frio. Eu me encolhi e olhei novamente pela janela. Três pontos antes de eu descer, um homem entrou falando sozinho. E se sentou ao meu lado. Era típico: pessoas com transtorno mental sempre se aproximavam de mim. Quis me levantar, mas não podia fazer isso com o pobre homem. Não queria magoá-lo. Ele continuou a falar. Não respondi, mas ao mesmo tempo tentei não mostrar indiferença. Desci e fui andando para casa, completamente exaurida, de cabeça baixa. Minhas pernas pareciam tão pesadas que eu quase me arrastava. Aquele tipo de pessoa conseguia sugar todas as minhas energias. Se me deitasse, ao chegar, iria dormir direto. Um dia cheguei a dormir dezessete horas depois de estar perto de uma pessoa com esse tipo de necessidade especial. Para tentar driblar o cansaço, concentrei-me em John. A maneira como ele saiu parecia indicar que estava indo para um lugar que não queria. Mas onde? Eu me sentia cada vez mais envolvida por ele. Aquela aura de mistério só me deixava mais intrigada. Queria descobrir tudo sobre John. Estávamos nos aproximando, aos poucos, mas ainda não era suficiente. Eu queria que ele tocasse meus cabelos novamente e que me beijasse. Mas como fazer para ele saber disso? Bem, poderia ser de uma forma mais simples: pedindo a Lacey que lhe entregasse um bilhete ou algo assim. O que eu tinha a perder, afinal?

O vento soprava forte em meus cabelos. Afastei-os do rosto com a mão, pensando na pergunta de Burke sobre meu futuro. O que eu iria fazer no ano seguinte? Alguns de meus amigos planejavam viajar, outros queriam arranjar emprego e juntar dinheiro para morar sozinhos. E outros queriam fazer faculdade. Mas eu não tinha planos. Não fazia a menor ideia do que queria. Minhas notas não eram as melhores, e eu não tinha qualquer habilidade especial. Será que eu era assim tão complacente, afinal, como a autora de *The Handmaid's Tale* descrevia? Os professores de ciências e matemática sempre diziam que eu era indiferente, que não me importava com os estudos. Na verdade, creio que me classificavam assim desde o jardim da infância. Mas será que era algo tão grave? Eu não gostava mesmo de estudar. Essa era a única certeza que eu tinha. Quase repeti o quarto ano. E por quê? Como não era de falar muito, achavam que eu tinha dificuldades de aprendizado. Eu me sentava em um canto da sala de aula, sonhando com mundos de fantasia. "Índigo, faça a lição", diziam os professores. "Você nem começou ainda. Quando pretende fazer o exercício?". Eu não respondia. Olhava para o livro cheio de números, com medo de responder e algum colega descobrir que eu era diferente, que via pessoas mortas andando pela sala ou que tinha visões sobre as coisas que iriam acontecer. Com certeza ririam muito de mim. Ou fugiriam, assustados, cada vez que eu entrasse na sala. Um bom exemplo era o que tinha acontecido com minha *hamster*, Teresa. Minha amiga Anna ficou com tanto medo que nunca mais foi à minha casa.

Quando eu estava no quarto ano, meus pais foram chamados à escola para conversar com a professora. Naquela noite ouvi os dois conversando na cozinha. A professora queria me reprovar porque eu não me expressava; era quieta demais. Naquela época Lacey era a única que me entendia. Sabia de minhas visões, mas continuava ao meu lado.

Fui andando cada vez mais devagar. Lacey. Lacey. Sinto tanto, mas tanto. Lembrei-me de momentos que passamos juntas, andando de bicicleta, fazendo tranças nos cabelos uma da outra ou brincando na rua. Cheguei finalmente à esquina de casa. Sabia que Lacey e eu estávamos lentamente nos afastando, pois agora nossos interesses eram diferentes. Mas sempre fomos muito amigas; eu confiava totalmente nela, e ela em mim.

Chegando em casa, fui direto para o quarto, fechei a porta e me joguei na cama, de roupa e tudo. Meu quarto era um lugar onde eu encontrava um pouco de paz. Desde pequena considerava minha cama um lugar de proteção, onde podia me refugiar da loucura de meu mundo. Não que fizesse muito sentido, pois odiava me sentir confinada — um quarto nada mais era do que uma caixa com quatro paredes. Mas eu já não tentava mais entender minhas esquisitices.

Fiquei deitada por um tempo, pensando. O que iria dizer a Lacey? O que tinha acontecido com John para ele ficar estranho daquele jeito? Será que eu devia escrever um bilhete para ele ou algo assim? Mas o que mais martelava minha mente era o que eu ia dizer a Lacey.

Sentei-me na cama. Talvez tocar guitarra me ajudasse a pensar melhor. Tirei o instrumento de baixo da cama e comecei a dedilhar ao acaso, tentando juntar palavras e compor uma letra que fosse boa para nossa banda. Reatar o grupo seria mesmo divertido. Fui cantando:

— Problemas e mais problemas. Lágrimas e mais lágrimas. Quando é que isso terá fim? O que será de mim?

Mas parei. As palavras não faziam sentido, e eu não queria me concentrar em meu medo. Guardei a guitarra. Estava exausta. Deitei novamente, me cobri e fiquei quietinha até minha mãe chamar para o jantar. Depois desci, fui para a mesa e coloquei um pedaço de carne no prato com algumas batatas em volta. Minha mãe me olhou, preocupada, e eu ignorei. Peguei um pouco de milho e comecei a comer. A última coisa que queria era minha mãe em meu quarto naquela noite, fazendo perguntas. Nem olhei para ela. Depois de comermos ajudei a lavar a louça, mas sem falar muito para não chamar atenção, e subi para o quarto.

Fechei a porta, liguei o aparelho de som e tentei me concentrar nas letras das músicas para ver se obtinha alguma inspiração. Comecei a sentir um frio terrível. Calcei meias, vesti um pulôver e calças de moletom felpado, mas não ajudou. Meu estômago começou a doer e minha cabeça a latejar. Fiquei olhando para o relógio. Tinha que esperar até as nove para telefonar para Lacey. Ela tinha saído com Burke. Levantei-me, andei pelo quarto e voltei para a cama diversas vezes, pensando no que iria dizer a ela. De repente, o rádio relógio tocou. Eram nove horas. Suspirei. Repassei mentalmente o que tinha me preparado para falar e disquei. Ela parecia agitada quando atendeu.

— Chegou agora? — perguntei.

— Sim. Acabei de entrar — ela disse, bufando.

— Pode falar?

— Espere só um minuto.

Pelo barulho, percebi que ela tinha colocado o fone sobre o criado-mudo. Os segundos foram passando, acompanhando o bater agitado do meu coração. Eu não estava com paciência para esperar. Depois de algum tempo ela voltou.

— Pronto. Já posso falar.

Mesmo sem ver, sabia que ela agora estava na cama, deitada sobre as almofadas.

— Tenho que lhe dizer uma coisa.

Não fazia sentido enrolar. Eu já tinha demorado demais.

— Você está mesmo a fim de John, é isso?

— Talvez — respondi.

— Vi vocês conversando no corredor hoje — ela disse. — Indie, posso jurar que ele está a fim de você. Não sou muito fã dele, você sabe. Mas você gosta dele e é o que basta. Quero muito ver sua felicidade, amiga.

— Pois é. Não sei exatamente se ele gosta de mim, mas quero que ele saiba que gosto dele.

— Então converse com ele e diga.

— Estive pensando em escrever um bilhete.

— Um bilhete? Como aqueles que costumávamos escrever no sétimo ano?

— Já sei. É uma péssima ideia.

— Nem tanto. Pelo menos ele vai ficar sabendo. Pode deixar, eu entrego o bilhete.

— É, pelo menos ele vai saber — eu disse. — E eu vou descobrir o que ele sente.

Fiz uma pausa. A vida é uma questão de verdades. E Lacey merecia saber a verdade.

— Mas eu tenho outra coisa para dizer.

— Está bem — ela disse. E fez uma pausa. — Diga logo o que é porque tenho algo superimportante para contar — e riu. — Mas diga você primeiro.

Respirei fundo mais uma vez.

— Vamos, diga!

Ela parecia animada e impaciente.

— O que tenho para contar é... muito louco. Tive uma visão — eu disse finalmente, aos trancos.

— Que legal! Vou me casar com Burke, é isso?

— Não exatamente.

— Já sei, então. Ficamos noivos e ele me dá um anel de brilhantes.

Por que ela estava dizendo tudo aquilo, afinal?

— Lacey, você nem terminou o ensino médio. Quer tanto assim se casar?

— Burke e eu estamos pensando em ir para a mesma universidade. Podemos morar juntos. Muitos casais fazem isso.

— Mas você tem apenas 17 anos!

Às vezes ela conseguia me tirar do sério. Dizia e fazia coisas por impulso, sem pensar. Já eu pensava em todos os detalhes, mas não agia.

— Além do mais, já vamos ter 18 anos quando isso acontecer. E amor não tem a ver com idade, certo?

Tentei me concentrar no que ela estava dizendo, palavra por palavra. Amor. Ela amava um rapaz que a estava traindo. Decidi não esperar mais.

— Lacey, sinto muito... mas vi Burke com Amber McKinnon antes de os dois ficarem juntos.

Ela ficou muda. Eu só ouvia sua respiração. Depois de uma longa pausa disse, lentamente:

— Antes de os dois ficarem juntos?

— Sim.

— Você teve uma visão em que os dois ficavam juntos? E quando foi isso?

— Alguns dias antes da festa.

— E por que só está me contando agora?

— Não sei — me engasguei. — Fiquei com medo de magoar você.

— Medo de me magoar? E o que acha que está fazendo? Tem alguma prova disso? Quer dizer, além da visão?

Seu tom agora era malicioso.

— Não exatamente. Mas durante a festa vi os dois conversando, e ela o segurava pelo cinto.

— Pelo amor de Deus, Indie! Isso não é ficar junto. Burke e Amber estudam juntos desde o primeiro ano. São amigos.

— Bem, o jeito dela naquele momento não era de amiga — respondi, sem saber o que dizer. Eu tinha estragado tudo.

— Amber é assim com todos os rapazes.

— Sim. É exatamente o que estou tentando dizer.

— Mas você viu algo acontecer de verdade? — ela riu, em tom sarcástico.

— Não, nada assim tão sério. Mas ela estava se encostando nele, se é que você me entende.

— Burke jamais, jamais irá para a cama com ela, não importa o quanto ela insista.

— Mas e se eles ficaram juntos um pouco, nada mais?

Ela respirou fundo e disse:

— Um pouco? Indie, ficar junto não é ficar um ao lado do outro, conversando. Bem, talvez seja assim nos livros que você lê, mas você não entende mesmo de homens. Nunca namorou.

As palavras me atingiram, mas decidi não reagir.

— Minha visão foi real — gaguejei.

— Real? Você deve estar brincando. Deve ter enlouquecido de vez. Escute bem: nada, mas nada mesmo aconteceu.

— Pois eu acho que sim — sussurrei.

— Acha? Decida-se. Ou você sabe alguma coisa ou não sabe.

— Tudo bem. Esqueça — eu disse.

Sempre detestei confrontos. Já tinha contado a ela o que sabia e agora era hora de parar. Mas comecei a me questionar. Podia estar enganada quanto à visão. Na verdade, podia ter mesmo enlouquecido de vez, como aquele Cayce. Será que tudo que ele via acontecia mesmo?

— Sabe, Indie, sempre fui sua amiga e nunca me importei com o fato de você ser diferente.

Meu estômago foi embrulhando e minhas mãos tremiam. Eu tinha acabado de perder minha única amiga. E por quê? Por causa de uma visão idiota que podia nem ser real.

— Será que você se divertiu tanto naquela festa que nem precisa mais da minha amizade? É isso? — ela estava cada vez mais agressiva. — Ou será que quer ficar com Burke só porque ele foi gentil e a levou para casa?

— Não!

— Tem certeza?

— É claro. Jamais quis ficar com Burke. Ele é seu namorado. Por que eu iria querer?

— É isso mesmo. Ele é meu namorado.

— Pois seu namorado vai acabar magoando muito você.

Ela ficou em silêncio, e aquilo pareceu durar uma eternidade.

— Lamento muito — minha garganta foi se fechando. Eu mal conseguia respirar. — Talvez eu tenha interpretado mal a visão.

— Com toda a certeza. Sabe, eu tinha uma coisa muito importante para lhe contar hoje. Queria que fosse a primeira a saber, mas você estragou tudo.

— Ainda pode me contar — sussurrei.

— Não, eu não devia. Você não vai ficar feliz. Mas vou contar assim mesmo, só para provar que você está errada. Para sua informação, Burke e eu transamos hoje. E não foi só um amasso, Indie. Fizemos amor. Existe uma grande diferença, sabia?

Antes que eu pudesse responder ela desligou. Fiquei segurando o fone por alguns instantes. Queria gritar, mas fiquei muda, olhando para a parede. Depois de um bom tempo consegui me mexer. Olhei para o lado e vi o livro de John na mochila. Peguei, abri lentamente e comecei a ler. Cayce entrava em um tipo de transe ou estado de sono para ter visões. Virei logo a página, sem vontade de ler os detalhes. Era um homem comum, casado, com filhos e professor em uma escola dominical. Mas que besteira! Que igreja contrataria um homem que tem visões para lecionar para crianças? Página seguinte: ele detestava receber dinheiro pelo que fazia, mas tentaram usá-lo para fazer shows e demonstrações públicas. Foi então que decidiu se dedicar apenas a pessoas doentes. Bem, isso eu conseguia entender. Ou quase. Página seguinte: ele não se lembrava das informações que recebia e transmitia. Afirmava que a mente inconsciente tem acesso a informações que a mente consciente não tem. O quê?! Isso não era verdade. Eu me lembrava muito bem das coisas que via. Aquilo me revoltou. Joguei o livro na parede e algumas folhas voaram. Era realmente um absurdo o que aquele homem tinha escrito. Por que eu não me esquecia do que via? Minha vida seria bem melhor. E eu jamais perderia a amizade de Lacey.

capítulo 6

Acordei me sentindo um trapo. Não consegui dormir depois da conversa com Lacey, ou melhor, chorei até adormecer. Não sabia se iria aguentar o resto daquele ano na escola sem ela. Já tínhamos tudo planejado para a formatura: os vestidos, os cabelos, alugar uma limusine, tudo passo a passo. Eu planejava ir com John e ela iria com Burke. Meu vestido seria curto e de tecido brilhante e simples, mas com belos acessórios e uma echarpe de plumas. Lacey sempre quis usar um vestido longo, com laços ou babados, do tipo debutante ou daqueles que as atrizes usam na festa de premiação do Oscar. E embora nossos gostos para roupa fossem diferentes, iríamos ao mesmo cabeleireiro fazer penteados iguais. Mas agora eu tinha estragado tudo. Por que eu tinha que ser assim?

"São essas suas visões idiotas", a voz de sempre respondeu.

— Deixe-me em paz — eu disse, em voz alta. — Em vez de ficar falando bobagens por que não me diz como resolver essa situação?

"Nem pensar. Resolva você mesma."

Como eu iria encarar Lacey na escola? E seria logo de manhã, já que o armário dela era ao lado do meu.

Então, pelo segundo dia consecutivo, cheguei à escola bem mais cedo. Só que não fui para a biblioteca. Fui direto para o meu armário. Queria pegar meus livros antes que Lacey chegasse. Estava abrindo a porta quando ouvi um barulho conhecido de sandálias no corredor. Meu coração disparou.

— John — eu disse.

Ele se encostou no armário ao meu lado e deu um meio-sorriso. Mas eu consegui enxergar além do sorriso. Seus olhos estavam vermelhos. Parecia que não tinha dormido. Será que tinha tomado alguma coisa? Inalei, tentando sentir seu hálito, mas só havia o cheiro de sabonete e cigarro. Provavelmente estava apenas cansado. E triste. Seus olhos demonstravam tristeza.

— Você não está usando camiseta do time — ele disse.

— Hoje é dia de hóquei?

Eu tinha me esquecido completamente. Era mais um daqueles dias em que a escola toda se preparava. Rapazes e garotas atléticas, como Lacey, jogavam com os professores e outros alunos. E os garotos do hóquei, como Burke, seriam tratados como deuses.

— Pois é — respondi. — Na verdade, detesto esses dias comemorativos.

— Leu o livro? — ele perguntou.

— Só um pouco — confessei.

Senti meu rosto corar ao me lembrar de que tinha jogado o livro na parede. Teria que comprar outro para ele. Virei-me novamente para o armário, tentando disfarçar e pegando os livros rápido, antes que Lacey chegasse.

— E então? — ele perguntou.

— Então o quê? — eu perguntei.

— O livro.

— Ah, sim — respondi, tentando parecer casual e procurando o material para a primeira aula. — Não tive tempo de ler muito, mas achei... um tanto surreal.

Fui puxar um livro com pressa e, com ele, veio abaixo tudo o que estava na prateleira. John se abaixou, foi recolhendo os objetos e me entregando.

— Aposto com você que ele via mesmo pessoas mortas.

Fiquei tensa e nem olhei para ele. Peguei as coisas e joguei para dentro do armário. Não era possível que John soubesse alguma coisa a meu respeito. Tentei rir.

— Esses autores são charlatões. Ninguém vê os mortos. Pessoas que morrem simplesmente morrem, nada mais.

Virei-me para ele, tentando mostrar um belo sorriso, mas não consegui. Ele me olhava sério.

— Deve haver neste mundo alguém que possa se comunicar com os mortos — ele disse, balançando a cabeça.

Por que ele insistia tanto em falar nisso? Pessoas de nossa idade não se preocupavam com coisas assim. Será que havia perdido alguém importante? Tive um súbito arrepio dos pés à cabeça, e, de repente... tudo ficou branco. Não! Eu não podia ter uma visão ali, no corredor da escola. Cerrei os punhos e retesei todos os músculos. "Foque a atenção no momento presente, concentre-se neste momento", pensei. Mas minha mente não me obedecia. Senti então um cheiro estranho de fumaça. Alguém estava fumando ali dentro? John teria acendido um cigarro? Mas não era cigarro comum. Era um aroma doce, agradável, como daqueles cigarros antigos, ou charutos. Olhei para as mãos de John, e elas estavam vazias. Procurei, então, ao redor, e dei de cara com a figura de um homem parado atrás dele. Quis gritar e pedir ao fantasma que fosse embora; que voltasse para o lugar de onde tinha vindo. Mas fiquei petrificada. Embora a forma fosse um tanto indistinta, pude perceber que era um homem alto e forte. Quando os espíritos apareciam para mim, tinham sempre aquela forma estranha, meio sólida, meio líquida. Aquilo me assustava demais. Percebi também que o homem tinha um charuto na boca. Mas não conseguia ver direito suas feições ou a cor de seus olhos. Então ele tirou o charuto da boca e sorriu, mas não era um sorriso agradável, e sim malévolo. Só estranhei o fato de ele estar em silêncio. A maioria dos fantasmas falava comigo.

Estremeci e meus livros caíram ruidosamente no chão.

— O que foi? — perguntou John, olhando para trás.

Fui me abaixar para pegar os livros, pensando: "mantenha a calma, mantenha a calma. É só fingir que nada está acontecendo". John também se abaixou para me ajudar. Eu era realmente um ser anormal.

— Está tudo bem? — ele insistiu. E desta vez chegou tão perto que senti sua respiração. Aquilo me acalmou. O tremor foi passando e meu coração voltou a bater em ritmo normal. O cheiro de charuto desapareceu, e eu consegui respirar melhor. O homem tinha desaparecido.

— Sim, tudo bem — respondi.

Ele me segurou pelo braço para me ajudar a levantar. E enquanto me entregava os livros nossas mãos se tocaram. Estremeci novamente, mas desta vez por causa da energia e da corrente elétrica que percorria meu corpo cada vez que nos aproximávamos.

— Obrigada.

— Parece até que você viu um fantasma — ele disse, sorrindo.

Será que ele desconfiava de alguma coisa? Tentei sorrir, observando seu rosto, e percebi que não estava falando sério.

— Não, nada disso. Eu é que sou assim, meio desastrada — eu disse, tentando disfarçar. — Ei, será que a lanchonete já está aberta? Não costumo chegar tão cedo. Queria aproveitar para tomar um café.

— Boa ideia — ele disse. — Café é meu combustível para começar o dia. Vamos lá. Eu lhe pago um.

Fechei o armário e olhei para o corredor. Sem sinal do homem. Mas aquilo iria ficar em minha cabeça o dia inteiro. Fomos andando sem conversar muito, o que foi bom porque eu ainda não conseguia raciocinar direito. Por que aquele fantasma tinha que aparecer justo naquele momento? E quem era ele, afinal? E ainda por cima tinha sugado minhas energias. Se eu fosse para casa agora com toda a certeza dormiria durante horas. Era terrível ter que guardar aquilo tudo em segredo e ficar me remoendo. Da próxima vez que visse um fantasma iria mandá-lo embora mentalmente ou simplesmente ignorá-lo. Não podia deixar que aquelas visões acabassem com a minha vida daquele jeito. Olhei para John. Seus cabelos se movimentavam enquanto ele andava, como os daqueles atores em câmera lenta, nos filmes. E seu perfil era realmente bonito: o nariz afilado, masculino, os lábios cheios, sensuais, e o queixo reto e bem desenhado. Tinha se barbeado naquela manhã. Seu rosto devia estar suave e macio, e tive muita vontade de tocá-lo. Mas a imagem do homem no corredor me voltou à mente, estragando meus pensamentos. Ele não tinha aspecto agradável. Seria um zelador do colégio já falecido? Um professor que tinha feito algo errado? Provavelmente vendido drogas ou molestado algum aluno. Eu podia tentar pesquisar os registros da escola para descobrir. Mas, ei! Eu não tinha decidido deixar de lado os fantasmas? Pois o melhor que tinha a fazer era esquecer aquilo. Não importava mesmo quem ele tinha sido.

Entramos na lanchonete, que ainda estava vazia, e John pegou um café de máquina para mim. O gosto estava horrível, mas bebi mesmo assim e sorri. Tentei iniciar uma conversa.

— Qual é sua banda favorita?

Ele me olhou pensativo por um instante e disse:

— Gosto de várias. Mas acho que Pearl Jam é minha favorita. Também gosto de Eric Clapton. E dos Kinks — sorriu. — Gosto de música que tenha boa letra. E você?

Eu ainda estava tentando engolir aquele café. Os poucos goles que tomei acabaram com meu estômago.

— Gosto dos Kinks. Na verdade, gosto muito do *rock* dos anos 1960. Beatles, The Doors... e, claro, alguns conjuntos mais novos também, além de The Police e Pearl Jam. Adoro a música "Just Breath".

— Sim, fala sobre morte. Sobre ir para o outro lado.

Ficamos em silêncio. John encostou o ombro no meu e eu fiquei imóvel, deixando nossos corpos se conectarem. Senti meu braço formigando. A sensação foi se espalhando em meu corpo e se intensificando. Eu conseguia sentir minhas veias pulsando. Meu coração disparou, meu rosto foi enrubescendo e eu não conseguia controlar as reações. Respirei fundo, tentando me acalmar, imaginando se ele estaria sentindo a mesma coisa.

— Também gosto da banda Greateful Dead. Acho o nome deles muito bom — ele disse. E fez uma pausa. — Você não acredita mesmo no que eu estava dizendo, não é? Em pessoas que conseguem se comunicar com os mortos.

— Não — eu disse, ofegante, mas conseguindo falar sem demonstrar. — Acho isso uma besteira. Todo mundo morre e acabou.

— Mas para onde vamos depois da morte? Será que algumas pessoas não voltam em forma de espírito?

Engoli em seco. Papa tinha voltado para me ver depois de morto. E de vez em quando ainda aparecia. Chegou a me dizer que os fantasmas que eu via eram pessoas que tinham falecido, mas que não conseguiam deixar a terra ou que simplesmente nos visitavam, como ele mesmo fazia. Comecei a ficar inquieta novamente. Quem era aquele homem que eu tinha visto no corredor? Por que tinha aparecido para mim? Talvez porque eu não seja normal, só por isso. Não respondi e ficamos em silêncio por um instante, até John dizer:

— Bem, todos têm direito a uma opinião.

E ficou olhando para a frente, pensativo. Eu continuei em silêncio, e o sinal de início das aulas tocou.

— Hora de irmos — eu disse, me levantando. — Quer almoçar comigo? — perguntei, sem me conter.

— Não posso. Tenho que resolver algumas coisas na hora do almoço.

— Sem problemas — respondi, tentando fazer parecer que não me incomodava.

Eu estava me sentindo muito mal. Não fui para a primeira aula. Saí para o pátio externo para relaxar. Mas o vento estava muito frio, então fui para o lado coberto, onde outros alunos também estavam, matando aula.

Quando resolvi voltar para a sala, vi Sarah, Zoe e Carly conversando. Fui até elas. Minha amizade com Sarah já vinha de vários anos, desde a época em que Lacey tinha começado a jogar vôlei. E por meio dela conheci Zoe e Carly. Lacey e eu seguimos caminhos diferentes. Ela, por exemplo, jamais tinha colocado um cigarro na boca, como eu fazia de vez em quando. E, apesar de nossas diferenças, eu estava muito triste por perder sua amizade.

"Você fez a coisa certa, Indie", disse a suave voz masculina que sempre falava comigo.

— Oi, Indie — disse Sarah, agitando a mão na frente do meu rosto e me fazendo voltar à realidade.

— Oi — respondi, aliviada por encontrar um pouco de distração.

Fiquei ali um bom tempo ouvindo a conversa sobre a escola, os professores, as melhores bandas, as piores bandas, as novas músicas e as velhas músicas enquanto minha mente viajava. Lacey agora me odiava. E John, pelo jeito, não estava realmente interessado em mim. E para piorar as coisas eu tinha visto um fantasma na escola. Minha vontade era de ir para casa. Mas de que adiantava ir para casa? Para ficar deitada, escutando música e repassando mentalmente todos os meus fracassos? Não conseguia parar de pensar em John. O fato de ele não querer almoçar comigo só me fazia ficar pior. Bem, talvez ele tivesse mesmo algo importante para fazer. Ou eu tinha que encarar a possibilidade de ele não gostar mesmo de mim.

— Indie, temos que voltar a ensaiar — disse Sarah, gesticulando. — Lembra-se que falamos disso na festa?

— Sim — eu disse.

— Bem, achei que não se lembrasse.

— Eu não estava tão bêbada assim.

— Não, não estava — ela riu e me empurrou com o quadril.

Eu comecei a rir.

— Bem, por mim começamos a ensaiar agora — eu disse, sentindo de repente um ânimo que há muito não sentia. Voltar a tocar me faria muito bem. Adorava ficar escolhendo músicas para a banda com as meninas, depois ouvir, memorizar a letra e ensaiar os acordes. Era exatamente o que eu precisava naquele momento para me esquecer de John.

— Eu concordo — disse Carly, também animada. — Acabei de comprar um teclado novo.

— Pois podem contar comigo — disse Zoe.

— Por que não nos encontramos no Denny's depois da aula; aquele em South Keys? — propôs Sarah. — Podemos escolher as músicas e organizar os detalhes. Também estou com uma bateria nova que ganhei de aniversário no ano passado. Você ainda tem a guitarra, não, Indie?

— Sim, tenho.

— E continua compondo? Quem sabe não tocamos músicas nossas?

— É. Por que não? — concordei, me sentindo lisonjeada por elas acharem que eu era capaz de compor. — Já imaginou que legal termos nosso próprio repertório? Sarah, Zoe e Carly levantaram as mãos para bater no alto e comemorar, e eu me juntei a elas.

— Então nos encontramos mais tarde no Denny's para reunir as grandes ideias — eu disse.

Eu planejava mesmo ir comprar um livro para John, já que tinha destruído o dele. E havia uma livraria bem perto do Denny's, então seria perfeito.

— Bem, já vou, pois tenho prova na última aula — disse Sarah.

— Encontre-nos na lanchonete — eu disse.

O sinal da aula tocou, e eu entrei. O corredor agora estava cheio. Fui andando com as mãos no bolso, pois meus dedos estavam congelando. Pelo menos hoje eu teria algo para fazer depois da escola.

Mas antes de chegar à sala de aula encontrei Lacey no corredor e vi, sob aqueles belos olhos, grandes olheiras. Captei imediatamente a tristeza dela com tanta força que precisei parar e me encostar na parede. Meu peito parecia querer explodir. Lacey andava ereta, com o queixo erguido, como sempre. Mas eu conseguia ver além daquela aparente postura de invencibilidade. Ela estava arrasada.

Quando finalmente consegui recuperar o fôlego e me desencostar da parede, vi Burke se aproximando. Será que iria me xingar e me fazer passar vergonha no corredor? Será que Lacey tinha contado? Mas ele simplesmente passou, sorriu, me cumprimentou e seguiu em frente.

"Obrigada, Lacey", pensei.

Passei o resto da manhã olhando para o corredor, tentando ver John, mas não o vi mais. Será que tinha matado aula? Eu sentia um peso; uma grande tristeza. Não conseguia entender porque sempre tinha aqueles sentimentos sem motivo.

Saí e fui pegar o ônibus para ir até a lanchonete. Encontrei Nathan Carroll esperando no ponto, sozinho como sempre. O garoto sofria todo tipo de maus-tratos na escola por ser pequeno, sardento e usar aparelho dental. Eu tinha muita pena. Não era justo o que faziam com ele.

— Oi, Nathan — eu disse.

— Oi, Indie — ele respondeu, sem graça, evitando me olhar.

— Você sempre pega o ônibus neste ponto? — perguntei, puxando conversa.

— Sim. Moro perto do centro comercial — ele respondeu, com jeito tímido.

O ônibus chegou, e já íamos entrar quando um brutamontes surgiu do nada e empurrou o menino, fazendo-o perder o equilíbrio. Segurei-o pelo braço e disse:

— Venha, vamos nos sentar naquele banco.

Ele se sentou ao lado da janela, olhou para fora um instante e depois disse, erguendo a gola da jaqueta:

— Odeio esta época do ano. É tão frio e escuro.

Eu ri, tentando fazê-lo se sentir mais à vontade.

— Ah, pois eu gosto desse cenário cinza. Tem sua beleza, não?

— É, até tem — ele resmungou, enfiando as mãos nos bolsos. — Mas para mim você é como uma borboleta: leve e livre para voar entre as flores no verão. Achei que gostasse mais de calor que de frio.

Achei engraçado aquele comentário e comecei a rir.

— Eu? Uma borboleta? Você é mesmo uma piada, Nathan.

Ele riu também, deixando à mostra o aparelho dental. Uma pequena fagulha de felicidade brilhou em seus olhos, e aquilo me fez bem.

— Gosto do cinza, porque o brilho do sol o tempo todo acaba cansando — expliquei. — Você não acha? Aposto que até as borboletas gostam do inverno. É como a vida. Alguns dias são brilhantes e outros escuros.

Nathan ficou sério e abaixou a cabeça.

— Bem, meus dias são sempre escuros. Deve ser por isso que gosto tanto do sol. Ele me faz sentir bem.

— Ei, a vida não é tão ruim assim — eu disse.

Ele olhou bem para mim.

— Mas também não é tão boa — ele respondeu, agora com um leve sorriso nos lábios. — Pelo menos não na escola. Mas fica bem melhor quando estou aqui, com você no ônibus!

Eu o empurrei com o ombro, brincando.

— Vi na televisão que o tempo vai melhorar amanhã.

— Que bom — ele disse, sorrindo novamente.

Conversamos mais um pouco e eu fui me sentindo melhor porque agora ele estava bem. Era estranho saber que meu humor dependia do das pessoas ao meu redor. Nathan desceu dois pontos antes do centro comercial.

— Obrigado, Indie — ele disse ao se levantar.

Tive a impressão de que ele estava prestes a chorar, não de tristeza, mas de alegria simplesmente porque alguém tinha sido gentil com ele. Eu não entendia por que algumas pessoas achavam graça em humilhar e magoar alguém. Não fazia o menor sentido. Ainda assim, eu tinha magoado Lacey; a última coisa no mundo que queria fazer. Acenei para Nathan e me acomodei no banco, pensando em minha amiga. Mas logo John me veio à mente e também o homem que vi no corredor. Fui tamborilando os dedos na perna, inquieta, ansiosa para chegar logo ao centro comercial. Quem podia ser aquele homem, afinal?

O ônibus finalmente parou, e eu desci. Minhas pernas estavam pesadas como se eu tivesse acabado de subir uma grande colina. Já tinha feito vários exames por suspeita de mononucleose, mas com resultado sempre negativo. Eu me sentia cansada sem motivo aparente. Meus níveis de energia oscilavam loucamente. Em um instante eu estava bem e, no momento seguinte, meu corpo parecia pesar uma tonelada.

Fui andando e sentindo um grande incômodo. Apressei o passo e olhei para trás para ver se alguém estava me seguindo. O que havia de errado? Ainda era dia e a rua estava vazia. Conforme fui me aproximando do Denny's, senti uma espécie de choque que me tirou o fôlego. Olhei para trás novamente. Nada. Ninguém. "Relaxe, Indie", pensei. Entrei logo para me sentar com minhas amigas e esquecer toda aquela sandice. Estar com elas me ajudava. De repente me veio à mente algo que tinha acontecido um ano antes quando eu estava voltando de avião da Califórnia. No meio do voo ouvi alguém pronunciando o nome de meu primo. E naquele momento eu estava me sentindo exatamente como agora, com o corpo pesado. Brian não tinha ido conosco porque estava trabalhando. Lembro-me de que estava sentada ao lado da janela, observando as nuvens, quando minha mente se esvaziou e ficou tudo branco. Ouvi então o nome de Curtis em voz alta e clara. Nos últimos cinco anos meu primo vinha tendo problemas com drogas, e a família toda estava preocupada. Pousamos, pegamos a bagagem e fomos para o carro. Sentei-me no banco de trás, me sentindo mal. Alguma coisa muito séria estava acontecendo.

Sem perceber, chacoalhando a perna por causa da ansiedade, chutei o assento de minha mãe e ela reclamou. Minha cabeça começou a latejar. Quando chegamos em casa, Brian estava na porta, com os olhos inchados de tanto chorar. E ele nunca chorava.

— Curtis morreu — ele disse. — Overdose.

Mas por que eu tinha que pensar nisso agora? Estava indo me encontrar com minhas amigas. Apressei o passo. "O que há com você, Indie? Está imaginando coisas novamente. Mas alguma coisa está acontecendo... Lembre-se da sensação. É a mesma. Preste atenção."

Quando cheguei e vi Sarah acenando para mim de uma das mesas no fundo, achei que não fosse conseguir chegar até ela. Suava como se tivesse corrido uma maratona. Ignorei a garçonete que veio me receber e fui direto me sentar com elas. Sarah riu ao me ver de perto.

— Você veio correndo da escola até aqui?

— Não, vim depressa do ponto de ônibus até aqui.

Coloquei a mochila no chão. "Relaxe, relaxe", pensei.

— Estávamos falando da banda — disse Sarah. — Precisamos marcar os ensaios logo. E assim que estivermos tocando bem novamente temos que achar um lugar para nos apresentarmos.

— Tocar mesmo, fazer uma apresentação? — perguntei. — Nossa. Temos que praticar muito antes disso. Mas seria bom demais.

— Sim. Podemos até fazer uma campanha para levantar fundos — disse Carly, tamborilando os dedos na mesa.

Minha mente se esvaziou, tudo ficou branco ao meu redor, e vi um cãozinho de olhos tristes. Mas a visão desapareceu antes que eu pudesse piscar os olhos.

— Fundos para um abrigo de animais — eu disse. — Podemos fazer uma campanha em prol de cães e gatos sem lar. Essas instituições costumam promover eventos e poderíamos tocar em um deles para ajudar a arrecadar doações!

Sarah levantou a mão.

— Você é demais, menina! Que grande ideia.

— Já sei — disse Carly. — Tenho amigos que trabalham em uma dessas instituições. Sei que eles têm um evento no outono, que já passou, claro. Mas acho que têm outro no Natal e também na primavera.

Sarah sorriu e disse:

— Não sei. O Natal já está perto. Da última vez, tivemos que ensaiar milhões de vezes antes de conseguir tocar uma música inteira. Se vamos fazer isso, temos que fazer direito.

Um forte cheiro de flores invadiu minhas narinas.

— Creio que na primavera seria perfeito — completei. — Precisamos mesmo de mais tempo. Em que músicas vocês estão pensando?

Peguei papel e caneta na mochila para anotar. A conversa foi ficando mais animada. Planejamos ir até o abrigo de animais e oferecer nossos serviços para, dentro de alguns meses, conseguir montar uma apresentação. Cinco músicas seriam suficientes. Embora eu estivesse contente, minha cabeça continuava a latejar e meu estômago doía. Mesmo rindo e falando à vontade, por dentro algo me incomodava. Terminamos de acertar os detalhes e começamos a falar sobre festas e assuntos gerais. Então Carly me disse:

— Ei, ouvi dizer que Burke ficou com Amber a noite toda na festa do final de semana. Lacey já está sabendo?

Dei de ombros. Sarah riu e me deu um tapinha no braço.

— Indie estava tão bêbada que nem se lembra da festa.

— Sim, e foi você quem me embebedou — eu ri. — O copo que você me deu valeu por quatro.

— Foi muito engraçado, principalmente quando você vomitou nos sapatos daquele cara.

— Que cara? — perguntou Carly.

— Aquele bonitão, todo engomadinho, de roupa social.

Zoe caiu na gargalhada.

— Que pena. Perdi uma cena dessas.

— Sim, e Indie também passou um bom tempo conversando com John na varanda — Sarah completou, em tom musical. — Não acho John assim tão bonito. Mas ele está a fim de você, disso eu sei.

O simples fato de ouvir o nome de John fez meu coração disparar.

— Ah, pois eu não sei — respondi, tentando parecer natural.

— Temos que dar um jeito de ele convidar você para sair — disse Sarah. — Vocês dois combinam, formam um par perfeito.

Sem pensar, peguei um pedaço de papel e escrevi: "Estou gostando de você. Alguma chance de você estar gostando de mim?".

Dobrei e dei a Sarah.

— Entregue isto a ele.

Os olhos dela se arregalaram.

— Você é corajosa.

— Qual o problema? — eu disse. — Pelo menos assim fico sabendo logo e não perco mais tempo.

Sarah pegou o papel e guardou na mochila. Levantou-se e fez sinal para irmos embora.

— Pode deixar — ela disse. — Entrego amanhã logo cedo. Mas agora tenho que ir senão minha mãe vai me matar.

— Sim. Também preciso ir — eu disse.

Despedimo-nos na porta e eu fui andando para a livraria que ficava ali perto, em um pequeno *shopping center.* Ainda estava imaginando o que John iria pensar ao ler o bilhete, quando tive a estranha sensação de uma onda de gelo me atingindo com força. Fiquei sem ar. Coloquei a mão no peito, tentando respirar. O que estava acontecendo? Já era a segunda vez no mesmo dia: primeiro, ao passar por Lacey na escola, e agora, no meio da rua. Sentia calafrios e continuava sufocada. Minha mente se esvaziou. "Não. Sem visões, por favor."

Vi um banco ali perto e fui me sentar. Minha visão foi se afunilando e eu só conseguia enxergar uma espécie de túnel à minha frente. E depois ficou tudo borrado. Achei que estivesse terminando. Mas não.

Meu coração batia descompassado. Fechei os olhos, mas me lembrei de que fechá-los não ajudava. Eu tinha que descobrir uma maneira de evitar aquelas visões. Abri os olhos e fixei um ponto no chão. Por um instante tive a impressão de estar melhorando, mas não. Voltei a ver o túnel e aquela espécie de aquário no final. Tentei olhar em outra direção, fixar os olhos em outro ponto ao meu redor e encontrei uma placa de sinalização do outro lado da rua. E não funcionou. Olhei para baixo outra vez, mas não conseguia focar a imagem do piso. Só via uma espécie de coração vermelho, enorme, pulsando, parecido com uma figura de desenho animado. De repente, senti uma dor forte no peito e comecei a ouvir as batidas daquele coração, como se estivesse monitorado por um daqueles aparelhos de hospital: "Tum-tum, tum-tum".

Depois de alguns instantes aquilo parou, minha mente foi ficando mais clara e a visão se foi. A dor em meu peito desapareceu e fiquei apenas com a sensação de peso no corpo. Respirei fundo e olhei ao redor. Por que isso acontecia comigo? Quantas vezes eu iria me fazer essa mesma pergunta? Lembrei-me de Edgar Cayce, que entrava propositalmente em transe. Eu só queria conseguir evitar entrar em transe. Não tinha a menor vontade de ver ou saber o que iria acontecer no futuro, muito menos de visitar a dimensão espiritual. Cada vez que isso acontecia eu tinha mais problemas. Até minha melhor amiga eu havia perdido.

Meu corpo agora tremia tanto que meus dentes batiam, embora não estivesse tão frio na rua. Tive uma imensa vontade de estar em meu quarto naquele instante.

Assim que meu coração voltou ao normal, pensei: "dane-se o livro. Amanhã eu compro". Pendurei a mochila no ombro e já ia me levantando para ir embora quando vi uma mulher de casaco vermelho entrando na livraria. Não a conhecia, mas fiquei ali parada, sem conseguir me mexer; os olhos fixos nela. Ouvi novamente o som de um coração batendo, e cada vez mais alto. Minha cabeça parecia que ia explodir. Mas por que um... coração? Não, não pode ser. Ela vai ter um ataque cardíaco! Em vez de correr até ela, fiquei parada. Não sabia o que fazer. A mulher ia empurrar a porta de vidro para entrar, mas parou e colocou a mão na testa. "Vá até ela, Indie. Vá ajudá-la. Não seja idiota. Não acabou de ver um casaco vermelho e um coração?" Balancei a cabeça. Será que eu tinha visto a cor vermelha por causa do casaco? Mas ela não estava com a mão no peito, e sim na testa, como se estivesse com dor de cabeça. Achei que tinha enlouquecido de vez. Decidi ir embora, mas naquele instante ela levou a mão ao peito. E mesmo a certa distância, percebi que estava ficando sem ar. Tombou no chão. Corri até ela, gritando:

— Chamem uma ambulância! Esta mulher está tendo um ataque cardíaco!

Um homem que vinha caminhando em nossa direção nos viu e saiu correndo, dizendo que ia telefonar. Mais pessoas foram chegando, algumas para ajudar e outras para olhar. Fiquei ajoelhada ao lado dela, segurando sua mão. Seu rosto estava ficando acinzentado pela falta de ar.

— Não tente falar, está bem? — eu disse. — Já chamaram uma ambulância.

Ela ofegava, e eu imaginei se o ar estava chegando a seus pulmões. Seus olhos continuavam abertos e dava para ver o pânico que ela sentia. Fui absorvendo o medo através de sua mão e uma corrente de adrenalina percorreu meu corpo, me dando forças para continuar ali com ela. Eu tinha que lutar ao seu lado.

— A ambulância já está chegando — sussurrei, sem soltar sua mão. — Aguente firme.

As pessoas ao redor falavam, faziam perguntas, se agitavam.

"Vamos lá, respire", eu pensava.

De repente, ouvi uma sirene e senti um grande alívio, mas não soltei a mão dela. Continuei a falar com voz tranquila para acalmá-la. Os paramédicos se aproximaram trazendo uma maca e equipamento, afastaram as pessoas e olharam para mim.

— Ela teve um ataque cardíaco — eu disse.

Um deles se abaixou ao meu lado, examinou rapidamente a mulher e colocou uma máscara de oxigênio no rosto dela.

— Foi um ataque cardíaco — eu repeti.

— Não temos como saber até chegar ao hospital — ele disse, ajudando a colocar a mulher na maca.

Eu apertei levemente a mão dela, pela última vez, e soltei, dizendo:

— Vai ficar tudo bem.

Fiquei parada, observando enquanto eles a levavam para a ambulância. Estava tudo bem agora. Ela seria medicada.

Alguém se aproximou e perguntou:

— Mas o que aconteceu?

— Ataque cardíaco — respondi.

— Como você sabe? — perguntou outra pessoa.

A ambulância saiu rápido, com a sirene ligada e as luzes piscando.

— Eu simplesmente sei — foi minha resposta.

E fui para casa.

capítulo 7

A primeira coisa que fiz na manhã seguinte foi telefonar para o hospital. A atendente da ala cardíaca informou que a mulher iria ficar bem. E perguntou se eu era a garota que a tinha ajudado. Gaguejei e respondi que não; que tinha sido uma amiga minha. A moça explicou que a família estava tentando encontrar a garota porque a mulher tinha falado dela a noite toda e queria muito agradecê-la. Eu realmente torcia para que ela não se lembrasse de mim.

Levei mais tempo que o normal para escolher o que vestir. E também usei mais maquiagem que o normal. O que John iria pensar ao receber o bilhete das mãos de Sarah? Passei *blush* nas faces como Lacey havia me ensinado e depois apliquei o *gloss* nos lábios, espalhando bem. Olhei para o espelho e me achei uma palhaça. O que eu pensava que estava fazendo? Já ia tirar o *blush* quando Brian bateu na porta:

— Vamos logo, Indie. Vou fazer xixi no corredor se você demorar mais um pouco.

Abri a porta e saí às pressas.

— Quem está tentando impressionar? — perguntou ele, em pé no corredor, de cuecas.

Passei, e ele riu, fechando a porta antes que eu pudesse acertá-lo.

Entrei na escola de cabeça baixa e fui direto para o armário, torcendo para não encontrar alguém conhecido. Mas meus ouvidos estavam atentos, esperando captar o som de chinelos no piso. Ouvi, então, Lacey me chamando. Fiquei tensa. Será que voltaríamos a ser amigas? Levantei a cabeça, e ela esticou a mão em minha direção.

— Acabei me esquecendo de lhe dar isto — era a correntinha de prata com o pingente que eu havia lhe dado. — Não uso mais, você já deve imaginar o motivo.

Embora a expressão em seu rosto deixasse bem claro que ela ainda estava zangada comigo, pude sentir algo mais. A voz masculina e suave em minha mente disse: "ela está precisando de você".

Mas antes que eu pudesse responder, ela se virou e saiu andando. Não fui atrás, pois se insistisse ela provavelmente faria um escândalo. A corrente queimava minha mão. Eu só queria que ela olhasse para trás para que eu pudesse dizer que lamentava demais tudo aquilo e que sentia muito a falta dela. Mas não olhou.

Guardei a corrente em um cantinho do armário para um dia devolver a ela. E seria com muito carinho.

Peguei meus livros, fechei a porta do armário e fiquei encostada nele. Por um instante achei que ela quisesse voltar a ser minha amiga. Meus olhos se encheram d'água. Eu sentia tanta falta de Lacey. Por que aquela voz tinha me dito que ela estava precisando de mim? Eu é que precisava dela.

Senti uma onda de ar quente em minha nuca.

— Também gosto de você — disse John, baixinho, bem perto de mim.

Fui me acalmando, as lágrimas desapareceram e eu me virei lentamente. John piscou para mim, mas não se aproximou. E eu queria tanto que ele me tocasse. Nossos olhares se cruzaram, eu senti uma conexão diferente e, pela primeira vez, percebi que suas íris tinham pequenos pontos acinzentados. Por trás daqueles olhos azuis havia uma porção de emoções misteriosas, e era justamente isso que mais me atraía nele. Se o aviso de início de aulas não tivesse tocado naquele instante, juro, eu acabaria beijando John ali mesmo.

Procurei por ele na hora do almoço, mas não o encontrei. Fui então falar com Sarah e Zoe, que estavam no pátio.

— Ei, vocês souberam que uma mulher teve um ataque cardíaco ontem em uma livraria perto de onde estávamos, o Denny's? — disse Zoe. — A ambulância até passou por nós. Disseram que ela caiu dura no chão.

Fiz que sim com a cabeça.

— Eu a vi — respondi.

— O que aconteceu? — perguntou Sarah.

— Ela simplesmente colocou a mão no peito e caiu — eu disse.

— Nossa! Você estava perto? — perguntou Zoe, de olhos arregalados.

— Não — respondi rápido. — Mas logo várias pessoas a rodearam.

— Ouvi dizer que uma garota a salvou. A família anunciou no rádio que quer encontrá-la. A mulher quer muito agradecer. Disse que foi como um anjo caído do céu. Aliás, os anjos estão na moda, não? Incrível como ainda há gente que acredita.

— Pois eu não — respondi, tentando rir. — Garanto que não vi anjo algum caindo por ali.

Fiz um gesto, de brincadeira, com a mão. Zoe e Sarah caíram na gargalhada.

— E quem quer ser chamada de anjo, afinal? — disse Zoe. — É bem mais divertido não ser tão boa menina. Aliás, isso me dá uma ideia. Já sabem como vamos chamar nossa banda? Que tal *Bad Girls*?

— Ei, é um bom nome. Gostei — eu disse, dando um tapinha no ombro dela.

A semana foi passando e nenhuma aproximação física aconteceu entre mim e John. Aquilo foi me deixando confusa e irritada. Eu esperava alguma atitude dele: um afago, um abraço ou qualquer coisa que fosse. Comecei a achar que ele não gostava de mim de verdade. A sexta-feira chegou, e eu fiquei imaginando o que ele planejava fazer no final de semana.

Se ele tinha dito que gostava de mim, por que continuava tão distante? Eu já não sabia se devia perguntar sobre o final de semana ou simplesmente ignorá-lo e cuidar de minha vida. Então, no horário do almoço, o encontrei lendo, sentado sob uma árvore. O tempo estava mais claro agora e o sol brilhava, deixando o chão mais seco. As folhas pareciam mais vivas e brilhantes. Fiquei observando a bela figura de John ali, na paisagem, e então me aproximei, sem pressa, tentando parecer casual.

— Oi.

Ele fechou o livro e cobriu a capa para que eu não visse o título. Meu espírito romântico acabou ali mesmo. Ele não queria que eu soubesse o que ele estava lendo. Para que esconder?

— Oi. Sente-se aqui — ele disse, batendo a mão no chão como se eu fosse uma criança.

Eu me sentei e ficamos em silêncio por alguns instantes. Ele pegou uma folha de grama e a jogou para o alto, brincando.

— Você vai à festa de Zoe hoje à noite? — perguntei.

Ele deu de ombros:

— Ainda não sei — ele disse. E fez uma pausa. — Você vai?

— Acho que sim. Devo dormir na casa dela para ensaiarmos amanhã.

— Ensaiar?

— Sim, temos uma pequena banda.

Ele sorriu.

— Não vá dizer que é uma daquelas bandas tipo fanfarra. E que você toca tambor.

— Não. Sarah é quem toca bateria.

— E você? O que toca? Pandeiro? Ou aquelas... — e fez um gesto no ar: — Castanholas? Ou triângulo?

Eu ri, mas o comentário me incomodou.

— Não. Toco guitarra.

— Bem, eu vou ao jogo de hóquei júnior hoje à noite — ele disse, mudando totalmente o assunto.

Surpresa ao ver o interesse de John por esportes e irritada com o sarcasmo dele sobre a banda, respondi apenas:

— Ah, sim.

— Conheço alguns dos jogadores e eles me deram convites. Vou até lá e talvez depois dê uma passada na festa de Zoe — e olhou para mim. — Quer ir comigo?

Puxa, aquele seria, então, nosso primeiro encontro?

— Sim, quero.

— Ótimo — ele disse.

Mais alguns instantes de silêncio, e eu perguntei:

— O que está lendo?

Ele tocou meu queixo, e meu corpo todo estremeceu.

— Material filosófico. Nada interessante para você.

Ele se levantou, bateu as mãos nas calças para tirar algumas folhas de grama e depois me estendeu a mão para me ajudar a me levantar. O contato com a pele dele me fazia desejar mais e mais o seu toque. Fomos andando de volta para o prédio da escola e então eu senti... aquele cheiro de charuto novamente. Meu coração disparou. Não podia ser. Era a segunda vez que eu sentia a presença daquele homem quando estava com John. Mas por quê?? Eu não o via agora; apenas sentia o cheiro. Olhei então para o chão para evitar que ele aparecesse em meu raio de visão e continuei a andar, deixando que John falasse e tentando parecer normal. Por sorte ele estava animado, falando sobre o valor de um governo socialista e sobre como deveríamos tratar com mais respeito os moradores de rua.

"Continue andando, vamos. Ignore o cheiro. Você vai conseguir", pensei. Mas então olhei para a porta e lá estava ele, bem perto da entrada. Comecei a suar e minha garganta secou. Coloquei as mãos ao redor dos braços, tentando me segurar. Eu tinha que passar pelo homem sem que John suspeitasse do que estava acontecendo. Fui andando reto e olhando para frente, sem encará-lo. O fantasma ficou ali parado, exatamente como da última vez, sem dizer uma palavra.

Mas, de repente, apesar de eu não ter olhado na direção dele, o homem se colocou à minha frente e pôs a mão na garganta. Abaixei a cabeça e continuei andando.

— Acho que não nos veremos na saída da aula — disse John, ao entrarmos. — Vou embora mais cedo.

Ele estava com o olhar vago, distante. Algo me dizia que tinha que ir a algum lugar que não queria.

— Ok — eu disse, sem esticar o assunto, até para não demonstrar nervosismo na voz.

— Posso ligar para você mais tarde? — ele perguntou, se virando para mim.

O cheiro de charuto tinha diminuído um pouco, mas persistia. Será que aquele espírito estava me seguindo dentro da escola?

— Sim. Ótimo — eu disse.

— Vou precisar do número — ele disse, sorrindo.

Peguei uma caneta e uma caixa de fósforos que tinha no bolso. Minhas mãos tremiam enquanto eu tentava arrancar o papel com o logotipo para anotar. John ficou me olhando, com a testa franzida.

— Você está pálida. E trêmula. Está tudo bem? — ele perguntou, enquanto pegava a caixa e arrancava o papel para me entregá-lo.

— Sim, tudo bem — eu disse, anotando o número e tentando não tremer. — É o sol. Sou muito branca e ele me faz mal.

— Sei — ele disse, não convencido. — Ficamos ao sol por poucos minutos.

Ele pegou o número, nos despedimos e, assim que entrei no corredor, o cheiro desapareceu e meu coração voltou a bater em ritmo normal. Fui rapidamente até a biblioteca, rezando para encontrar um computador livre. Biologia não importava naquele momento. O que eu precisava era saber um pouco de história. Tentei todos os mecanismos de busca, mas não encontrei qualquer informação sobre homens de meia-idade presos por maltratar alunos ou funcionários de escolas. Baixei todo o histórico do colégio: quando foi construído, quem foi o primeiro diretor etc. Passei mais de uma hora procurando e nem sinal de alguém parecido com o homem do charuto. Mas encontrei registros da briga em que Brian tinha se envolvido anos antes. Embora seu nome não estivesse no documento, eu sabia que era sobre ele. Só não caí na gargalhada porque estava na biblioteca.

Desliguei o computador, frustrada, mas ainda em tempo para a última aula do dia. Se não havia registros na internet, como eu iria fazer para descobrir quem era aquele homem?

Ao final da tarde, deitada em meu quarto observando o sol que entrava pela janela, fiquei pensando em como minha vida era um ioiô, cheia de altos e baixos. Na noite anterior eu tinha ajudado a salvar uma mulher que estava tendo um ataque cardíaco e hoje tinha visto aquele fantasma horroroso novamente, sem motivo. Uma coisa boa seguida de uma ruim. Por que minha vida não podia ser normal, ou pelo menos fazer mais sentido?

Senti, então, um cheiro conhecido de colônia *Old Spice*.

"Porque você é você, ora essa", uma voz falou.

Dei um salto e me sentei na cama.

"Papa!"

Lá estava ele, com seu terno preto e chapéu de feltro, sentado na beira da cama, exatamente como quando eu tinha 7 anos. Sua presença me fazia tão bem. Quando eu era criança, adorava ir para o colo dele e sentir o cheiro de algodão de sua camisa e de sua colônia. Sentia saudades daquele tempo em que não sabia que era diferente das outras pessoas.

"Há tanto tempo você não vem me ver", eu disse, em pensamento.

"Você não queria que eu viesse, minha princesa", ele respondeu.

Abracei meu travesseiro. Ele sempre me chamava de princesa.

"É verdade. Peço desculpas."

"Não se desculpe, minha querida."

"Mas você veio porque tem algo importante a dizer, não é?"

Fiquei imaginando que ele iria me contar quem era o homem do charuto.

"Sua mãe está preocupada com você."

Respirei fundo. Não era exatamente o que eu esperava ouvir.

"Ela está sempre preocupada comigo, claro, por eu não ser normal."

"Diga a ela que um sorriso pode alegrar até o dia mais nublado. E diga a seu pai que Curtis manda um abraço. E eu também, claro."

"Sim, vou dizer à mamãe sobre o sorriso. Mas não adianta dizer a papai. Ele não acredita. Você sabe como ele é."

"Já estou trabalhando para mudar isso", ele disse. "Através dos sonhos dele, à noite."

Eu ri.

"Você é muito engraçado, Papa."

"E você também, princesa. Continue fazendo seu pai sorrir por mim. Ele gosta de ouvir você cantar."

"Agora me diga, Papa: quem é o homem que aparece para mim na escola?"

Ele balançou o dedo, indicando que não.

"Você quer sempre negociar."

E desapareceu, me deixando sozinha no quarto, abraçada ao travesseiro como uma criança. Só que eu não era mais criança. Era uma adolescente, prestes a completar o ensino médio. Eu era bem mais nova quando Curtis faleceu, e Papa veio me ver depois do funeral.

"Curtis está bem. Está comigo agora", ele disse. "Avise à sua tia Cathy, à sua mãe e ao seu pai que ele e eu temos passado bastante tempo pescando juntos."

Alguns dias depois, quando Tia Cathy veio jantar conosco, eu anunciei na cozinha:

— Ah, Papa mandou dizer que Curtis está com ele. E que os dois têm pescado bastante.

Todos ficaram em silêncio. Os olhos de tia Cathy e de meu pai se encheram de lágrimas. Ele se levantou e foi abraçá-la.

— Eu não sabia que eles pescavam juntos.

Meu pai explicou:

— Sim, ele se divertiu muito pescando com papai.

Ela enxugou as lágrimas e veio até mim. Meu pai ficou onde estava, com os braços cruzados. Ela segurou minhas mãos.

— Obrigada, Indie — ela disse. — Obrigada mesmo.

Ela acreditava em mim, mas meu pai, não.

Continuei abraçada ao travesseiro. Por que Papa não tinha respondido à minha pergunta? Será que não era mesmo para eu saber? Será que eu estava sendo testada? Tinha que descobrir sozinha? Às vezes eu queria que meu cérebro tivesse um botão para que eu pudesse desligá-lo ou, pelo menos, dar pausa. Assim poderia silenciar os pensamentos por algum tempo.

Os minutos foram passando, e eu continuei ali, sentada, esperando John ligar. Então, lá pelas 5h30m, faltando apenas uma hora para o início do jogo, o telefone tocou. Atendi imediatamente, prendendo a respiração. Tinha que ser ele.

Aquela voz macia me fez afundar no colchão. Quanto eu tinha sonhado receber um telefonema dele! E agora ali estava eu, combinando nosso primeiro encontro. Colei o telefone no ouvido. A voz dele era realmente *sexy*. A conversa foi curta. Ele só me avisou que iria me buscar. Eu nunca tinha marcado um encontro de verdade. Assim que desliguei, voei da cama, pulando pelo quarto. Liguei o som e dancei como louca ao som de *The Police*. Mas parei de repente: "Que roupa vou usar?". Corri para o guarda-roupa. "Esta blusa rosa?" Tirei a peça do cabide e joguei sobre a cama. "Não. Simples demais." Peguei então um pulôver azul. "Deve estar frio no estádio. É melhor ir agasalhada."

Fui pegando as peças e jogando sobre a cama. Foram pelo menos vinte minutos experimentando, tirando e dançando só com a roupa de baixo. Finalmente me decidi pela blusa rosa, a primeira que tinha provado. Não era tão simples, afinal. Bastava incrementá-la com alguns acessórios. Lacey com certeza teria alguma coisa interessante. Sem pensar, peguei o telefone. Mas coloquei de volta no mesmo instante.

"Não, hoje. Não vou pensar nela esta noite."

Então a voz masculina respondeu em minha mente:

"Não se preocupe. As coisas com Lacey vão se resolver no momento certo".

"Mas quem é você, afinal?", perguntei.

"No momento em que você estiver pronta, vai descobrir."

capítulo 8

Quando eu finalmente consegui terminar de me vestir, conferi o resultado no espelho. Não estava mal. A nova sombra lilás que eu tinha comprado realçava o azul de meus olhos. E, pela primeira vez, tinha conseguido fazer meus cabelos escorridos ficarem um pouco mais cacheados. Agora eu tinha que chegar à cozinha antes de John tocar a campainha. Não queria que meus pais abrissem a porta. Mas, quando estava chegando, vi os dois na sala espiando pela janela. Não dava para acreditar! Eles estavam só esperando John se aproximar. Por sorte, meu pai já havia tirado o terno e estava de *jeans* e camisa àquela hora. E minha mãe também não estava de uniforme de enfermeira. Fui me aproximando pé ante pé e gritei: "ahá".

Minha mãe pulou para trás com as mãos no peito e meu pai deu um salto de uns 30 centímetros. E eu ri muito.

— Peguei vocês!

— Indie! — gritou minha mãe. — Você quase nos mata do coração.

A campainha tocou, e eu corri até a porta da frente para abrir. John estava com a mesma aparência charmosa de sempre. A única diferença eram as sandálias. Ele agora estava usando tênis de corrida, mas do tipo barato. Eu me controlei para não rir.

Meus pais apareceram, então, com aquela fisionomia previsível. John esticou a mão e cumprimentou minha mãe primeiro.

— Prazer em conhecê-la — ele disse, em tom visivelmente ensaiado. E fez o mesmo com meu pai, porém com um aperto de mão mais longo. Na verdade, meu pai é que parecia não querer largar a mão dele. E perguntou:

— Será que o time dos *Sixty-Seven* vence a partida hoje à noite?

A pergunta era antiquada e perfeitamente dispensável.

— É, vai ser um jogo e tanto — disse John. — Dois grandes times.

— Bem, é melhor não demorarmos — eu disse.

Meu pai ignorou meu comentário.

— Você é fã dos *Senators* também?

— Pai! — eu disse, já irritada. — O que é isso? Tem uma lista de perguntas preparadas?

John me olhou com um sorrisinho triste.

— Tudo bem, Indie.

E quando eu achava que as coisas não podiam piorar, eis que surge Brian na porta, com força total.

— E aí? Quem chegou?

— John — eu disse. — Este é meu irmão, Brian. Brian, meu amigo John.

Ao contrário do aperto de mão firme e estável do meu pai, o de Brian parecia mais o de um corretor desesperado para fechar um negócio e fazendo tudo errado. Sacudiu tanto o braço de John que eu achei que fosse arrancá-lo.

— Então, John, a lata velha aí fora é sua? — ele perguntou, piscando para mim.

— É melhor irmos — eu disse, abaixando a cabeça. A situação estava tão ridícula que John aceitou imediatamente a sugestão.

— Bem, foi um prazer conhecer vocês.

— John, você por acaso é de Newfoundland? Seu sotaque parece ser o de lá.

— Bem, sim e não. Passei os primeiros anos da infância em Newfoundland.

— Venha, John — eu disse, puxando-o pelo braço.

Eu mal conseguia encará-lo enquanto andávamos até a "lata velha". Ele tinha um sorrisinho maroto no rosto.

— O que foi? — perguntei.

— Sua família parece aquelas de cartão de Natal.

— Não venha com essa — eu disse, dando um empurrão em seu ombro.

Então ele pegou minha mão. Aquele toque eletrizou minha pele e me energizou por inteiro. Mas se ele soubesse realmente quem eu era não ia achar as coisas assim tão perfeitas.

— Não reclame. É uma grande sorte ter uma família assim — ele respondeu, segurando meus dedos um pouco mais antes de soltar minha mão e dar partida no carro, que, aliás, saiu vibrando e rangendo até pegar velocidade.

O Civic Arena, para onde íamos, ficava a poucos quilômetros de casa, por isso chegamos rápido. Estacionamos e fomos andando até a entrada. Mas ele não pegou minha mão, o que eu achei estranho. Assim que entramos, a energia da multidão me atingiu em cheio, me deixando zonza. Fomos até nossos lugares numerados, e, ao nos sentarmos, nossas coxas se encostaram. Todos os músculos de meu corpo se retesaram. Nenhum dos dois se mexeu e a conexão se manteve. Enquanto eu estava imersa naquele mar de emoções, ele simplesmente ficou olhando para o gelo no rinque em vez de conversar comigo. Fiquei imaginando nós dois sozinhos em algum lugar maravilhoso, com a neve caindo, à luz da lua, e ele me beijando.

Mas senti que havia alguém me observando. Procurei ao redor e vi Lacey com as namoradas dos outros jogadores. Levantei a mão para cumprimentá-la, mas ela simplesmente olhou para o outro lado. Bem, eu não ia me importar com aquilo; não, com John ao meu lado. Mas meu coração ficou apertado. Quem, afinal, eu achava que estava enganando?

Então John se mexeu e nossos ombros se encostaram. Definitivamente, eu não tinha que ficar me preocupando com Lacey naquele momento.

A multidão ao redor, conversando, comendo pipoca e *hot dog*, bebendo cerveja e se animando, mexia comigo. Comecei a balançar a perna, inquieta. As luzes diminuíram e os juízes entraram, com suas camisas branco-e-preto, e foram vaiados. Eu mesma me juntei à vaia. Então o locutor anunciou os times e cada um dos jogadores, que foram entrando, um a um, deslizando com agilidade no gelo. Ao anunciarem o nome de Burke, olhei para Lacey, que obviamente estava focada nele, sem me notar.

Quando uma menina de uns 12 anos de idade com voz fenomenal entrou e cantou "O Canada", quase chorei, mas disfarcei para que John não percebesse. Por que eu tinha aquelas oscilações? Em um minuto estava eufórica e no outro quase chorando. Bastava estar na multidão para perder o controle das emoções em questão de minutos. Absorvia a energia de todos, fosse na rua, em eventos ou em festas.

O jogo começou, e os jogadores saíram em disparada atrás do pequeno disco metálico, batendo-se uns contra os outros. Então veio à minha mente um *flash* com luzes roxas mostrando os números quatro e um. Sem pensar, gritei:

— Vamos vencer por quatro a um!

John olhou para mim, surpreso.

— Está fazendo previsões, é?

Ainda sob a emoção do momento, respondi que sim.

— Nada disso — ele disse. — Aposto em, no máximo, dois a um. O outro time também é bom e está em primeiro lugar no campeonato. Mas acredito que hoje podemos vencer por pelo menos um gol.

— Pois aposto dez pratas com você: quatro a um.

Eu sabia que era pura exibição, mas estava me divertindo. A multidão torcia, agitada. Estávamos todos em pé agora. Aquilo para mim era como uma onda elétrica, me deixando quase em êxtase. Eu absorvia tudo: desde as luzes fluorescentes e os gritos da torcida, até a energia de cada pessoa ali. Tudo parecia penetrar em minha pele e fazer reagir cada célula de meu corpo.

Ao final do primeiro tempo, o resultado era dois a um. Nós dois nos levantamos e fomos buscar algo para comer. Minhas visões normalmente me incomodavam e me mostravam coisas ruins. Mas naquela noite eu estava me divertindo com a que tive.

— Mais um gol e você perde a aposta — eu disse, cantarolando enquanto subíamos as escadas.

Fui andando atrás de John e, de repente, vi Lacey sozinha, tomando um refrigerante. Ela foi jogar o copo no lixo e passou por nós.

— John, vou cumprimentar Lacey e já volto — eu disse.

Fui atrás dela.

— Oi, Lacey — eu disse. — Burke está jogando muito bem hoje, não?

Ela fez um gesto e respondeu:

— Sim, mas desde quando você se importa com isso?

Fez uma pausa e completou:

— Aliás, vejo que você logo arrumou gente para me substituir na sua vida.

— Como assim? Ninguém substituiu sua presença.

— Depois de tudo o que eu fiz por você...

— Não estou entendendo.

— Ah, Indie, está sim. Foi graças a mim que você passou a frequentar as festas mais badaladas. Jamais teria sido convidada se eu não tivesse convencido as pessoas certas. Poderia ter demonstrado ao menos um pouco de gratidão.

— Mas eu sempre lhe agradeci por tudo.

— É. Às vezes — ela disse, levantando a mão delicada e de unhas perfeitas para indicar que a conversa tinha terminado. Deu as costas e saiu.

Fui andando e acendendo um cigarro, sem entender direito o que tinha sido aquela conversa. Será que eu não tinha demonstrado gratidão a ela enquanto éramos amigas? Teria sido tão insensível assim? Será que ela achava que eu estava saindo com John só para irritá-la? Passei o resto do jogo tentando não pensar no assunto para que aquilo não acabasse com a minha noite. E nem foi difícil com John ao meu lado. Ver que ele tinha interesse por esportes me fez perceber que havia mesmo muita coisa sobre ele que eu não sabia. Parecia haver ali uma personalidade bem mais complexa do que eu imaginava. Afinal, quem diria que um garoto do tipo solitário, que demonstrava não se preocupar com conceitos sociais e lia livros malucos sobre espiritualidade, podia ser fã de um time de hóquei, um jogo às vezes tão violento? Eu definitivamente precisava descobrir mais sobre John.

Mais um gol: três a um. Burke fazia jogadas incríveis, deixando a torcida alucinada, gritando e aplaudindo. Atravessou a quadra e então fez mais um gol, agora de quina, quase impossível. A quadra veio abaixo. Olhei para o placar: quatro a um.

— Amber deve estar muito feliz agora — disse John.

— Amber? Você quer dizer Lacey.

Ele deu de ombros.

— Burke está enrolando as duas.

Olhei bem para ele.

— E você acha isso normal?

— Não foi isso que eu disse.

Olhei para Lacey, que estava toda animada, comemorando com as outras meninas. Ela era a namorada do melhor jogador do time, que possivelmente seria chamado para jogar na Liga Nacional. Mas a que preço se mantinha ao lado dele?

O jogo terminou. Comecei a dançar no assento, estiquei a mão e disse:

— Você me deve dez pratas.

Ele me olhou, sorrindo.

— Estou com sorte hoje. O que posso dizer? — completei.

— Achei que você não acreditasse em coisas desse tipo.

Olhei para o relógio.

— São nove e meia, ainda. Vamos para a festa de Zoe.

Quando chegamos ao carro, ele disse que tinha que ir para casa resolver algumas coisas. Eu estava elétrica e minha única vontade era ir para a festa. Se fosse para casa, ia ficar andando de um lado para outro no quarto. Não sabia o que fazer. Não podia insistir para que ele fosse à festa, mas também fiquei sem graça de pedir que me levasse até lá. Não queria forçar as coisas; afinal aquele era nosso primeiro encontro. Zoe iria entender. Ele me levou direto para casa. Estacionou o carro e ficou pensativo.

— Fico imaginando se Cayce teria feito aquilo — ele disse, depois de algum tempo.

Fiquei tensa. Seus olhos mostravam que ele estava com aquela ideia fixa novamente, e isso me incomodava.

— Feito o quê? — perguntei.

Eu não queria falar sobre o assunto. Só queria ir para a festa e me divertir. Fui ficando impaciente.

— Prever resultados de jogos ou de loteria. Imagine só. Não havia loteria naquela época, mas se houvesse ele poderia ter ficado milionário.

— Ninguém consegue fazer isso.

Eu só queria que ele calasse a boca e me beijasse.

— É um grande mistério — ele prosseguiu, falando consigo mesmo. — Tenho muita vontade de saber mais sobre isso. É algo que não consigo explicar.

Minha vontade foi responder "talvez seja porque não existe mesmo explicação". Mas fiquei quieta e fui abrindo a porta do carro.

— É melhor eu ir.

Ele se virou para mim, e, quando nossos olhos se conectaram, senti uma vontade imensa de tocar nele. Por que John simplesmente não parava de falar e me beijava de uma vez?

Depois de algum tempo ele começou a acariciar meu pulso, sob a manga da jaqueta. Eu me deliciei com o toque e meu corpo todo se arrepiou.

— A noite foi muito gostosa — ele disse.

— Foi sim — eu respondi, um tanto confusa.

— Ligo para você amanhã.

— Está bem.

Ele tirou a mão do meu pulso, eu saí do carro e fui andando para a porta de casa, ainda louca de vontade de receber um beijo dele. E também pensando em como o estava enganando por não contar quem eu realmente era. "Por que estou mentindo desse jeito?"

Bem, a verdade é que talvez ele não iria gostar da verdadeira Indie se a conhecesse.

capítulo 9

— Aonde você vai? — perguntou meu pai, sentado à mesa da cozinha, tomando café e lendo o jornal.

— Para a casa da Sarah — eu disse, pendurando a alça da capa da guitarra no ombro. — Vamos recomeçar os ensaios de nossa banda.

— Quer que eu a leve?

— Ah, quero sim.

Coloquei a guitarra no banco de trás do carro e me sentei no do passageiro. Fomos falando sobre o tempo e sobre o inverno, que parecia que ia ser longo. Já estavam prevendo neve.

Então, sem mais nem menos, ele comentou:

— John parece ser um bom garoto. E gosta de hóquei.

— É, gosta — eu disse, tirando alguns fios que encontrei grudados em minha jaqueta.

— Será que já jogou em algum time?

— Não faço ideia.

— Pratica algum esporte?

— Também não sei. Acho que não.

— Bem, não que seja algo importante — ele disse. — O que importa mesmo é que trate você bem — e olhou para mim, por um instante. — Mas será que joga golfe?

Eu não aguentei e comecei a rir.

— Chega de perguntas.

Meu pai adorava jogar golfe. Era quase uma obsessão.

— Acho que ainda dá tempo de eu jogar algumas partidas antes do inverno chegar. Vamos torcer para ainda fazer alguns dias de sol. Quem sabe amanhã?

Senti que as perguntas sobre John tinham terminado, e isso era um alívio.

O ensaio da *Bad Girls* foi bom. Eu estava mesmo precisando fazer algo criativo. Nossa paixão pela música me fazia bem. Não conseguimos ensaiar muito, pois Sarah ainda estava se acostumando com as baquetas novas e Zoe não conseguia afinar o baixo direito. E eu parei algumas vezes para telefonar para casa e saber se John havia ligado.

Mas não havia problema, pois Carly tinha falado com os responsáveis pelo abrigo de animais, e eles só podiam fazer o evento conosco em março. Ficamos só enrolando, sem pressa. Ainda tínhamos bastante tempo para ensaiar.

Cheguei em casa por volta das quatro da tarde. John não tinha telefonado, então fui para o quarto e fiquei andando de um lado para outro, como um animal enjaulado. Tentei compor uma letra de música.

"Todos dizem que faço coisas estranhas. Mas não sou eu. É alguém que finjo ser."

Peguei papel e caneta e comecei a escrever. Mas ao ler mudei de ideia. Aquela letra falava exatamente de mim e de minhas visões. Comecei a andar pelo quarto novamente.

"Ele é tudo para mim. Tudo em que penso, tudo que quero. Quase morro só de pensar que ele pode me deixar. Sozinha é que não quero ficar."

Parei de andar e me joguei na cama.

— É. Pelo jeito ele não vai ligar.

Depois de alguns instantes o telefone tocou. Atendi imediatamente. Era Sarah, querendo falar sobre Zoe. Achava que ela não estava animada o suficiente para os ensaios. Eu não queria falar com ela; não naquele momento, enquanto aguardava a ligação de John.

Zoe falou durante alguns minutos e depois desligou, pois tinha que sair. Peguei a guitarra, comecei a dedilhar e o telefone tocou novamente. Atendi e, ao ouvir aquela voz macia, fui me desmanchando. Coloquei a guitarra no chão e me deitei na cama. Meu corpo parecia querer derreter.

Sim, claro que eu queria sair novamente. A que horas? Onde? Só nós dois. Sim, claro.

Algumas horas depois lá estava eu, no banco do passageiro do carro de John, a caminho do Rideau Canal, uma hidrovia abastecida pelas águas do Rio Ottawa, próximo aos prédios do Parlamento. Ele estacionou em uma rua lateral e descemos.

— Vamos andar um pouco — ele disse.

— Sim, vamos.

Senti a brisa fria em meu rosto. Havia poucas pessoas na rua, o que era bom. Tornava o lugar ainda mais silencioso e solene. Fomos para o local da Chama Centenária, que fica em frente aos prédios do Parlamento. John pegou duas moedas no bolso e disse:

— Tome. Vamos fazer um pedido.

A Chama Centenária fica no meio de uma fonte circundada pelos símbolos de todos os territórios do Canadá. As pessoas sempre jogam moedas na água e fazem pedidos. O dinheiro arrecadado vai para uma organização que auxilia cidadãos canadenses com necessidades especiais.

Segurei firme a moeda. Sabia exatamente o que ia pedir.

— Vou contar até três — disse John.

Fechei os olhos e contei junto: um, dois, três.

Joguei a moeda na água. Meu pedido era para que John me beijasse naquela noite.

— O que você pediu? — eu perguntei.

Ele riu e pegou minha mão.

— Ah, jamais vou dizer!

— E você, o que pediu?

— Também não vou contar.

Começamos a rir, ele pegou minha mão e fomos andando até o Parlamento. Depois viramos à direita, seguindo ao lado da parede de pedra na parte de trás dos prédios, apreciando a vista do Rio Ottawa e de Hull, em Quebec. As folhas laranja-avermelhadas das árvores compunham uma moldura deslumbrante para o rio.

— Que vista linda — eu disse, suspirando. — Parece até um cartão postal.

— Sim. É lindo mesmo.

Ele se virou, se encostou na parede de pedra e olhou para cima.

— Adoro estes prédios. Todo ano venho até este lugar e fico imaginando como deve ter sido viver aqui no passado.

Eu não queria que ele soubesse que eu nunca tinha entrado nos prédios porque o lugar era assombrado por pessoas que ainda estavam presas ao mundo terreno e vagavam ali.

— E eu gosto da construção de pedra. Esses entalhes e ornamentos são maravilhosos — e ri. — E também adoro os guardas que ficam na porta durante o verão. Sabe, aqueles de casaco vermelho e chapéus de pele? Lacey e eu adoramos pular na frente deles imitando macacos para fazê-los rir, mas eles não dão sequer um sorrisinho.

John balançou a cabeça e riu.

— Não acredito que vocês fazem isso.

— Sim, acredite. Lacey diz que minha cara de macaco é perfeita.

— Pois quero ver. Vamos lá, me mostre.

— Nem pensar!

— Ah, só uma vez — ele insistiu, para me provocar.

E me abraçou, se encostando novamente na parede, comigo apoiada de costas em seu peito. Senti sua respiração em minha nuca e fui relaxando, me deixando envolver por aqueles braços, me sentindo protegida.

Ficamos assim por alguns instantes, observando os prédios, envoltos em nosso próprio mundo. Então desencostamos da parede e ele perguntou:

— Vamos comer um *Beaver Tail* e andar pelo canal?

— Ótima ideia!

Fomos até o mercado ByWard e entramos em uma das lojas que fazem o *Beaver Tail*, uma massa frita como a de churros, só que de formato comprido e achatado, lembrando a cauda de um castor, que vem com todo tipo de cobertura: canela, açúcar, limão, chocolate, banana etc. Eu pedi logo meu predileto, o original de canela e açúcar, e John ficou indeciso entre o de limão e o de morango, mas acabou escolhendo o de açúcar e limão. Saímos comendo e fomos andando em direção ao canal. O Rideau Canal é uma grande atração turística em Ottawa. No verão fica cheio de barcos, alguns transportando carga e outros com turistas que aproveitam o passeio para ter uma visão da cidade. Agora, em setembro, o lugar estava mais tranquilo. Andamos alguns minutos, e então um barco passou, tocando música alta. Limpei o açúcar da boca com o guardanapo e comentei:

— Estão mesmo aproveitando os últimos dias antes do inverno.

— Com certeza — ele disse. — Em pouco tempo a água vai estar congelada. Por falar nisso, podemos vir patinar aqui no gelo quando estiver mais frio.

Meu coração se acelerou. Então ele estava fazendo planos para nós... juntos, no inverno?

— Podemos, sim.

Ele terminou de comer, jogou o guardanapo em uma lata de lixo e perguntou, com ar de gozação:

— Você sabe patinar?

Eu dei um tapinha no braço dele.

— É claro que sei — respondi, jogando meu guardanapo.

Nos meses de inverno o canal congela e se transforma no maior rinque de patinação do mundo, com barracas de comida ao redor, fogueiras para as pessoas aquecerem as mãos e trenós para as crianças. E os casais patinam de mãos dadas.

Fiquei observando o pôr do sol alaranjado, com tons de azul cobalto, cor-de-rosa e cinza; um verdadeiro espetáculo. Adorava visitar o canal naquela época do ano.

Mais um barco passou, depois um homem fazendo *jogging* e, enquanto caminhávamos, encostei meu ombro no braço de John. Continuamos andando em silêncio, e ele pegou minha mão. Na escola, ele não tocava em mim. Havia mesmo muita coisa para eu descobrir sobre aquele garoto, e isso me animava. Eu gostava daquela situação misteriosa, imprevisível.

— Eu não sabia que você era de Newfoundland — eu disse, quebrando o silêncio. — Não acho que tenha sotaque das pessoas de lá.

Ele continuou olhando para a frente.

— Não fiquei muito tempo em Newfoundland.

— Vocês se mudaram direto para Ontário?

— Sim.

— Que idade você tinha?

Ele ergueu os ombros.

— Não me lembro. Acho que uns 4 anos.

— Tem irmãos?

Ele balançou a cabeça.

— Não. Somos só minha mãe e eu.

— E... seu pai?

Ele soltou minha mão e ficou em silêncio. O único som era o do vento nas árvores. Eu já ia mudar de assunto, achando que ele não ia me responder, quando ele disse:

— Ele nunca esteve presente.

— Ah, entendo — respondi, colocando as mãos nos bolsos. — Que pena.

— Saiu de casa quando eu ainda era pequeno, um pouco antes de nos mudarmos. Pelo que minha mãe conta, foi embora e nunca mais deu sinal de vida. Acha até que ele mudou de nome, pois não conseguiu mais qualquer informação. Nós viemos para cá e moramos em um carro nas primeiras semanas. Eu até me lembro, vagamente, de dormir no banco de trás.

— Puxa, isso é muito triste — eu disse.

— É a vida. Cada um se vira com o que tem.

— Mas você não tem vontade de conhecer seu pai?

— Nem um pouco. Ele era um idiota. Até hoje me lembro de algumas cenas; ele gritando com minha mãe e a empurrando para dentro do quarto. Os dois brigavam muito.

E fez uma pausa. Um pássaro veio voando e pousou em um galho próximo.

— Mas às vezes tenho vontade de encontrá-lo só para mostrar a ele que péssimo pai e marido ele foi. Maltratou tanto minha mãe que ela nunca mais se recuperou.

Ficou olhando para o pássaro por um instante.

— Sabe, dá muita raiva pensar na maneira que ele a tratava — completou.

De repente eu comecei a ouvir os pensamentos dele.

"Sim, batia nela. Era violento física e sexualmente."

Eu não queria ouvir aquilo. Coloquei os braços ao redor do corpo.

— Ela deve ser uma mulher muito forte. Criou você sozinha — eu disse.

— Ele bebia muito, pelo que sei. E ficava violento.

Parou por um instante.

— Não sei o que minha mãe vai fazer sem mim no ano que vem. Ficou com problemas por causa do que aconteceu. Não lida muito bem com certas coisas. Mas eu... preciso ir embora. Quero ficar longe daqui. Quero ir para Londres, para a Inglaterra.

— Entendo. Você tem que viver sua vida, afinal — eu disse.

Em questão de segundos vi John e eu morando em um apartamento úmido e escuro em Londres. Balancei a cabeça para esquecer a ideia. O que havia de errado comigo? Eu mal conhecia aquele rapaz. Não tinha criticado Lacey por querer ir morar com Burke no ano seguinte? E agora lá estava eu, fazendo a mesma coisa. A sensação era de estar caindo em um grande buraco sem saída. Mas a verdade é que... eu queria cair.

— Às vezes penso em procurar alguém como Cayce, sabe? — ele disse. — Alguém que tenha o dom da visão; que possa dizer onde meu pai está.

Abaixei a cabeça e fui andando, em silêncio. Ele continuou:

— Quem sabe, se eu descobrir que ele não é o canalha que eu imagino, ou se tiver se recuperado, eu possa ir atrás dele. Além do mais, essa pessoa poderia ver o futuro de minha mãe e me dizer se ela vai ficar bem sem mim caso eu vá embora.

Eu sabia que ele precisava de respostas, mas por que imaginava que iria consegui-las dessa maneira? Devia haver algum parente por parte de pai com quem pudesse falar.

Respirei fundo e disse:

— Li em algum lugar que essas pessoas são grandes charlatãs.

— Todas elas?

Encolhi os ombros.

— Uma tia minha se consultou com alguém assim e disse que foi caro e não valeu a pena.

Ele parou e se virou para mim.

— Você sabe quem é essa pessoa com quem ela falou?

— Não — respondi, gaguejando. — Minha tia só mencionou essa história uma vez. E disse que jogou dinheiro fora.

A resposta deve ter tido efeito, pois ele balançou a cabeça.

— Tenho que encontrar a pessoa certa, então.

Senti um vento frio em meus cabelos e ao meu redor. Estava escurecendo e o restinho do calor do sol estava acabando. Fiquei pensando na mãe dele. Tinha realmente um fardo pesado para carregar. Eu não sabia exatamente qual era a situação, mas o simples fato de pensar nela me fez sentir um frio imenso.

John suspirou e passou a mão pelos cabelos. Senti então uma dor aguda no peito e entendi, finalmente, que a escuridão que eu via em seus olhos era a tristeza dele por causa da mãe.

— Gostaria de conhecê-la um dia — eu disse.

— Quem?

— Sua mãe.

Ele desceu a mão pela nuca e respondeu:

— Quem sabe.

Então fez uma pausa, depois se endireitou e me olhou, tentando sorrir.

— Mas agora chega de falar de mim. Vamos falar de sua família normal.

Normal? Pois sim. Ele não fazia ideia. Mas pelo menos não suspeitava de que houvesse algo estranho a meu respeito. O sol já tinha se posto, e as cores maravilhosas haviam desaparecido, deixando aquele céu de início de inverno negro como sempre. A lua nova parecia frágil, como se fosse despencar do céu a qualquer instante. Era exatamente como meu relacionamento com John: se mantendo por um fio.

Balancei a cabeça: "Não pense assim, Indie".

O lugar estava cada vez mais deserto, agora. Fomos andando, sem destino certo. Uma mulher passou por nós com um cão labrador, e brincamos com ele, mas depois a rua ficou vazia. A sensação de estar ali, sozinha com ele, caminhando, me fez muito bem. Eu gostava da escuridão da noite.

Ele pegou novamente minha mão.

— Você alguma vez já pensou na questão do que somos de verdade e do que adquirimos vivendo em sociedade? — ele perguntou, em tom formal. — Estamos estudando isso nas aulas de psicologia. É um assunto muito interessante. Será que estamos destinados a ser quem realmente somos? Ou acabamos sendo o produto da maneira como fomos criados ou do meio em que vivemos?

Hesitei, tentando acertar a resposta.

— Não sei exatamente no que acreditar — eu disse.

Fiquei pensando em minha vida. Eu não era como meus pais. Mas minha mãe dizia que minha bisavó tinha visões também. Será que eu tinha herdado esse traço genético da mesma maneira que Sarah tinha herdado o tom avermelhado dos cabelos da mãe?

— Acho que há razão nos dois lados — respondi. — Mas creio que o mais forte é nossa natureza. Nascemos com características próprias.

— Já eu não quero ser produto de lado algum — disse John. — Nem produto de meu pai, nem da criação que minha mãe me deu.

Senti novamente aquela onda de frio. Havia realmente algo sério com a mãe dele.

— Então o que quer ser?

Ele chutou uma pedrinha.

— Independente. Eu mesmo, nada mais.

Andamos mais alguns instantes, em silêncio. Então ele olhou para mim e disse:

— Você usa esse pingente de cruz o tempo todo. Acredita em Deus?

Levei a mão ao pingente. Será que existia mesmo um Deus? Encolhi os ombros.

— Acredito que religião seja algo criado pelo homem — ele disse. — Mas você deve acreditar em Deus para usar esse pingente.

"Diga alguma coisa, Indie; responda."

— Acho que uso para me dar sorte.

— Que motivo estranho para se usar uma cruz. Você é católica?

— Fui batizada na Igreja Anglicana, mas não a frequento.

— Eu também não. Os pais de minha mãe são católicos. Na verdade, a maior parte das pessoas em Newfoundland é católica. Minha mãe foi renegada pela família ao se casar com meu pai, que não quis se converter. Hoje só o irmão fala com ela.

— Cada religião tem o seu lugar — eu disse, em tom de quem sabia o que estava falando. — É o que acredito.

Mas será que eu realmente pensava assim? Aquela conversa estava me fazendo mal. Eu não queria mais falar sobre o assunto. Larguei a mão dele.

— Aposto que você não me alcança.

Saí correndo, mas ele logo me alcançou e foi correndo de costas, à minha frente.

— Assim não vale — eu disse, rindo e já sem fôlego. — Você tem pernas mais compridas.

Ele parou de repente, e eu me deixei ir de encontro aos braços dele. O ar estava frio agora, e o céu completamente negro. Ele sussurrou em meu ouvido:

— Você é tão diferente das outras garotas.

Se ele ao menos soubesse o quanto... Mas não respondi. Senti a respiração dele em meu rosto. Não queria dizer coisas que ele não precisava saber. Só queria ficar ali, em seus braços.

Ele levantou meu queixo com a mão e aproximou os lábios dos meus. Um calor me invadiu e me fez ofegar. Mas eu queria muito aquele beijo, e nada iria me fazer estragar o momento. Relaxei para poder aproveitar a sensação e, pela primeira vez, permiti me entregar ao que estava acontecendo. Queria sentir os músculos dele e sua pele macia. Chegamos a nos afastar, por uma fração de segundo, mas então ele me puxou com ainda mais força. A lua estava agora bem acima de nós, e eu achei engraçado o fato de o pedido que eu tinha feito há tão pouco tempo, no final da tarde, estar se realizando. Eu queria sentir John ainda mais perto, então pressionei meu corpo contra o dele, e ele respondeu afagando meus cabelos e encostando o rosto no meu. A sensação de estar em seus braços era maravilhosa. Eu sentia seu calor e seu cheiro. Nossos corpos se encaixavam de maneira perfeita, exatamente como as cores do pôr do sol.

PARTE 2

outubro de 1997

capítulo 10

Já tinha tirado quase totalmente a blusa quando ouvi a porta da frente se abrir. Vesti de volta rapidamente e saltei da cama, já de frente para o espelho, verificando minha aparência. Meu cabelo estava todo despenteado, meu rosto avermelhado e meus lábios inchados.

— Minha mãe chegou! — eu disse.

John também tinha se levantado e estava colocando a camisa para dentro das calças.

— Indie — gritou ela, da cozinha.

— Oi! — respondi. — Estamos fazendo o trabalho de escola — e sussurrei para John, enquanto terminava de fechar os botões da blusa. — Desça e fique conversando com ela. Eu já vou.

Ele tentou me beijar, mas eu o empurrei.

— Pare. Minha mãe vai perceber.

Enquanto ele descia, eu corri para o banheiro. Lavei o rosto e passei um pouco de pó para disfarçar a vermelhidão. Escovei os cabelos, torcendo para que minha mãe não percebesse que não estávamos exatamente fazendo o trabalho de escola. Depois de me olhar mais uma vez no espelho, desci para a cozinha.

— John está me contando sobre um projeto para as aulas de psicologia — disse minha mãe, pegando um pote de molho que estava sobre o fogão.

— Ah, é? — respondi, tentando parecer casual. — O que temos para o jantar?

— Espaguete, salada e pão de alho.

Ela olhou para John por cima dos óculos. Eu realmente não entendia por que ela precisava dos óculos para colocar molho no macarrão.

— Você fica para o jantar, não?

— Bem, vou avisar minha mãe.

Ele foi até o corredor, pegou o telefone e percebi que estava deixando um recado na secretária eletrônica.

— Ela não está em casa? — perguntei quando ele retornou.

— Deve estar no banheiro, ou no quarto — ele disse, sem olhar para mim. E começou a tamborilar os dedos na bancada, ansioso.

Já fazia um mês que estávamos namorando e eu ainda não conhecia a mãe dele. Toda vez que eu falava em visitá-la ouvia uma desculpa esfarrapada.

— Estávamos falando de Edgar Cayce — minha mãe comentou.

Eu estava tomando água e por pouco não me engasguei. Sempre dava um jeito de desviar o assunto. Mas o trabalho dele iria provavelmente se estender até dezembro, e John não parava de falar sobre a pesquisa.

Olhei, desesperada, para minha mãe. "Não diga, mãe. Eu imploro, não conte a ele sobre minhas visões. Ele é tudo para mim. Não posso perdê-lo."

— A senhora acredita no trabalho de Cayce? — ele perguntou.

— Claro que sim. Ele tinha um dom muito especial e o utilizava para o bem da humanidade.

— Mãe, precisa de ajuda com a salada? — interrompi.

— Não, meu bem. Já está pronta — e olhou novamente para John, me fazendo ficar ainda mais desesperada. — Algumas pessoas têm essa habilidade de captar outras dimensões por meio de seus sentidos.

John se sentou, olhou para ela e continuou a falar como um acadêmico, totalmente concentrado no assunto.

— Sim, Cayce conseguia enxergar além deste mundo. Mas tenho lido sobre outros sensitivos que vivem nos dias de hoje e conseguem captar energias pelo olfato, pela audição e mesmo pelo tato. Venho tentando estabelecer um comparativo entre Sylvia Browne e John Edward. Comecei o trabalho estudando apenas Cayce, mas decidi incluir alguns sensitivos dos dias de hoje para mostrar como as pesquisas nesse campo vêm progredindo.

Eu me sentei e fiquei olhando para o teto. Por que minha mãe tinha que se envolver no assunto? E por que John não terminava logo o trabalho e acabava com aquilo de vez? Também podia escolher um tema mais simples, que tivesse a ver com psicologia em vez de parapsicologia.

— Puxa, vocês precisam ver o projeto que estamos fazendo para as aulas de filmagem — soltei, de repente. — Sarah, Zoe, Carly, Monique e eu vamos cantar a música *Wannabe,* das *Spice Girls.* E Brent, o garoto que está em nossa turma nas aulas de matemática, sabe? Pois é. Ele vai fazer a filmagem. Vai ser superengraçado.

Eu me levantei e comecei a fazer aqueles passos que achávamos ridículos. John me olhou, sem acreditar.

— Mas você odeia as *Spice Girls.*

Continuei dançando e cantando: "se quer ser meu namorado tem que tratar muito bem minha mãe".

Ela olhou para baixo, com expressão desanimada.

— A letra da música é assim mesmo? Duvido.

John riu.

— Não, não é. Nem de perto. E a música também não é assim. Você não é a vocalista do grupo, espero.

Ignorei o comentário dele e continuei cantando e inventando a letra. Mas logo tive um ataque de riso e não consegui continuar. Quando finalmente recuperei o fôlego, disse:

— Vocês precisam ver as roupas que arrumei. Fui até um brechó outro dia. Só um instante. Vou vestir — saí correndo e completei. — E, sim, odeio as *Spice Girls*.

Subi e vesti o casaco de pele falsa de leopardo. Fui até o quarto de Brian, peguei a bandeira da Union Jack que ficava sobre o encosto da cadeira, enrolei no pescoço e corri de volta para a cozinha. Sabia que minha mãe e John continuariam conversando, então entrei gritando: "Miss Geri Halliwell". E comecei a cantar novamente.

— Não achei que você seria a ruiva — ele disse. — Sua banda toca mesmo esse tipo de coisa? Espero que não.

Continuei dançando e respondi:

— Vou usar uma peruca. E, não, nossa banda não toca esse tipo de música.

Comecei a cantar novamente, agora fingindo tocar guitarra.

— Nós tocamos *rock'n'roll*!

John começou a uivar, Sheena a ganir e Sasha ficou abanando o rabo. Desatamos a rir. Minha mãe balançou a cabeça.

— Vocês são mesmo doidos — e apontou para meu casaco. — Você comprou mesmo isso num brechó?

— Sim, comprei — eu respondi, enfiando o nariz no pelo do casaco. — Tem cheiro de coisa velha.

— O que tem cheiro de coisa velha? Indie?

Era meu irmão, entrando na cozinha. Parou assim que me viu.

— O que está fazendo com minha bandeira?

Fui dançando e girando.

— Vou precisar dela para um trabalho de escola.

— Um trabalho sobre as *Spice Girls* — completou John.

— Você só pode estar brincando.

John ergueu as mãos. Brian me olhou.

— Você endoidou de vez, irmãzinha. Só cuide para não destruir minha bandeira.

— Jantar saindo em quinze minutos — disse minha mãe, tirando a panela do fogo e colocando-a sobre um apoio térmico na mesa. — John, temos um armário com vários livros sobre o assunto que estávamos discutindo. Indie pode lhe mostrar enquanto eu termino de arrumar a mesa. Pegue os que achar que podem ser úteis em sua pesquisa.

Como ela pôde fazer aquilo? Mudar de assunto assim, de repente? Depois de todo o trabalho que eu tive tentando fazê-los esquecer sobre o que estavam falando.

Toda vez que John vinha à nossa casa eu evitava o escritório, fechava a porta ou simplesmente o tirava de lá, dizendo que era o canto de estudos de meu pai e que ele não gostava que ninguém entrasse. Só que agora eu mesma iria levá-lo até lá. E tudo por culpa de minha mãe.

— Indie — disse ela. — Mostre o escritório a ele antes de jantarmos.

— Bem, acho que você não vai querer fazer lição da escola depois do jantar, certo? — perguntei. — É melhor continuarmos a falar sobre música. Agora sem *Spice Girls*, prometo. Ensaiamos esses dias uma música do *Pearl Jam* que ficou muito boa.

Ele me olhou, desconfiado.

— Acho melhor vocês desistirem dessa banda. Mas podemos falar de música mais tarde. Quero ver os livros e pegar os que não tenho.

O pequeno escritório ficava no fundo da casa, perto do corredor que dava para a lavanderia. Assim que saímos da cozinha, John perguntou:

— Como sua mãe sabe tanto sobre Cayce?

— Ah, minha mãe lê tantos livros que nem faço ideia.

Quando entramos no quartinho, ele até assobiou, impressionado.

— Puxa, olhe só isso! Fantástico.

Foi direto para as prateleiras, e eu fiquei parada na porta, sem coragem de entrar. Na verdade eu detestava aquele quarto, pois me lembrava dos primeiros anos de escola com todos aqueles médicos, diagnósticos e a úlcera, que me fazia passar mal o tempo todo e até cuspir sangue. Por que aquilo tinha que se repetir tanto em minha vida? Por que eu tinha que me apaixonar justamente por um cara que adorava aquele tipo de coisa? John olhava livro por livro, hipnotizado. Abria um, lia um pouco, depois pegava outro e ia empilhando tudo no chão. Em poucos minutos esvaziou uma prateleira. Ainda parada na porta, eu sentia sua energia, sua vibração. Ele estava totalmente imerso nos livros. E eu ia ficando pior a cada instante. Então ele pegou o livro que tinha me emprestado, *O Profeta Adormecido*. Eu nem sabia que tínhamos um em casa.

— Sim, é o seu livro — eu disse.

Eu ainda não tinha lhe dado o que comprei para que ele não percebesse que eu não tinha lido.

Ele abriu e examinou.

— Não. Não é o meu. Aquele que eu tinha era de um sebo e estava cheio de anotações.

— Você vai levar todos estes livros? — perguntei, tentando mais uma vez mudar de assunto.

Ele se virou e me olhou de uma maneira que me fez querer sair correndo e me enfiar em um buraco. Finquei os pés no chão e cruzei os braços, tentando manter aquela energia longe de mim.

— Você nunca leu mesmo estes livros? — ele perguntou, em tom de acusação.

— Nunca — respondi, com convicção. — São da minha mãe. Nunca me interessei.

— Eu queria muito conhecer sua mãe — eu disse depois do jantar, enquanto o acompanhava até o carro.

Ele pegou as chaves e as balançou na mão, pensativo.

— OK — disse ele. — Vou falar com ela. Quem sabe durante a semana.

Esperei um beijo de despedida, mas ele entrou direto no carro, acenou e saiu, me deixando parada na rua. Nem olhou para trás.

No dia seguinte, na escola, marcamos para ir à casa dele na quinta-feira à noite.

A quinta-feira chegou, e eu tentei caprichar no visual, com um *jeans* novo e uma blusa bonita. Fiquei imaginando o que Lacey diria se me visse usando uma blusa roxa. Queria tanto que ela me perdoasse. Já fazia mais de um mês que não falava comigo. Ainda estava com Burke. E eu estava com John.

Ele finalmente chegou e seguimos para o bairro Alta Vista. Era um bairro com mistura de construções antigas, prédios residenciais e condomínios de casas geminadas. Ele ligou o rádio e fomos ouvindo música. Eu estava ansiosa. Depois de uns quinze minutos ele estacionou na frente de uma casa geminada pequena, mas bonita, sem garagem; um pouco desgastada pelo tempo, mas de aspecto confortável. Havia árvores na porta e algumas folhas caídas na calçada. Respirei fundo e saí do carro. Fomos andando até a porta, mas ele não pegou minha mão. Estava muito ocupado pegando as chaves. Olhei para ele e percebi que estava bem mais nervoso do que eu.

Abriu a porta e entrou na frente, quase me empurrando para trás, inspecionando o corredor para checar se não havia algo que eu não devesse ver. Claro, isso aguçou mais ainda minha curiosidade, e olhei ao redor quando entrei. Mas tudo parecia normal. Talvez o lugar não estivesse dentro dos padrões de limpeza de minha mãe, mas qual o problema? Ela tinha obsessão por limpeza.

A mobília da casa era simples, mas boa.

— Mãe — ele chamou, mas não no tom alto que eu usava para procurar minha mãe quando chegava em casa.

— Na cozinha — ela respondeu.

Ele finalmente relaxou, se virou para mim, pegou minha mão e sorriu.

— Ela está na cozinha — disse, como se aquilo fosse algo muito bom e incomum.

Minha mãe estava sempre na cozinha.

Sorri e segurei a mão dele. Fomos andando por um corredor e entramos em uma cozinha bem pequena, de janelas grandes que davam para um quintalzinho cheio de quinquilharias, incluindo um triciclo velho, todo enferrujado. O quintal me chamou tanto a atenção que entrei olhando para ele. Não vi uma viga que havia no canto e dei de cara com ela. A dor foi tão intensa que soltei um gemido.

A mãe dele me olhou e perguntou:

— Está tudo bem?

Eu era mesmo uma desastrada.

— Sim, tudo bem — respondi.

O que ela ia pensar de mim agora?

— Mãe, esta é Indie.

Ela enxugou a mão em um pano de cozinha.

— Prazer em conhecê-la, Indie.

Eu não imaginava como seria a aparência dela. Tinha até tentado, mas nada me vinha à mente. Ela estava usando *jeans*, uma camiseta rosa e um par de mocassins. Era esbelta, elegante, tinha belos cabelos longos e castanhos. Pelo que John falava, eu esperava alguém de robe e descabelada. Mas era exatamente o oposto.

— Desculpe, estava olhando o jardim — eu disse.

Só então notei seus olhos azuis esmaecidos, enevoados. E suas olheiras. Ela parecia não dormir há dias, estar com fraqueza ou falta de vitaminas. Mas era uma mulher muito bonita: rosto longo, nariz afilado, dentes claros e belos olhos. O que incomodava mesmo era seu olhar. Ela sorriu, e, por um instante, seu rosto se iluminou. Mas logo voltou a ficar sem vida. Havia algo muito errado com ela, mas eu não conseguia identificar.

— Fico contente que tenha vindo — ela disse, esticando a mão.

Sua estrutura frágil e trêmula me fez sentir um gigante. E olhe que sou pequena.

Sentindo sua energia, comecei a suar. Respirei fundo, tentando me manter tranquila. "Aja com normalidade, Indie", pensei.

— Sim, é muito bom conhecê-la — respondi, automaticamente. Minha cabeça começou a latejar e meus olhos ardiam. Tentei me concentrar nela, mas estava difícil. Será que dava para perceber o que estava acontecendo comigo? Eu estava tendo uma visão justamente naquele instante. "Pare. Não quero que isso aconteça", pensei com toda a força. Comecei a ver um túnel, como se uma lente gigante se aproximasse de meus olhos até eu enxergar uma espécie de aquário. Tentei relaxar os ombros e manter uma postura normal. Mas logo percebi que não seria uma daquelas visões rápidas. Minha cabeça pulsava muito, bem na região da testa, no ponto que eles chamam de terceiro olho.

John foi até o fogão:

— Deixe que eu ajudo, mãe.

— Quer beber alguma coisa, Indie? — ela me perguntou.

— Sim, um copo d'água, por favor — consegui responder.

Tentei olhar para ela e parecer normal, mas só conseguia ver uma pá como aquelas que meu pai usava para cavar o jardim, toda suja de terra. O que podia ser aquilo? Por que eu estava vendo uma pá? Quando ela se virou para pegar a água, vi a pá cavando e cavando, sem parar. Mas eu não via quem estava cavando. E a pá se movia cada vez mais rápido. Então comecei a sentir um cheiro ruim. Mas do que poderia ser? Parecia que eu estava em uma fazenda, ou algo assim. O cheiro forte invadiu minhas narinas. A pá continuava cavando e formando uma pilha de terra de um lado. O buraco era cada vez maior. Será que eu ainda estava conseguindo sorrir? "Diga alguma coisa, Indie. Fale!"

Então, da mesma maneira rápida que surgiu, a pá desapareceu, e eu fiquei ali, parada, completamente zonza e com as pernas trêmulas a ponto de cair. A mãe dele ainda estava de costas para mim, enchendo o copo. Sorte que eu estava usando *jeans*, porque meus joelhos batiam tanto que poderiam até fazer barulho não fosse o tecido grosso. Fui inspirando e exalando o ar devagar, me esforçando para não cair no chão enquanto ela estava de costas. Não sabia se meu rosto estava pálido ou avermelhado, mas com certeza não parecia normal, pois eu estava quente e suando. John continuava de costas, e provavelmente não tinha percebido mesmo. Quando me senti um pouco melhor, coloquei as mãos nos bolsos, tentando manter uma postura mais natural.

— A senhora estava cuidando do jardim? — perguntei.

"Mas que pergunta idiota, Indie. Mais idiota impossível", pensei. Minha boca estava tão seca que eu achei que não conseguiria mais falar.

— Do jardim? — ela riu, me entregando o copo. — Não sou do tipo que gosta de jardinagem.

John se virou para mim, com a espátula de cozinha na mão.

— Por que a pergunta? Você diz cada coisa...

O que eu deveria responder? Que digo coisas estranhas porque sou louca?

— Não sei... tive a impressão de sentir cheiro de terra.

Tentei rir para parecer um pouco menos maluca, se é que seria possível depois de fazer uma pergunta daquelas. Mas por que uma pá? E o cheiro estranho. Aquelas visões já estavam se tornando ridículas. Será que eu tinha sentido o cheiro das plantas ao redor da casa? Mas não parecia cheiro de plantas.

John balançou de leve a cabeça, obviamente achando que eu estava nervosa, o que teria sido muito simpático não fosse o fato de eu estar passando mal por causa de uma visão patética.

— Não sou fã de jardinagem nem de cozinha — ela disse, rindo. — Fiz sanduíches para o jantar. Sanduíches de queijo quente.

— Oba. Adoro queijo quente — respondi.

E adorava mesmo. Era o meu sanduíche predileto. Olhei em volta para ver se havia plantas ou vasos por ali. Talvez algum cacto ou samambaia. Meu coração já tinha voltado ao ritmo normal, mas eu ainda estava bem zonza e com náusea. Levei o copo à boca e tomei um pequeno gole para ver se melhorava.

— John, posso ajudar? — perguntei.

— Indie, é só queijo quente. Fácil demais de fazer. É o que como sempre.

— Nossa, assim ela vai achar que sou péssima mãe — ela disse.

John não respondeu e continuou virado para o fogão. Fez-se um silêncio incômodo, e ela tentou consertar a situação.

— Tudo bem para você comer só sanduíches, Indie?

Mas sua voz tinha um tom de preocupação, como se ela tivesse errado ao escolher aquele cardápio para minha visita.

Já estava me sentindo melhor, então sorri e disse pela segunda vez:

— Adoro sanduíches de queijo quente. São meus prediletos desde pequena.

John terminou os sanduíches, colocou nos pratos e pôs a panela na pia. Fomos então para a mesa de jantar levando os pratos, o pote de *ketchup*, um vidro de picles e uma travessa de salada. John pegou uma garrafa de cerveja para nós (o que achei estranho, mas gostoso) e serviu apenas água para a mãe, embora ela tivesse dito que queria cerveja. Ele não olhou para ela enquanto servia a água, e ela também não se manifestou. Achei aquilo estranho. Era bem diferente do relacionamento que eu tinha com meus pais.

Começamos a comer e a conversar sobre assuntos triviais: o tempo, programas de televisão, filmes e atores preferidos. Falamos até de moda e me surpreendi ao descobrir que ela e eu tínhamos o mesmo gosto por roupas casuais e comprávamos nas mesmas lojas. Gostei dela. Era um pouco tímida, assim como eu. Mas... por que a pá? Por que aquele cheiro? Eu não entendia. Quando terminamos de comer, ela disse:

— Indie, fiquei muito contente por você ter vindo. John quase não traz amigos aqui em casa.

— E eu gostei muito de conhecê-la, finalmente — eu disse, sorrindo.

Por baixo da mesa, encostei meu pé no de John.

— Foi muito gostoso o jantar.

Ela olhou para mim, emocionada.

— Não foi um grande jantar. Acho que foi mais um lanche — ela comentou, olhando para John. — Sabe, tenho sorte de ter um filho como este.

Ele se levantou, começou a retirar os pratos e foi falando.

— Deixe que eu lavo.

— Eu ajudo — completei, tentando suavizar a tensão do ambiente.

— John disse que você é diferente das outras garotas — ela disse, de repente, colocando a mão em meu braço. O toque dela parecia queimar minha pele. Sem saber direito o que fazer, não me esquivei e suportei a dor. Depois de alguns segundos, que pareceram séculos, ela tirou a mão. Peguei rápido o meu prato para escapar dali e fui para a cozinha. John estava lavando a louça. Cheguei ao lado dele e perguntei se ele queria ajuda.

— Não precisa. Já estou terminando.

Fui então para perto dele e o abracei por trás, encostando o rosto em suas costas. Ele parou de lavar os pratos e ficou imóvel por alguns instantes. Depois se virou, me puxou para si e beijou minha testa.

— Você fez minha mãe muito feliz hoje — ele sussurrou.

Se a fiz feliz por que me sinto tão sem energia? Olhei em seus olhos e captei sua dor. Ele começou a me beijar e ficamos ali durante alguns instantes até que a mãe dele surgiu na porta, tossindo propositalmente.

Fiquei apenas mais uma hora, pois tínhamos aula no dia seguinte e lição de casa para fazer. E ele ainda ia me levar para casa. Quando estávamos saindo, a mãe dele disse sorrindo:

— Volte mais vezes, Indie. Gostei muito de conversar com você. Quero conhecê-la melhor. John me disse que você tem uma banda. Achei interessante.

Minha garganta secou novamente e meu coração se acelerou.

— Sim — respondi. — Na próxima vez lhe conto sobre a banda.

Só quando entramos no carro eu consegui relaxar. Exausta, encostei a cabeça no apoio do banco.

— Minha mãe gostou de você — ele disse.

— E eu dela.

Meu estômago se revirou e minha cabeça começou a latejar. Ela queria me conhecer melhor? Seria esse o significado da pá: que ela iria cavar e descobrir o que eu estava tentando esconder? Fazia sentido. Ela poderia descobrir meu segredo.

Cheguei em casa, me esquivei das cento e uma perguntas de minha mãe sobre a visita e fui para o quarto, dizendo que tinha lição de casa. Mas, em vez de pegar os livros, eu me joguei na cama e adormeci profundamente.

Acordei grogue e desorientada, com o quarto às escuras. Olhei o rádio relógio: 3 da manhã. Eu ainda estava com as roupas que usei para ir à casa de John. Quando fui me levantar para pôr o pijama e tirar a maquiagem, minhas pernas pareciam tão pesadas que eu mal conseguia me manter de pé. "O que está acontecendo?", pensei. A pá. Só podia ser isso. Se a mãe de John descobriu que eu tinha visões malucas e via fantasmas, iria contar ao filho e ele me dispensaria imediatamente. A simples ideia de perdê-lo me fez sentir ainda pior. Primeiro Lacey. Agora John. O que eu faria sem ele? Jamais tinha me apaixonado, mas agora sabia o que estava sentindo. Passava todos os minutos do dia pensando nele e, quando o encontrava, queria sentir seu toque, suas mãos em meu corpo e seus lábios em minha pele. Ele tinha um poder muito grande sobre mim.

Voltei a dormir, mas tive pesadelos horríveis com pás, buracos no chão e a correntinha que tinha dado a Lacey. Tudo se misturava e nada fazia sentido. Quando acordei novamente, o sol estava entrando pela janela e meu pijama estava ensopado de suor.

capítulo 11

Minha mãe estava sentada no balcão da cozinha lendo o jornal, tomando café e comendo uma fatia de torrada com pasta de amendoim. Olhou para mim por cima dos óculos.

— Então, como foi o jantar ontem à noite? Você nem me contou.

— Tinha lição para fazer.

— O jantar não foi bom?

— Por que você tem que imaginar sempre o pior?

Ela colocou o jornal sobre o balcão.

— Não estou imaginando o pior. Você é que parece não querer tocar no assunto. Fico preocupada quando se isola dessa maneira.

— A mãe dele foi muito gentil e o jantar foi bom.

Ela fez uma pausa e dobrou o guardanapo daquele jeito de quem está pensando no que vai dizer. Eu odiava quando ela fazia isso.

— Você ainda não contou para ele, contou?

Eu me levantei e joguei o cereal do meu prato no lixo. Tinha perdido o apetite. Olhei para ela.

— Não, mãe. Não contei. E peço que não conte.

— Indie, eu acho que ele entenderia.

— Não, não entenderia. Agiria exatamente como todo mundo, achando que eu sou maluca.

Ela cruzou os braços.

— Está bem. Não vou insistir — fez uma pausa. — Ah, me esqueci de dizer: encontrei Carol na rua. Ela está com saudades e ouviu dizer que você e Lacey se desentenderam.

Peguei a mochila e pendurei no ombro, pronta para mudar de assunto.

— Não sou exatamente fã do namorado dela.

— Carol também não. Está preocupada com Lacey. Disse que ela parou de sair com as amigas e que esse namorado a isolou de todo mundo. Parece que está até pensando em sair do time de voleibol. Isso é ruim, pois ela poderia conseguir uma bolsa de estudos por estar no time. Você bem que poderia conversar com ela.

— Vou tentar, mas não posso prometer. Agora tenho que ir.

Então Papa me veio à mente. Lembrei-me da visita recente dele. Talvez fosse a expressão de preocupação no rosto de minha mãe que me fez lembrar dele. Ao chegar à porta, eu disse:

— Ah, e não se esqueça de que um sorriso pode alegrar até o dia mais nublado.

Olhei para trás e ela estava parada, perplexa. Pela expressão em seu rosto vi que tinha entendido que a frase era de Papa. Fechei a porta e saí rindo.

Ao entrar no ônibus, dei de cara com Nathan. Como sempre, ninguém queria se sentar ao lado dele. Fui e me sentei.

— O que aconteceu? Nunca o vejo neste ônibus — perguntei, ajeitando a mochila no colo.

Nathan estava com o dedo enfiado no nariz. Todos na escola riam dele por causa deste hábito. Apesar de ser apenas um ano mais novo que eu, ainda agia como criança.

— Meus pais se divorciaram e nos mudamos — ele disse.

— Puxa, que chato — eu disse. — Bem, pelo menos você não teve que mudar de escola.

— Bem que eu queria — ele disse, baixinho. — Essa escola é um horror para mim. Gostaria tanto de não ter que ir para a aula de natação hoje. Odeio as aulas de educação física por causa das piscinas. Tenho medo de água.

Olhei para ele. O pobre menino estava mesmo apavorado. Era alvo de todo tipo de brincadeira entre os garotos da escola. Ter que trocar de roupa no vestiário junto com todos aqueles moleques metidos a macho devia ser uma tarefa realmente terrível para ele.

— Pois finja que está doente — eu disse. — Sente-se em um canto e fique de cabeça baixa. Já fiz e deu certo.

Comecei a fingir uma tosse, brincando, e Nathan riu. Nesse instante senti como se alguém tivesse me dado um soco nas costas e tive que me segurar no banco da frente para não bater o rosto. Olhei para trás. A garota sentada atrás de mim estava quieta no banco, com fones nos ouvidos, escutando música. Nem estava com os pés apoiados nas costas do meu assento.

— O que foi? — Nathan perguntou.

— Você sentiu esta menina chutando o banco? — eu disse baixinho.

Ele balançou a cabeça.

— Bem, às vezes fazem isso comigo — ele disse, rindo, deixando à mostra o aparelho dental. — Só não acontece quando você está comigo. Obrigado por vir se sentar aqui e me dar a ideia de como escapar da maldita aula de educação física.

Ele começou a tossir de brincadeira e nós dois caímos na gargalhada.

John não veio me encontrar no corredor, e eu estranhei. Desde que começamos a namorar ele me encontrava ali todos os dias. Deixei o celular no bolso para ouvir caso ele me mandasse uma mensagem. Meu irmão tinha me dado seu celular antigo, e John tinha o número. Se me ligasse, eu fingiria que precisava ir ao banheiro para sair da sala. Na pressa de pegar os livros no armário, derrubei alguns no chão. Quando me abaixei para pegar, vi que a correntinha de Lacey também havia caído. Estava toda enrolada e cheia de nós, então a peguei e coloquei no bolso. Enfiei na mochila os livros de que iria precisar e fechei o armário.

Fui para a classe pensando no que tinha acontecido no ônibus. Nathan não tinha sentido o chute no banco, só eu. Por quê? E por que aquela visão de uma pá na casa de John? Então me lembrei de que tinha sonhado com tudo aquilo, inclusive com a correntinha de Lacey, que agora estava no meu bolso.

Nem prestei atenção à aula de matemática. Passei o tempo todo pensando e rabiscando o caderno. Ao final da aula, ainda distraída com meus pensamentos, fui me levantar e esbarrei em alguém, espalhando meus livros pelo chão.

— Veja se olha por onde anda.

Era Lacey.

— Desculpe — resmunguei, me abaixando para pegar os livros pela segunda vez naquele dia.

Com trinta alunos naquela sala eu tinha que esbarrar justamente em Lacey. Fiquei pensando na correntinha. Teria sido um aviso de que eu iria falar com ela? Mas será que existiam mesmo tais avisos?

Fui me levantar, imaginando que ela já tivesse saído. Mas ainda estava ali, parada, me olhando.

— Queria tanto que você não tivesse estragado nossa amizade — ela disse.

— Só quis ser honesta com você — respondi.

— Honesta? Você mentiu para mim.

— Não foi bem assim.

— Foi, sim!

— Não, não foi. Eu tentei avisar. Tentei ajudar você.

— Ajudar em quê? Ajudar com Burke? Admita, Indie: você tinha inveja do meu relacionamento com ele. Ficou zangada porque ele me afastou de você.

— Inveja? Eu estava feliz por você.

Segurei os livros no peito com força.

— Burke não me trai, você sabe muito bem disso — ela continuou. — E, só porque quis ficar com ele no dia em que ele a levou para casa, me disse aquelas coisas horríveis.

— O quê?

— Sim, isso mesmo. Inventou toda aquela história de visão para eu brigar com ele. Só ficou com John como segunda opção.

Eu não conseguia acreditar no que estava ouvindo. Ela não tinha o direito de colocar John no assunto. Abri a boca para gritar com ela, mas me contive. Não queria magoá-la mais do que já tinha magoado. E me lembrei da voz masculina que sempre falava comigo, me dizendo que voltaríamos a ser amigas. Abaixei a voz, dizendo:

— Prezava demais nossa amizade e jamais tive inveja de você. Sempre a admirei. Até hoje admiro. Só queria o melhor para você. E só queria lhe dizer a verdade.

— Verdade? — ela riu, com sarcasmo. — Então me diga: está tendo com John o mesmo tipo de relacionamento verdadeiro que teve comigo? Ele já sabe tudo a seu respeito? Quero dizer, tudo mesmo. Assim como eu?

— Meu namoro com John não tem nada que ver com isso.

— Meninas!

A voz veio do outro lado da sala. Lacey e eu nos viramos, e lá estava o professor, Leonard, em pé, com as mãos na cintura.

— Vão brigar lá fora, vocês duas. De preferência fora da escola.

Sem olhar para Lacey, saí e fui direto para o banheiro. Atravessei o bando de rainhas da maquiagem na frente do espelho, que achavam necessário reaplicar *blush* e batom entre as aulas, e fui para uma das cabines. Fechei a porta, baixei a tampa do vaso e me sentei com as mãos na cabeça. Meu corpo todo tremia e minha cabeça começou a latejar. Em todos aqueles anos de amizade, Lacey e eu jamais havíamos tido uma discussão. Peguei a correntinha para tirar os nós, mas minhas mãos tremiam tanto que não consegui. Lágrimas escorriam em meu rosto. Tudo isso por causa das malditas visões. Será que elas também iriam acabar destruindo meu relacionamento com John? Eu não podia deixar que isso acontecesse. Se o perdesse, seria capaz de me matar. Quando é que eu teria uma vida normal?

Continuei tentando desatar os nós da correntinha. Tudo o que eu queria era ser uma pessoa normal. Normal.

Enfiei a corrente de volta no bolso e coloquei os braços ao redor dos joelhos. Estava me sentindo uma idiota, maluca, a última das criaturas. Fiquei ali mais alguns minutos, me balançando para frente e para trás, esperando as rainhas da maquiagem retornarem à sala de aula. Quando o banheiro ficou vazio, enxuguei os olhos e saí da cabine. Fui até a pia lavar o rosto e, ao olhar para o espelho, vi uma frase escrita com batom: "Indie doidona".

Gelei. Tudo começou a girar ao meu redor, como se eu estivesse no centro de um tornado. A cor do batom no espelho saltava aos meus olhos como uma luz de neon. Apoiei os pés firmes no chão, fechei os olhos e me segurei na pia até aquilo passar. Aos poucos fui me acalmando. Ainda trêmula, abri os olhos e encarei o espelho. Desta vez não havia frase alguma escrita com batom. Ainda me segurando na pia, abaixei a cabeça e respirei fundo. Aquilo tudo era de enlouquecer.

“Não se odeie por ser quem é.” Era a voz masculina. Por que ele não me deixava em paz?

— Nem pense em falar comigo — sussurrei. — Não aqui na escola, por favor.

Alguém entrou no banheiro, e eu me endireitei. Se alguém na escola me ouvisse falando sozinha, eu estaria perdida. Olhei para o espelho e fingi estar ajeitando os cabelos. Era Sarah, que correu para a cabine.

— Nossa, como estou apertada!

Tentei rir.

— Até depois. Tenho que voltar para a aula.

Saí e tentei me esquecer da frase no espelho. O que mais podia fazer? Se achasse que aquilo era um sinal do que iria acontecer comigo e com John, me sentiria ainda pior. O corredor estava vazio. Fui andando devagar para a sala de aula, grata por ser sexta-feira. Passei a aula toda checando o celular. John não ligava. O que estava acontecendo? Parecia que ele e a mãe tinham segredos escondidos, enterrados com pá.

A hora do almoço chegou e nada de John aparecer. Quando o sinal para entrar na aula tocou, joguei meu sanduíche praticamente inteiro no lixo e fui para o pátio, ver se encontrava John lendo sob alguma das árvores, embora já estivesse bem frio, com uma névoa no ar. O inverno estava mesmo chegando, exatamente como meu relacionamento com John: cinzento e obscuro. Cruzei os braços para diminuir a sensação de frio e fui andando. Será que iria nevar antes do *halloween*? Eu esperava que não.

Como sempre Sarah, Zoe e Carly estavam lá. Fui me aproximando e pensando: será que eu faço mesmo parte desta turma? Claro, tínhamos a banda e tudo mais. Mas será que eu era realmente igual a elas? Só me sentia bem ao lado de John. Ele me fazia sentir como uma garota normal, viva e livre, embora isso também fosse uma grande ironia. Justamente alguém como ele, tão quieto e misterioso, me fazia sentir bem. Nosso relacionamento lembrava a música do The Police: "Every Breath you Take". John era o ar que eu respirava. Era tudo para mim. Mas onde estaria hoje?

— Oi, Indie — disse Carly.

Fui me aproximando e peguei um cigarro.

— Estávamos falando em marcar outro ensaio — ela completou. — Março não está tão longe assim.

— Calma. Ainda nem chegou o *halloween* — disse Zoe, rindo dela. — Mas tem razão. Precisamos pensar em novas músicas.

Eu praticamente nem ouvia o que elas estavam dizendo, a minha mente ainda estava concentrada em John. Ele até faltava às aulas de vez em quando, mas me avisava quando não iria. E tinha faltado justo hoje, quando eu estava precisando tanto dele.

— Então, o que vai fazer hoje à noite? — perguntou Sarah, interrompendo meus pensamentos. — Sair com John para variar? Lembre-se: precisamos ensaiar.

Ergui os ombros.

— Ainda não sei.

— Quer ou não continuar na banda, afinal? — perguntou Carly.

— Sim, claro que quero.

— Bem, então veja se aparece para ensaiar, pelo menos hoje — disse Sarah. — Meus pais vão sair, então podemos fazer barulho à vontade.

Fingi uma risada.

— Está dizendo que só fazemos barulho, é isso?

Sarah me empurrou de leve no braço.

— Sim, mas se bebermos bastante fica até convincente. Podemos começar com Baileys e depois vemos o que mais rola.

— É, quem sabe — respondi, sem muita vontade.

— Ah, Indie, vamos lá. Está sempre arrumando desculpas. Precisamos de você na banda.

— OK. Está bem — eu disse.

Como iria dizer a John que não podia vê-lo naquela noite por causa de um ensaio? Ele odiava a banda.

O segundo período de aulas começou, e eu continuei checando a cada minuto se havia ligações no celular. Mas John não apareceu na escola nem me telefonou. Tentei ligar algumas vezes, mas ninguém atendeu. Passei em casa depois das aulas para pegar a guitarra e fui para a casa de Sarah. Ela realmente cumpriu a promessa. Quando cheguei, havia uma garrafa de Baileys e uma caixa de bebida láctea de chocolate sobre a mesa.

— É só jogar este achocolatado dentro da garrafa depois de bebermos. Vai azedar, minha mãe vai pensar que estragou e ficar dizendo que vai levar ao supermercado para trocar. Mas ela só fala; nunca leva. Acaba jogando fora e pronto.

— É, você conhece bem sua mãe — disse Zoe.

Bebemos um pouco e descemos até o porão para ensaiar. Liguei a guitarra, ajeitei a alça no ombro e Sarah terminou de montar a bateria. Zoe terminou de trocar as cordas do baixo e Carly ficou ensaiando um pouco no teclado.

— Muito bem — disse Sarah. — Tudo pronto? Vamos começar com "Superman's Dead". Um, dois, três...

Fui tocando e cantando com Sarah, embora não me lembrasse da letra inteira. Tinha faltado ao último ensaio por causa de John. Sarah era a vocalista e eu a segunda voz.

Tocamos a música até o final, o que foi um milagre. Geralmente parávamos na metade.

— Uau. Que legal! — disse Carly.

— Pois é — disse Sarah. — Nós somos boas demais.

— Até os animais do abrigo vão dançar — disse Carly, brincando com o teclado.

— Foi mesmo ótimo! — eu disse.

Meu corpo vibrava com a energia da música. Era uma sensação fantástica.

— Você precisa vir mais aos ensaios, menina — disse Sarah, batendo nos pratos. — Só precisamos de umas cinco músicas, um show bem curto. E podem ter certeza: tocar para arrecadar fundos para o abrigo vai ser bem mais emocionante que tocar no concurso de talentos em maio.

— Pois eu não tocaria na escola mesmo que me pagassem para isso — eu disse.

— Por quê? — perguntou Zoe. — John não deixa?

— Você já perdeu tantos ensaios por causa dele — disse Carly.

Sarah olhou de relance para mim e disse:

— Bem, Bad Girls, acho que uma música tão bem tocada merece uma rodada de Baileys.

Eu não tinha comido o dia todo e aquele segundo drinque fez efeito rápido. As meninas simplesmente não entendiam como era estar envolvida com alguém da maneira como eu estava com John. Mas estavam certas: eu vinha faltando aos ensaios por causa dele, apesar de gostar demais de tocar na banda. Fui ao banheiro para checar o celular novamente. Nada. Será que ele estava me evitando? Descemos, tocamos mais algumas músicas e tentamos ensaiar uma nova. Mas já estávamos bêbadas demais, então a única coisa que conseguimos foi cair na gargalhada.

— Para mim chega — disse Zoe, largando a guitarra.

— Para mim também — disse Sarah, pondo de lado as baquetas. — Estou morrendo de fome. Você fica mais um pouco, Indie?

— Não sei — eu disse.

— Pois eu sei — disse Carly. — Tem que ir encontrar o namoradinho.

Ignorei o comentário. Deixei a guitarra sobre uma cadeira, fui até o banheiro e verifiquei o celular novamente. Por que John não retornava minhas ligações? Voltei para a sala e usei o telefone fixo, mas a ligação caía na caixa postal.

Sarah colocou uma *pizza* congelada no forno. Decidi então ficar e beber mais um pouco para ver se me esquecia de John.

Depois de bebermos mais do que o necessário, Zoe resolveu colocar um CD do The Police para tocar e ficamos dançando na cozinha, rindo e caindo para os lados. A sensação do álcool me anestesiou e me fez sentir mais leve.

— Ei — balbuciei. — Coloque "Every Breath you Take". É minha favorita.

Fui cantando junto, desejando que um dia John fosse meu de verdade e pensando em como cada passo dele me atormentava, exatamente como na letra da música. Cantei bem alto, dedicando aquele momento a ele. Queria muito que John soubesse como eu me sentia.

No começo as meninas riram, mas depois foram ficando em silêncio. Ao final, Sarah levantou a mão e disse:

— Temos que incluir esta música em nosso repertório! E, Indie, você vai ser a vocalista desta vez.

— Vamos lá, menina. Cante! — gritou Carly, colocando a música novamente.

Mas desta vez eu não queria cantar para John; queria que fosse engraçado. Fingi segurar um microfone e deslizei pelo chão da cozinha, imitando uma estrela de *rock*. As meninas rolaram de rir. Por fora era realmente muito engraçado, mas por dentro meu coração doía. Ainda assim, brinquei com a música até o final.

A garrafa de Baileys se esvaziou logo, então Sarah trouxe uma de vodca e uma caixinha de suco de laranja. Fui ficando cada vez mais bêbada e meus problemas pareciam cada vez mais nebulosos. Conversamos sobre o *halloween*, as fantasias que iríamos usar e uma festa que estávamos planejando na casa de Zoe. A noite estava muito divertida, e o álcool me ajudou, por algumas horas, a esquecer John e.... a esquecer o fato de que eu não era uma pessoa normal. Será que ele tinha descoberto meu segredo e por isso não queria mais falar comigo?

No auge de nossa bebedeira, Sarah se pendurou em meu pescoço, perguntando:

— Conte aí, amiga: você e John já transaram?

Elas pararam de dançar e começaram a rir.

— Sim, estamos curiosas para saber se ele é bom mesmo — balbuciou Zoe. — Pelo tanto que você gosta dele deve ser demais...

— Sim — disse Carly, quase caindo por cima do balcão, o que me fez cair na gargalhada junto com as outras. — Conte logo, Indie.

Balancei a cabeça, levantando as mãos.

— Jamaaais! — respondi. — O que acontece entre nós é sagrado.

— Nossa! Isso é que é paixão! Queria muito me apaixonar assim. Ninguém gosta de mim desse jeito. Como é estar amando? — perguntou Zoe, tentando se sentar em uma cadeira. Mas errou o alvo e se estatelou no chão. — Quero ter um namorado também — completou, ainda no chão.

Ergui os braços e saí dançando em círculos.

— É a melhor sensação do mundo. A melhor sensação do mundo — fui repetindo.

E apertei o botão para tocar a música novamente.

— Não, de novo não — disse Carly. — Já ouvimos demais essa faixa.

Levantei o dedo.

— Só mais uma vez, OK? Prometo.

Cantei junto novamente, a plenos pulmões, fingindo que John era realmente meu. Fui girando e girando até perder o equilíbrio. As meninas me ajudaram a ficar de pé e me levaram para a cama de Sarah. Apaguei.

Por volta do meio-dia tomei o ônibus de volta para casa. Minha única vontade era vomitar. Como era sábado, o ônibus estava praticamente vazio; havia apenas três pessoas além de mim. Fui direto para o fundo, me sentei perto da janela e coloquei a guitarra ao meu lado. O vidro estava gelado e embaçado. O tempo agora oscilava entre as duas estações: ainda não era inverno, mas a bela paisagem de outono havia desaparecido. Fiquei desenhando no vidro. Será que meu relacionamento com John tinha terminado, assim como o outono? Éramos um casal de uma estação apenas? Em pouco tempo o inverno iria tomar conta de tudo. Meu inverno seria gelado e vazio? Por que ele não me ligava? Será que eu tinha feito algo de errado? Dito algo errado? Olhei novamente para o celular. Só minha mãe tinha me enviado uma mensagem. Fechei os olhos e me concentrei em John, tentando ver onde ele poderia estar. Mas nada me veio à mente, mesmo porque não consegui mantê-la vazia. Logo os pensamentos foram tomando forma e as mesmas perguntas voltaram a martelar minha cabeça. Por que eu não conseguia ter visões sobre coisas relacionadas a mim?

Estava tão imersa em pensamentos que nem percebi alguém se aproximando.

— Posso me sentar aqui com você, Indie? — disse uma voz tímida.

Olhei para o lado e lá estava Nathan, em pé ao lado do banco, carregando um estojo de violino.

— Claro — respondi, tirando a guitarra do banco e colocando à minha frente.

Ele se sentou e colocou cuidadosamente o violino no chão, ao seu lado.

— Então você toca violino? — perguntei, tentando conversar para que ele não percebesse que eu estava de ressaca.

— Sim — ele respondeu.

— Há quanto tempo?

— Desde os 3 anos.

— Nossa, você deve ser muito bom.

— Não sabia que você tocava guitarra — ele disse.

— Bem, não sei se posso me chamar de guitarrista. Tenho uma pequena banda com algumas amigas. Estamos ensaiando para fazer uma apresentação e arrecadar fundos para um abrigo de animais.

— É mesmo? Quero ir — ele disse. — Quando vai ser?

— Acredito que em março do ano que vem.

— Pois vou estar lá — ele insistiu. — Quanto a mim, quero tocar em concertos — suspirou. — Só preciso terminar esse bendito ensino médio.

— Você tem boas notas — eu disse.

Ele balançou a cabeça.

— Pois é. Só que infelizmente terminar o ensino médio não tem exatamente a ver com notas.

Então, de repente, como da outra vez em que eu estava com Nathan no ônibus, senti como se tivessem batido com força no encosto do assento. Fui empurrada e tive que me segurar na barra de metal do banco da frente para não me chocar contra ela. Mas desta vez foi pior: minha visão ficou borrada, minha mente se esvaziou e surgiu a imagem de uma espécie de poça d'água.

— O que foi, Indie? — Nathan perguntou, segurando meu ombro.

O toque dele fez a visão desaparecer. Encostei-me no assento e coloquei a mão sobre o estômago.

— Você sentiu? — sussurrei.

— Indie, não há pessoas no assento de trás — ele disse, me olhando com jeito inocente. — Você tomou alguma coisa?

Ele parecia desapontado.

— Não, claro que não — eu disse, tentando sorrir. — Acho que estou mesmo é pegando uma gripe daquelas.

— Ainda bem — ele respondeu. — Quero dizer, não é bom que esteja gripada, mas é bom que não esteja usando aquelas drogas que o pessoal na escola usa. Ainda está namorando John Smith? Ele é legal comigo também.

Sorri.

— Sim, ainda estamos namorando.

Mas pensei: "Será que estamos mesmo?". Eu tinha acabado de sentir o baque e ver uma poça d'água. Poderiam estar relacionados tanto a John quanto a Nathan. Será que John me daria um "pontapé"? Será que nosso relacionamento estava indo "por água abaixo"?

Aquilo tudo estava me deixando maluca.

John não ligou e eu não sabia mais o que fazer. Fiquei no quarto tentando dormir e me livrar da ressaca. Mas o sono não vinha. Somente quando começou a escurecer me encolhi sob as cobertas e finalmente adormeci. Sonhei que John e eu estávamos correndo em uma praia e de repente Lacey surgiu correndo ao nosso lado. Mas logo parou porque a correntinha em seu pescoço estava muito apertada e a sufocou. Ela desmaiou no chão, e John começou a fazer massagem cardíaca e ressuscitação, tentando fazê-la recuperar a consciência. Então olhei de novo e não era Lacey ali na areia, e sim Burke. Mas John continuava com a massagem cardíaca. Eu fiquei parada, olhando aquilo sem reagir. Sem ajudar. Acordei, desesperada, tremendo tanto que nem conseguia me levantar. Peguei um copo com água que tinha deixado sobre o criado-mudo e tomei um gole para me acalmar. Comecei então a sentir cheiro de charuto. Olhei para o lado e tapei a boca com a mão para não gritar. Ao pé de minha cama estava o homem que eu via na escola. Derrubei o copo sobre as cobertas, encharcando tudo, mas aquele agora era o menor dos problemas.

Ele ficou me olhando com ar de desprezo, e eu fui me encolhendo na direção da cabeceira. Meus dentes batiam, meu estômago embrulhou e eu só tinha vontade de gritar.

— Quem é você? — consegui perguntar.

Ele não respondeu, só cruzou os braços e moveu o charuto na boca.

— Por que está aqui?

Então ele tirou o charuto da boca e deu um sorriso que me fez arrepiar.

— Responda!

Nada.

— Por que você não fala? Diga alguma coisa. Todos os mortos que aparecem para mim têm alguma coisa a dizer. Vamos lá! Fale logo!

Mas ele continuou parado, olhando meu corpo de cima a baixo. Puxei as cobertas até o queixo.

— Quem é você? Diga! — gritei, furiosa.

Ele abriu ainda mais o sorriso lascivo. Fantasmas eram capazes de estuprar? Pois era o que os olhos dele mostravam. Eu tremia e me encolhia cada vez mais.

— Saia daqui!!

Ele levantou a mão e fez um sinal com o dedo como se estivesse cortando a garganta. Depois, com um brilho terrível nos olhos, começou a abrir o cinto.

— Não! Saia já daqui!

Joguei o travesseiro nele, mas o travesseiro simplesmente o atravessou e foi parar no outro lado do quarto. Joguei então minha boneca, que também foi direto para a parede. Comecei a gritar sem parar e desta vez joguei o copo, que se estilhaçou em mil pedaços. Eu não podia deixar que ele fizesse aquilo comigo. Ouvi alguém batendo na porta, e a expressão no rosto dele foi se modificando. Agora ele parecia sentir remorso. E desapareceu.

— Indie! O que está acontecendo?

O cheiro também se foi. Eu tinha que sair daquele quarto. Precisava desesperadamente de um abraço de minha mãe. Precisava muito. Fui me levantar para chegar até a porta, mas ela entrou antes.

— Indie, o que foi?

Fiquei de pé, mas minhas pernas fraquejaram e eu caí no chão. Minha vista escureceu.

Quando acordei já era dia. Senti um pano úmido em minha testa. Minha mãe estava sentada na cama, ao meu lado, e meu pai em pé atrás dela. Ao ver que eu tinha acordado, ela ajeitou a toalha umedecida.

— Como você está? — ela perguntou, me observando.

— Bem — respondi, sentindo a boca seca. — O que aconteceu?

— Você começou a gritar, eu vim para cá e você desmaiou. Não se lembra do que houve?

Meu pai foi até a beirada da cama e começou a massagear meus pés.

— Acho que tive um pesadelo.

— Quer contar como foi?

— Não.

— Indie, você desmaiou. Isso não é bom.

— Estou menstruada, e isso me faz ter pesadelos. Estava com cólica e senti fraqueza.

Por que eu estava inventando desculpas? Por que simplesmente não dizia que tinha visto um fantasma horrível? Olhei para minha mãe e vi a expressão de preocupação em seu rosto. Esse era o motivo. Ela ficaria ainda mais preocupada e iria querer me levar a um médico.

— Bem, isso explica, em parte — ela disse, sem parecer convencida.

— Vou buscar um pouco d'água e deixar vocês à vontade — disse meu pai, com um pequeno sorriso. — Que tal um pirulito ou um chiclete?

Tentei sorrir.

— Pai, já passei dessa idade. Mas, sim, aceito.

Apesar da piada, minha mãe me olhava séria. Levantou-se, pegou um lenço de papel e começou a catar os pedaços de vidro

— Não fique preocupada, mãe. Foi só um pesadelo.

Ela embrulhou os pedaços de vidro no papel, depois apanhou meu travesseiro, o colocou na cama e se sentou ao meu lado novamente.

— Mas que pesadelo terrível, hein?

Abracei o travesseiro e fechei os olhos. Quem era aquele homem? Por que ficava aparecendo para mim?

Ela afagou meus cabelos.

— Indie, você nasceu assim por algum motivo.

— Eu só queria que tudo isso acabasse — respondi, abraçando mais forte o travesseiro. — Mãe, e se... e se John desistir de mim por causa desse meu jeito?

— Não acho que isso vá acontecer, Indie. Mas se ele fizer uma coisa dessas é porque não merece seu amor.

— Tenho muito medo do que pode acontecer se eu o perder.

capítulo 12

Já eram duas da tarde de domingo e eu ainda não tinha notícias de John. Não podia mais ficar sentada esperando. Peguei um mapa de rotas de ônibus para descobrir qual seria o mais rápido para chegar à casa dele. Assim que descobri, peguei o celular, a jaqueta *jeans* e saí. O tempo tinha mesmo virado. O céu estava encoberto, com nuvens que anunciavam neve. Havia até partículas de gelo no ar. Eu detestava o frio. Fechei a jaqueta, reclamando. Bem que podia ter pego um cachecol ou usado uma blusa mais quente. Depois de um longo percurso em dois ônibus e dez minutos a pé cheguei à casa de John. Minhas mãos e pés estavam congelando. Devia ter pego também luvas e colocado meias mais grossas. Soprei e esfreguei as mãos, tentando aquecê-las.

As cortinas da casa estavam fechadas, parecia tudo escuro lá dentro. Olhei do outro lado, e havia uma luz acesa, provavelmente no quarto de John.

Esfreguei as mãos mais uma vez antes de bater na porta. Esperei, mas ninguém veio atender. Bati novamente. Depois de algum tempo John abriu uma fresta e espiou para fora. Ao me ver, abriu um pouco mais, mas não totalmente. Foi se esgueirando para fora e fechou a porta rapidamente. Estava muito frio, e eu queria entrar para me aquecer. Ele estava usando apenas *jeans* e uma camiseta. Sentiu o frio e cruzou os braços.

— O que está fazendo aqui?

Aquilo me chocou. Ele não estava feliz por me ver?

— Você desapareceu desde sexta-feira — resmunguei.

Obviamente ele não estava contente com minha visita. Enfiei as mãos nos bolsos.

— Vim ver se está tudo bem.

— Sim, está. Só tenho muita lição de casa para fazer.

— Por que não retornou minhas ligações?

— Eu ia ligar mais à noite — ele respondeu, agora tremendo de frio. — É melhor você ir.

Como assim?? Ir embora?! Aquilo foi um choque. Ele não podia estar falando sério. Eu tinha atravessado a cidade naquele frio, e ele queria que eu fosse embora? Lágrimas me vieram aos olhos, mas eu não podia deixar que ele percebesse. Ergui os ombros e perguntei:

— Posso ao menos usar o banheiro?

Ele não respondeu. Será que estava com alguém lá dentro? Outra garota? Eu tinha que descobrir.

— Por favor. Preciso ir ao banheiro. Não vou insistir para ficar. Além disso, estou congelando aqui fora.

Ele respirou fundo, passou a mão pelos cabelos e respondeu:

— Está bem. Mas minha mãe está dormindo.

Entrei e estranhei a escuridão na casa. Fiquei imaginando se haveria alguém no quarto dele. Fui pé ante pé até o banheiro e entrei bem rápido, com medo de demorar. Sentei-me no vaso, ainda tremendo, e coloquei a cabeça entre as mãos. Consegui urinar. Então me levantei, me apoiando na pia. "Vamos lá, Indie", pensei, decidida a enfrentar aquele mal-estar. "Você deve estar estranhando porque o banheiro é muito pequeno. É apenas sensação de claustrofobia. Lave as mãos e saia logo." Ergui as calças e me virei para a pia para lavar as mãos, mas sem olhar para o espelho. Nem queria ver como estava minha aparência. Péssima, provavelmente. Fiquei de cabeça baixa, olhando para minhas mãos. "Foco, Indie. Concentre-se. Vai ficar tudo bem." Abri a torneira de água quente. A sensação de aquecer as mãos era ótima. Pena que meu coração não pudesse se aquecer tão rápido. Ainda estava em choque com a recepção de John.

Então percebi algo brilhando à minha frente, como uma espécie de luz alógena, quase me ofuscando a vista. Continuei com a cabeça baixa. O que podia ser? Nem queria pensar. Fechei a torneira. E fechei os olhos. "Abra os olhos, Indie. Abra os olhos", disse a voz em minha mente. "Você é mesmo uma louca." Ouvindo aquilo, respondi mentalmente, com firmeza. "Não, não sou louca. Estou apenas exausta. Essa história com John está acabando comigo." Pelo menos eu estava tentando me defender. Abri os olhos e vi um pequeno relicário, aquele tipo de medalhão que guarda fotos dentro, na prateleira do armário do espelho, ao lado de um frasco de analgésicos. Parecia ser de ouro e estava em uma longa correntinha, também de ouro. Era oval, com pequenos entalhes. Seria isso que eu tinha visto brilhar tanto? Um pequeno relicário?

De repente minha visão ficou turva! Cobri os olhos e respirei fundo para ver se passava rápido. Continuei agarrada à beirada da pia. Uma vontade incontrolável foi tomando conta de mim: eu tinha que ver direito aquele relicário, tocar nele e descobrir se havia algo dentro. Desde pequena tinha sido ensinada a não mexer em objetos de outras pessoas. Sabia que era falta de educação. Mas a vontade naquele instante foi tão forte que eu não tive forças para me controlar e fui obrigada a deixar de lado os bons modos. Estiquei a mão devagar. Quando meus dedos encostaram na joia, senti uma espécie de corrente elétrica correr pelo corpo. Doeu. Mas nem mesmo a dor me impediu de pegar e abrir. Tive que me conter para não gritar quando olhei. Não podia ser. Fechei o relicário e segurei com força. Ele queimava minha mão, mas me mantive firme. Abri novamente, torcendo para estar errada. Não conseguia acreditar.

"Tudo bem", pensei. "Estou louca mesmo, admito." Mas desta vez nenhuma voz respondeu em minha mente. Não sei quanto tempo levou. Segundos? Minutos? A qualquer instante John viria saber por que eu estava demorando tanto. Fiquei parada, olhando para o objeto na palma da mão. Então respirei fundo e, com a outra mão, abri para ver mais uma vez a minúscula foto, rezando e torcendo para que não fosse o que eu tinha visto antes. Não podia ser! Mas era a mesma imagem.

O relicário caiu no chão, e tudo começou a girar ao meu redor. Eu mal conseguia respirar. Olhei para o espelho e nem vi meu rosto. Parecia tudo borrado, exceto a parede branca atrás de mim.

"Segure-se", sussurrei. "Controle-se. John vai desconfiar e pode vir até aqui."

Mas tudo continuava girando.

"Pare. Pare. Isto tem que parar."

Comecei a inspirar e expirar mais rapidamente para ver se melhorava, me segurando na pia. "Vamos lá, Indie. Inspire, expire." Depois de algum tempo tudo parou de girar. Mas eu agora sentia muito enjoo. Levei a mão ao estômago e não consegui me segurar. Vomitei no vaso sanitário, várias e várias vezes, até o estômago ficar completamente vazio.

Voltei para a pia e lavei o rosto. Há quanto tempo eu estava naquele banheiro? Sequei o rosto e olhei devagar para o espelho. Agora eu tinha um tom pálido-acinzentado. Belisquei de leve as bochechas para ver se recuperava um pouco a cor.

"Vamos lá. Você tem que melhorar." Respirei fundo e me virei para abrir a porta, mas me lembrei do relicário no chão. Não queria tocar nele de novo. Também não podia deixá-lo ali. Peguei então uma escova de cabelos que estava no armário, usei-a para pegar o relicário, coloquei-o no lugar e guardei a escova. Olhei mais uma vez para o espelho, ajeitei os cabelos e abri a porta. O ar frio do corredor me fez encolher. Aquele maldito banheiro tinha alguma coisa de errado. Antes de sair respirei fundo três vezes. Número mágico. Funcionou. Fui para o corredor, tentando parecer natural e pensando em algo inteligente para dizer sem gaguejar, tremer ou desmaiar. Queria simplesmente ir até a porta, me despedir e sair. Ouvi então a voz da mãe de John, gritando:

— John. Mais bebida. Por favor! Eles estão querendo me pegar de novo. Não aguento mais. Por favor! Dói demais.

Todo o calor agradável que eu tinha sentido na casa ao entrar desapareceu. Senti uma onda gelada e fiquei onde estava.

— Você tem que ir agora — sussurrou John, me pegando pelo braço e praticamente me empurrando para fora da casa.

Saí correndo pela rua, a bolsa batendo na perna e meus pulmões quase sem ar. Um ônibus veio vindo. Dei sinal e entrei sem ao menos ver para onde ele ia. Sentei-me, tentando recuperar o fôlego, e esfreguei o braço no lugar onde ele tinha apertado, pensando se não ia ficar com marcas. Será que eu tinha imaginado aquela foto? Tinha sido ilusão? Mas olhei duas vezes. E a voz da mãe dele, desesperada. Aquilo foi horrível. O que será que tinha acontecido com ela? Eu não devia ter ido até lá. Devia ter esperado até segunda-feira para falar com ele. Agora provavelmente estava muito zangado comigo. E eu nem podia contar a ele o que tinha visto. Tinha que guardar mais um segredo.

Meu estômago agora doía muito. Fechei os olhos, rezando para não voltar a ter uma úlcera. Precisei tomar vários ônibus para chegar em casa. Estava tão confusa que não conseguia ler as placas direito. Assim que entrei na cozinha, peguei alguns grãos de ração e chamei Sasha e Sheena para o meu quarto. Fechei a porta e pedi a elas:

— Fiquem comigo. Preciso que me protejam. Fiquem aqui esta noite.

Bati na cama, chamando Sheena, e ela subiu. Troquei de roupa e vi que meu braço estava com marcas. Coloquei um pijama de mangas longas, me joguei na cama, me cobri e me encolhi toda. Sheena logo se ajeitou atrás de minhas pernas. O calorzinho dela me fez bem.

Não apaguei a luz. Estava com medo de ver fantasmas. E, principalmente, com medo do homem do relicário. Era o mesmo que ficava aparecendo para mim: o homem do charuto.

Não fui para a escola no dia seguinte. Estava tão fraca e cansada que nem conseguia me levantar da cama. Parecia que minha energia tinha sido literalmente sugada do corpo. Disse à minha mãe que estava com gripe. Ela trouxe uma bandeja até o meu quarto antes de sair para o trabalho: um prato de canja para me aquecer e me fazer sentir melhor, bolachas salgadas para ajudar a digestão e uma jarra de água para que eu me mantivesse hidratada. Uma vez enfermeira, sempre enfermeira. Passei o dia assistindo televisão. Não conseguia me concentrar no que quer que fosse. A todo instante a imagem do homem do charuto me vinha à mente. Fiquei pensando em John e sua família. Ele jamais tinha mencionado alguém além de sua mãe e de seu tio. Disse que ele era o único parente que ainda falava com ela. Mas o tio ainda estava vivo, então não podia ser ele. Será que o homem da foto era da família? Não podia ser um antigo namorado da mãe, já falecido? Um tio? O avô de John? Ou... eu estava mesmo imaginando coisas? Deveria ter olhado mais uma vez para confirmar. Mas a repulsa era tão grande que eu não consegui. Ainda estava passando mal. Continuei a zapear os canais da TV. "Tire isso da cabeça", pensei. "Deixe para lá. Esqueça." E nada de interessante passando na televisão.

Por volta do meio-dia o telefone tocou. Atendi, achando que era minha mãe. Mas a voz aveludada fez meu coração disparar.

— John — sussurrei.

— Mil desculpas por ontem — ele disse.

— Tudo bem — respondi.

— Posso ir até aí?

— Sim, venha.

Quando ele chegou, eu estava na cozinha, descascando uma maçã, usando moletom e uma camiseta de mangas longas para esconder as marcas no braço. Sabia que ele não tinha feito aquilo de propósito. Ele apontou para a maçã.

— Minha mãe usa uma faca dessas.

— Corta as frutas desse jeito?

— Não. Ela está sempre com uma faca por perto. Principalmente no criado-mudo.

Ficamos em um silêncio desconcertante por alguns instantes, até que ele completou.

— Ela tem alguns problemas.

Coloquei a maçã e a faca na mesa. O barulho do metal ecoou pela cozinha. A dor que os olhos dele transmitiam quase me fez chorar. Afaguei de leve seu braço, dizendo:

— Eu imagino como deve ser difícil.

Ele balançou a cabeça.

— É uma doença. Ela vem lutando com isso há anos. Acho que usa a bebida para esquecer a solidão.

— Ela tem mais alguém? Você falou de um tio. Ninguém mais além dele pode ajudar?

Observei sua expressão para ver se tinha ido longe demais com as perguntas. Tinha passado a tarde inteira pensando no homem da foto, em sua mãe e no motivo que poderia levá-la a beber. John se afastou, respirou fundo e disse:

— Meu tio pode se mudar para cá. Isso seria muito bom para minha mãe. Falei com ele há alguns dias. Só queria que meu pai não tivesse ido embora do jeito que foi.

— Ela ainda fala dele?

Ele balançou a cabeça.

— Nunca. Se eu toco no assunto, ela logo encerra, dizendo que ele jamais irá voltar e que já deve ter outra família.

— Vocês não têm parentes por parte de seu pai? Eles nunca entraram em contato?

Peguei um pedaço da maçã e dei a ele.

— Ela nunca manteve contato com eles.

— Será que vocês não têm parentes com quem contar? Nunca teve curiosidade de descobrir mais sobre eles?

Ele ficou em silêncio por alguns instantes, brincando com a fatia de maçã.

— Já procurei.

— E encontrou alguém?

Ele fez um sinal negativo e continuou a brincar com a fatia.

— Talvez eu possa ajudar — eu disse, colocando a mão sobre a dele para que ele parasse de brincar com a maçã. — Podemos procurar juntos.

— Minha mãe odeia quando eu tento saber dele. Fica pior. Da última vez que descobriu que eu estava procurando informações fez um escândalo e quis que eu prometesse nunca mais ir atrás dele.

— Ela já teve namorados depois que ele foi embora?

— Nunca — ele respondeu. — Eu bem que gostaria que ela encontrasse alguém. Mas não deixa as pessoas se aproximarem. Sinto muita pena. Está sempre sozinha. E sempre bebendo.

Já tentou parar, mas se sente ainda mais só. O alcoolismo é uma coisa terrível.

Afaguei seu rosto, e ele olhou para mim. A tristeza dele me doía fundo. Olhei bem em seus olhos para que ele sentisse que eu estava mesmo ao seu lado. Ele me beijou, então, bem de leve nos lábios, e depois com mais intensidade. Fomos nos abraçando e nos beijando cada vez mais. Ele me ergueu e me colocou sentada sobre a mesa, e continuou abraçado a mim. Passei os braços ao redor de seu pescoço, encostamos o nariz um no outro e nos beijamos novamente.

Ele me soltou por um instante e suspirou.

— Soube que haverá uma festa de *halloween* no final de semana. Vamos nos divertir um pouco?

Beijei a testa dele.

— Com certeza. Vou adorar.

Sempre gostei de festas de *halloween*. É muito divertido preparar a fantasia. Só que o dia próprio da celebração não é nada bom para mim, sempre fico agitada, sem concentração. Sarah me convidou para passar na casa dela a "noite de *halloween*" (como ela costumava chamar), assistindo a filmes de terror. Mas eu inventei uma desculpa. Queria ficar quieta em meu quarto. Filmes de terror eram reais demais para mim, já que eu via mesmo fantasmas, e esses filmes tratavam do assunto com bastante detalhe. Além do mais, ela iria gritar e se divertir, enquanto eu ficaria debaixo das cobertas, tremendo de medo. Não queria fazer papel de desmancha-prazeres. Já conseguia até ouvir a voz dela dizendo: "Indie, o que há com você? Não está com medo? Tem que gritar, senão não tem graça!".

O melhor a fazer era ficar mesmo em casa, quieta no meu quarto, sem que ninguém soubesse dos meus problemas. Nem com John eu queria estar naquela noite. Ele poderia acabar percebendo alguma coisa. Eu estava conseguindo esconder bem minha esquisitice até aquele momento, então não fazia sentido me expor justamente agora. Todo ano era a mesma coisa: bastava chegar a noite de *halloween*, e eu tinha a impressão de que meus poros se abriam para receber a energia estranha no ar. Já tinha lido em vários lugares que nesta noite o véu que separa o nosso mundo do mundo dos espíritos se torna mais tênue. E, realmente, todos os fantasmas resolviam me visitar. Era algo muito louco. E apavorante. Eu odiava aquela noite. Ficava sentada na cama, olhando para as paredes e pensando: "é só uma noite. Só esta noite. Amanhã acaba e tudo volta ao normal. Vai ser dia de festa e vou poder me divertir. Só preciso ter forças para enfrentar esta noite".

Respirei fundo e decidi: vou fazer minha lição de casa. Abri os livros, fui lendo as páginas e.... nada. Não conseguia me concentrar. Joguei o lápis sobre o criado-mudo. "Está certo, vamos ler, então." Peguei o romance mais simples que havia na prateleira. Li a mesma página umas dez vezes. "Já sei. Preciso de música." Peguei a guitarra que estava debaixo da cama e comecei a ensaiar alguns acordes. Mas ficaram horríveis. Guardei a guitarra.

Olhei então para o guarda-roupa e vi minha fantasia de *halloween*. Vesti e fiquei brincando de bruxa em frente ao espelho. Por alguns instantes me distraí e relaxei. Mas foi só tirar a fantasia e a ansiedade voltou. Talvez, se eu me sentasse na cama, de pernas cruzadas, respirando lentamente, tudo melhorasse. Só que acabei me engasgando com o ar.

Desisti e me deitei na cama, na posição de sempre, olhando para o teto e contando os pontos do estuque. "Um, dois, três, quatro... Amanhã vai estar tudo bem. Cinco, seis, sete, oito..." Olhei para as paredes e me lembrei de quando era pequena. Minha mãe sempre ficava preocupada comigo nessa noite e passava horas em meu quarto, enquanto eu tremia, encolhida de medo. E, quando finalmente ela saía, apagando a luz, pensando que eu tinha adormecido, eles apareciam. Na época eu os chamava de "gente transparente". Uma noite eles apareceram aos montes, se aproximando de minha cama como um exército. Ao chegar aos pés da cama, se separavam e desapareciam. Será que eles viriam esta noite? Eu já estava pronta para me esconder sob as cobertas. "Nove, dez, onze, doze..." Respirei fundo mais uma vez. "De manhã vai estar tudo bem. Tudo muito bem." Mas eu não podia ficar na cama, me escondendo e contando como uma criança. Levantei-me e comecei a andar pelo quarto. Peguei o chapéu de bruxa e fiquei observando sua borda e seus detalhes. Quando me cansei de andar, parei em frente ao espelho e coloquei o chapéu na cabeça. Tentei imaginar o que John iria usar. Só de pensar nele me senti melhor. Era isso. Pensar nele me ajudaria.

Quando John veio me buscar na sexta-feira à noite, eu já estava bem melhor. Já havia passado a noite do *halloween*. Ri muito ao abrir a porta. Lá estava o John de sempre, com um único detalhe: uma mascarra de Zorro. Não adiantava. John era John, único e exclusivo.

— Bela fantasia — brinquei, sacudindo minha capa de bruxa. — Espero que não tenha custado uma fortuna.

Ele me abraçou e disse:

— Achei que você fosse usar a fantasia de Spice Girl — e me beijou. — Mas prefiro esta de bruxa. Você fica mais *sexy*.

Quando chegamos à festa, por volta das dez, eu estava animada. A música alta e a onda de cores me fizeram parar na porta um instante antes de entrar. Havia de tudo ali: gente fantasiada de Superman, Batman, Mulher-Gato, Corcunda de Notre Dame, Pokémon e animais de todo tipo, incluindo belas gatinhas sensuais. Aquele amontoado de cores virou um caleidoscópio. Meus ouvidos zumbiam, minhas mãos começaram a suar e meu estômago quis embrulhar. Mas eu estava determinada a não deixar a energia do lugar me incomodar. Seria uma noite divertida. John foi direto para a cozinha e me deixou ali, entre aquele mar de corpos. Fiquei meio zonza e mais vulnerável sem ele ao meu lado.

— Oi, Indie — era Sarah, segurando meu braço. — Que fantasia legal!

Dei uma gargalhada de bruxa, ela riu e eu relaxei. Vestida inteirinha de vermelho, usando microssaia, meias arrastão, uma regata de seda brilhante, uma longa cauda e uma máscara com orelhas pontudas, Sarah estava o demônio mais lindo que eu já tinha visto. E seus cabelos ruivos se destacavam com a fantasia.

— Adorei a sua também!

— Ah, meu Deus — ela disse, colocando a mão na boca. — Olhe só para Amber — e gargalhou. — Essa não.

Olhei para trás e não acreditei. Ela estava usando um saco de lixo verde (com apenas um pequeno maiô preto por baixo) e uma mangueira enrolada no corpo.

— O que é aquilo? Não entendi — eu disse.

— Parece que ela quer ser lixo. Chamar atenção. Não dá mesmo para entender.

— Que horror — respondi, chocada.

— Vai saber. Essa é a Amber.

John, que vinha voltando da cozinha, passou por ela e lhe disse algo no ouvido. Fiquei imaginando o que teria para falar com ela. Amber colocou a mão no braço dele. Eu não conseguia tirar os olhos da cena. Até me esqueci de Sarah, que estava falando comigo.

— Será que ela ainda está a fim de Burke? — perguntei.

— Sei lá. Provavelmente não — ela disse, encolhendo os ombros. — Amber muda de alvo a todo instante. Venha, vamos pegar uma bebida.

Ela foi até um canto e fez sinal. Era provavelmente onde estava escondido o seu estoque. Neste instante senti alguém esbarrar em mim e algo escorrendo em minhas costas. Ao me virar, dei de cara com Burke, vestido de Batman, segurando uma garrafa de cerveja.

— Desculpe, Indie.

— Sem problema.

— Tudo bem com você?

— Sim. Festa legal, né?

— Muito.

Ele tomou um gole da cerveja e disse:

— Bem, não posso deixar de dizer que gostaria muito que você e Lacey fizessem as pazes. Ela sente a sua falta. Hoje mesmo se lembrou que vocês costumavam ir juntas às festas de *halloween* quando crianças.

— É. Sinto muito a falta dela, também — eu disse, tocando o braço dele. — Diga isso a ela, OK?

Ao tocar nele, percebi que provavelmente Amber só tinha colocado a mão no braço de John por acaso, assim como eu. Burke sorriu.

— Pode deixar. Eu digo.

Então alguém deu um empurrão nele por trás e ele veio para frente, despejando o resto de cerveja em minha fantasia. Aquilo foi como um soco no meio de minha testa. Respirei fundo, e a sensação passou. Tentei relaxar.

Enquanto isso, em um movimento típico de Hóquei, Burke agarrou o rapaz pelo pescoço. Os dois ficaram lutando por algum tempo. Eu resolvi sair e limpar minha roupa. Fui até a cozinha, peguei algumas folhas de papel-toalha e enxuguei a fantasia, olhando em volta para ver se encontrava John. Ele estava sozinho, encostado no balcão. A máscara agora estava no bolso, e ele parecia totalmente deslocado. Será que iria querer minha presença? Ou preferia ficar sozinho, já que tinha me dispensado assim que entramos? Pelo menos não estava com Amber. Além do mais, eu não queria fazer o tipo pegajoso.

— Indie, você está com cara de quem precisa de um trago.

Era Randy, meu amigo desde o ensino fundamental, vestido de pirata, com um olho coberto por uma venda e uma bandana vermelha amarrada na cabeça. Tirou um frasco de rum do cinto e me ofereceu. Fiquei sem graça de recusar e tomei um gole.

— Obrigada — eu disse.

Ele ficou por ali mais alguns instantes e depois foi falar com outras pessoas. Olhei novamente para John, e ele estava me olhando com cara feia. O que estava acontecendo? A festa agora estava mais cheia, então fui abrindo espaço entre as pessoas para chegar até ele. No meio do caminho, ouvi a voz de Lacey, rindo. Abaixei um pouco a cabeça para que meus cabelos cobrissem meu rosto e eu pudesse olhar disfarçadamente e ver com quem ela estava falando. Ela estava linda, vestida de mulher gato: *shorts* pretos de couro, meias arrastão, um belo espartilho e uma máscara toda decorada.

De repente, tudo começou a girar e o ponto no meio de minha testa latejou com força, como se alguém o estivesse cutucando com o dedo. Meu estômago se revirou, minha testa começou a suar e minha garganta parecia querer se fechar. "Não, não aqui. Não agora." Quis ir até o banheiro, mas não conseguia sair do lugar. "Vamos, Indie. Ande logo", pensei. "John não pode ver você assim. Aliás, ninguém pode." Mas meus pés pareciam presos no chão. Instintivamente, percebi que seria uma daquelas visões longas e fortes. As lentes telescópicas surgiram, e eu tinha a impressão de estar vendo as coisas dentro de um aquário. Não conseguia controlar a situação. As pessoas passavam, esbarravam em mim, mas eu não conseguia me mexer. Não via mais John, apenas uma luz forte à minha frente. Não havia imagem ou sensação. Ficou tudo branco.

Então, aos poucos, fui enxergando alguma coisa através das lentes. Ouvi um barulho parecido com o de gelo sendo raspado, rachando e quebrando, pessoas gritando e depois silêncio. Surgiu então a imagem de um estádio, e Burke vestido com o uniforme. Senti meu corpo batendo contra alguma coisa. Parecia um muro de cimento. Fui jogada para o ar, sem ter onde me segurar. Minha cabeça começou a doer e tive vontade de vomitar, pois senti cheiro de sangue. Em seguida me vi voando acima de algum tipo de superfície rígida, tentando me segurar, mas caí de cara no chão. De repente, a luz sumiu, meu estômago revirou e tudo em volta escureceu. Ouvi vozes.

— Que horror — alguém disse. — O primeiro vômito da noite.

E várias pessoas riram.

Senti dois braços fortes me segurarem. Minhas pernas estavam fracas e não respondiam. John me ergueu pelas axilas e praticamente me arrastou para fora da casa. Estava caindo neve, mas não os tufos belos e suaves do início de inverno. Eram gotas sólidas, cristalizadas. A temperatura havia caído muito rapidamente. As gotas de gelo batiam em minha pele como facas, aumentando a sensação de frio. E de vergonha. Mas a vergonha logo se transformou em lágrimas, vertendo sem parar sobre meu rosto. Fomos andando em silêncio até o carro. Ele foi me segurando, pois a calçada estava escorregadia. Sua mão segurava com força meu ombro. Força até demais. Eu ainda estava zonza e andava com cuidado para não escorregar. O que tinha acontecido? O que era aquilo que eu tinha visto? E por que uma visão tão intensa? Eu tinha sentido cada detalhe como se tivesse acontecido de verdade, e comigo, não com outra pessoa. Distraída, pensando na visão, pisei em falso e escorreguei. John me segurou, mas não fez comentários. Entramos no carro, e eu disse:

— John, me deixe explicar.

Ele levantou a mão, como se fosse me bater. Eu me encolhi no banco.

— Não quero explicações — ele disse.

Ele abaixou a mão e sacudiu os cabelos, espalhando pedaços de gelo para os lados.

— Já ouvi explicações demais esses anos todos. Não preciso que você venha com isso também.

Deu partida no carro e saiu cantando pneus.

— John, não é o que você está pensando. Tomei um gole apenas.

Ele olhou para mim por um instante.

— Sei. Nunca é o que estou pensando.

— Você não está entendendo. Eu tenho que explicar.

— Chega, Indie! — ele gritou. — Chega de explicações! Ações valem mais que palavras.

Fiquei quieta, olhando para a frente. Meus olhos se encheram de lágrimas. Eu era mesmo uma idiota; uma grande idiota. Ainda estava tremendo de frio, então cruzei os braços e tentei me acomodar no assento. Aquelas visões estavam acabando com meu namoro. Será que eu jamais seria uma pessoa normal? E eu nem tinha como contar a verdade a ele, pois aí seria o fim de verdade.

Estacionamos em frente à minha casa e ficamos mais alguns instantes no carro.

— Desculpe. Não quis gritar com você — ele disse, depois de algum tempo. — Você não entende. Tomo conta de minha mãe há anos e não quero ter que tomar conta de você também.

— Mas não quero que você tome conta de mim.

— Minha mãe nunca esteve ao meu lado quando eu precisei dela — ele disse, com a voz embargada, a ponto de chorar.

Coloquei a mão em seu ombro.

— Sinto tanto, John. Mas não sou como ela.

— Pois hoje você se comportou exatamente da mesma maneira.

— Você vai querer terminar o namoro, é isso? — sussurrei.

Ele ficou em silêncio durante um bom tempo. Depois passou a mão em meus cabelos.

— Não.

A raiva havia desaparecido, junto com as lágrimas. Ele afagou meu rosto.

— Fiquei até contente por você ter perdido aquele chapéu. Não combinava muito com você.

capítulo 13

— Não vou poder. Tenho que fazer as compras de Natal esta noite.

— Quando vamos ensaiar, então? — perguntou Sarah, me colocando contra a parede. — Indie, as meninas estão loucas da vida porque você não vai aos ensaios. Será que não pode deixar de ver John uma única noite? Que obsessão! Jamais pensei que você fosse do tipo que se esquece das amigas por causa de namorado.

— Não vou às compras com ele, Sarah — expliquei, na defensiva.

— Bem, então escolha um dia e horário que seja bom para você — ela disse, visivelmente irritada. — Nossa apresentação no abrigo de animais é em março e só temos duas músicas prontas até agora.

— Está certo — eu disse. — Podemos ensaiar entre o Natal e o Ano-Novo. Que tal?

John estaria fora nesses dias, então seria perfeito. Ele não precisava saber que eu iria ensaiar.

— Bem, estou contando com você, hein? É um trato — ela disse, erguendo a mão aberta para selar o pacto.

Toquei a mão dela e seguimos, cada uma para um lado no corredor.

Encontrei John mais à frente, encostado na parede, me observando. Seus olhos estavam vermelhos. Será que estava chapado? Eu sabia que ele fumava maconha de vez em quando. Já tinha dito a ele que não gostava disso, mas ele ria e dizia que eu era imatura e inocente, e que era justamente por isso que gostava de mim.

Mas o fato é que a droga mudava a personalidade dele, e nem sempre para melhor. Quando me aproximei, ele perguntou:

— O que Sarah queria?

Encolhi os ombros.

— Nada.

Ele foi andando ao meu lado.

— Quer sair hoje à noite?

— Não posso.

— Por que não? — ele perguntou, em tom de acusação. — Não vá dizer que pretende ensaiar com Sarah e aquela banda chata.

— O que você tem contra a banda, afinal? — explodi.

Desde que resolvemos retomar os ensaios, ele ficava me perturbando e me pedindo que parasse.

— Não entendo qual é o problema. Nós simplesmente nos divertimos.

— Indie, essas meninas fazem você parecer boba. Você não precisa disso.

Fui sentindo as lágrimas se formando em meus olhos, mas não ia chorar na frente dele. Respirei fundo e ignorei o comentário. Ele até podia estar certo. Era muito inteligente, lia livros sobre assuntos profundos. Muitas pessoas deviam parecer realmente bobas para ele. Mas eu não iria deixar que aquilo estragasse meu dia. Empurrei o ombro dele, de brincadeira, dizendo:

— Não posso sair hoje, porque vou fazer minhas compras de Natal.

— Ah, isso é tão comercial — ele respondeu.

— Não seja tão mão de vaca — eu insisti, encostando meu braço no dele.

Ele não se afastou, o que era um bom sinal. Pelo contrário; sorriu e passou a mão em minha cabeça.

— Jamais perca essa inocência.

Naquela noite fui de loja em loja, carregando sacolas e tentando não me esquecer de todos os que queria presentear. Músicas de Natal tocavam nos alto-falantes e a cidade estava toda enfeitada com luzes. Havia também um delicioso cheiro de noz-moscada, gengibre e canela no ar. Eu tinha trabalhado no verão e economizado bastante só para, no Natal, ver a expressão de alegria no rosto das pessoas ao receber meus presentes. Honestamente, não era para ganhar presentes também que eu fazia isso. Era simplesmente pelo prazer de presentear. Terminei as compras sem me esquecer de Sasha, Sheena e Cedar. Meu pai achava que eu era maluca por comprar presentes para os animais, mas eu nem me importava. Quando chegasse em casa, iria embrulhar um por um e colocar embaixo da árvore.

Parei em frente a uma vitrine e fiquei olhando uma árvore de Natal que estava em exposição, cheia de lindos enfeites coloridos. Um deles, que era um par de asinhas brancas de anjo feitas com penas, me chamou a atenção. Lembrei-me da mulher que havia tido o ataque cardíaco e passou a me chamar de anjo. Por sorte ela jamais me encontrou. Eu só desejava que ela estivesse bem e que passasse um Natal feliz com a família, já recuperada do susto.

Uma sensação gostosa me invadiu, como se eu estivesse tomando sorvete ou acabando de sair de um parque de diversões, feliz da vida. Sorri e vi meu sorriso refletido no vidro da vitrine, contente por ter ajudado alguém, ainda que por um instante. Mas fiquei sem graça de sorrir assim em público e voltei a olhar as asinhas brancas, belas e puras como a neve no início do inverno (ao contrário da lamaceira que fica no final). Continuei a olhar a árvore, e outro enfeite me chamou a atenção: uma pedrinha lisa em formato estilizado de coração, pendurada em um cordão de couro. Era bem desenhada; uma joia masculina. Mas ao mesmo tempo havia algo de estranho nela. Parecia pulsar e se mover. Dei um passo para trás, já com a testa suando. "Não, por favor." Tentei então me concentrar no Natal e nos presentes. "Não, por favor, sem visões." Mas não adiantou implorar. Uma a uma, todas as visões que eu tinha tido desde que conheci John desfilaram à minha frente: a pá, o cheiro estranho, a foto no relicário e até aquela visão maluca com Burke.

Balancei a cabeça com força. "Não! Não quero ver isso tudo de novo!"

Olhei para as asas brancas de anjo para me acalmar. Elas me davam uma sensação de conforto, exatamente como eu me sentia quando estava nos braços de John. Eu dificilmente ficava à vontade na presença das pessoas, mas com ele era diferente. Passávamos juntos praticamente todos os momentos do dia. Ele me amava, ou pelo menos essa era a impressão que eu tinha. Mas era horrível pensar que ele poderia se afastar a qualquer momento caso descobrisse que eu tinha essas visões. Eu não contava sobre elas. Guardava tudo para mim, mesmo porque elas acabavam, cedo ou tarde, se tornando realidade.

Desde o *halloween*, quando caí e vomitei na festa ao ver aquela imagem de Burke, as visões tinham praticamente parado de acontecer, o que era um alívio. Será que eu iria conseguir me livrar delas de vez? Talvez eu tivesse mesmo força para afastá--las. E então poderia viver feliz com John, finalmente.

Senti um calafrio e cruzei os braços para me aquecer. Aquela visão com Burke só tinha surgido por causa do *halloween*, com certeza. Era uma época do ano em que eu ficava mais vulnerável. Só podia ser isso. Olhei para as asinhas mais uma vez, feliz por estarmos perto do Natal e longe do *halloween*. As festas de final de ano me faziam bem.

"Mas e quanto ao homem da foto, Indie? E a pá? E quanto a...."

Tapei os ouvidos.

— Pare, pare com isso.

Desde o incidente com o relicário, eu não tinha mais voltado à casa de John. Não queria ter que ver a mãe dele e associá-la ao homem do charuto. Vinha tentando me esquecer de tudo aquilo. E o homem também não tinha aparecido mais.

"Mas a história ainda não acabou, Indie", disse suavemente a voz masculina de sempre, em minha cabeça. Aquela voz também não se manifestava há um bom tempo. Achei que tinha finalmente resolvido me deixar em paz.

Olhei novamente para a vitrine, tentando ver se me distraía e esquecia aquilo tudo. De repente, Lacey me veio à mente. Olhei ao redor, imaginando que ela pudesse estar por ali, mas só havia gente andando por todo lado com sacolas na mão. Respirei fundo. Então agora eu também via coisas que não aconteciam? Quem sabe ela ainda voltaria a falar comigo? Continuava apaixonada por Burke, e ele, segundo o que me diziam, continuava a se encontrar com Amber. Se bem que Amber já estava mudando de foco e ficando com outros caras. Senti um aperto no coração. Que outros caras seriam esses? Respirei fundo, ajeitei os cabelos e pensei: "Vamos nos concentrar no Natal, Indie".

Aquele seria o primeiro ano em que eu não compraria um presente para Lacey. Mas, pensando bem... Aproximei-me mais da vitrine. Por que não comprar? Lembrei-me de Sarah e Zoe me falando sobre anjos e toda aquela bobagem. Não sentia vontade de dar a ela uma roupa qualquer que estivesse na moda. Aquelas asas de anjo transmitiam uma sensação muito boa.

Entrei na loja automaticamente e fui direto para o enfeite de asas. Tinha que comprá-lo. Toquei as penas. Tão macias, tão suaves. Peguei o enfeite. E se ela não aceitasse o presente? Uma ideia me veio à mente: ela não tinha que saber que era um presente meu.

"Leve o enfeite, Indie. Ela vai precisar dele", disse a voz de homem.

Quem seria esse homem? Levei o enfeite até o caixa, olhei para o lado e vi algumas bijuterias no balcão de vidro, dentro da loja. Já tinha comprado uma linda pulseira de ametistas para Sarah e colarzinhos de quartzo rosa para Zoe e Carly. Mas ainda faltava um presente para colocar na meia de Natal de minha mãe. Eu podia levar um colar para ela também. Sorri. Adorava esconder presentinhos na meia de enfeite, que minha mãe colocava todo ano na sala para o Natal. Ela olhava direto para mim quando abria, pois sabia que eu sempre deixava uma surpresinha ali dentro. Fui até o balcão e levei um susto ao ver uma caixinha de veludo vermelha com um pequeno relicário brilhando. Aproximei-me mais para olhar. Era exatamente igual ao da mãe de John.

Ah, não! Por que tinha que ser justo um relicário? Quando eu achava que já tinha esquecido aquela história, tudo voltava à minha mente. Agora um relicário de verdade? Dizem que não existem coincidências, não é?

Então, sem pensar, pedi à vendedora:

— Posso ver este?

A moça abriu com uma chave a portinha de vidro, tirou a caixinha e me entregou. Minhas mãos até tremiam. Peguei com medo de sentir um choque ou algo assim. Mas não... O relicário não estava quente nem causou qualquer sensação. Abri. Sem foto. Mas o que eu esperava, afinal? Ver a foto do homem do charuto ali dentro? Quem sabe? Assim poderia concluir que aquela visão maluca nada mais era que fruto da minha imaginação.

Devolvi o relicário, paguei as asinhas de anjo e saí da loja. Fui para a porta do *shopping center* esperar minha mãe, que vinha me buscar. Assim que abri a porta de vidro, senti os flocos de neve, leves e lindos, caindo sobre meu rosto. Decidi ficar ali fora mesmo. Era uma perfeita noite de inverno: céu negro, sem vento e com aqueles floquinhos voando por toda parte. Era um momento mágico, silencioso, e minha mente se acalmou.

"Indie", pensei comigo mesma, "concentre-se no Natal, em John e em nada mais".

Naquele instante eu só queria me sentir como um floco de neve, com nada sério ou complicado para resolver. Sorri, coloquei a mão dentro de uma das sacolas de compra e senti o algodão macio do suéter que tinha comprado para John. Será que ele ia gostar? Também tinha comprado uma colônia, espuma de barba e mal podia esperar para entregar tudo a ele. John dizia detestar essa história de Natal, mas eu tinha certeza de que havia comprado alguma coisa para mim. Eu adorava dar presentes pelo simples prazer de presentear, mas ele achava aquilo um gesto materialista, fruto da influência da mídia. "Será que não pensávamos nas pessoas passando fome na África?", ele me perguntou. Sim, eu sabia que havia muita gente passando fome no mundo, mas gostava de dar presentes à minha família e aos meus amigos.

Pensei em Brian. Com certeza iria adorar os DVDs com o seriado de vampiros que eu tinha comprado para ele. Meu irmão adorava tudo o que se referisse a vampiros.

Um carro parou à minha frente. Era meu pai. Coloquei as sacolas no banco de trás e entrei.

— Como foram as compras?

— Ótimas! Mas por que foi você que veio me buscar? Mamãe não pôde?

— Está ocupada — ele disse, piscando para mim.

Fomos para casa conversando, o que foi ótimo para eu me distrair. Floquinhos de neve caíam no para-brisa e desapareciam com o limpador. Ele foi dirigindo sem pressa. Meu pai era uma pessoa que me fazia sentir normal. Começou a tocar no rádio uma música natalina, e eu resolvi acompanhar. Ele riu, aumentou o volume e começou a cantar comigo.

Quando chegamos em casa, Sheena e Sasha vieram nos receber de rabo abanando e cheirando todas as sacolas. Enquanto fazia carinho nas duas, ouvi vozes na cozinha. Tirei correndo os sapatos molhados, pendurei o casaco e o cachecol no armário da entrada e fui ver quem era.

Encontrei minha avó tomando chá com minha mãe, que estava tirando biscoitos da assadeira de alumínio. A cozinha estava deliciosamente perfumada com o aroma dos biscoitos. Mas, de repente, senti cheiro de rosas. Olhei ao redor, para ver se vovó tinha trazido um buquê ou algo assim. Mas não havia flores por ali. Não era a primeira vez que eu sentia cheiro de rosas em casa.

— Índigo! — vovó se levantou e veio me abraçar.

— Vovó, a que horas a senhora chegou? — perguntei.

— Acabei de chegar — ela disse.

— Trouxe flores? — perguntei, cheirando o ar. — Rosas?

Mamãe se virou e me olhou por cima dos óculos.

— Flores? Não, por que, Indie? — ela perguntou.

Aspirei o ar novamente.

— Estou sentindo cheiro de rosas.

— Indie, acabei de fazer bolinhos de manteiga e biscoitos. Nada que tenha cheiro de rosas.

Balançou a cabeça e voltou ao fogão. Ficamos quietas por um instante, depois minha avó pegou minha mão, dizendo:

— Minha mãe usava um perfume de rosas.

Minha mãe parou o que estava fazendo. Percebi então que havia mais alguém ali conosco.

— Bem, não é a primeira vez que sinto cheiro de rosas aqui em casa.

— É. Você comentou mesmo — disse minha mãe, continuando a tirar os biscoitos da assadeira.

Vovó fez sinal para eu me sentar, pegou uma caneca com desenhos de Natal e me serviu um pouco de chá.

— Fale mais sobre esse cheiro de rosas.

— Bem, não sei muito bem — eu disse. — Acho que a primeira vez que senti foi depois que o vovô morreu.

Ela colocou um pouco de leite em meu chá e duas colheres pequenas de açúcar, exatamente do jeito que eu gostava.

— Então? — pediu para que eu continuasse.

Tomei um gole.

— Bem, uma vez foi quando eu estava chegando da escola. Olhei em volta para ver se tinha algum vaso com flores, mas não havia. E outra vez foi aqui na cozinha.

Ela colocou a mão sobre a minha e piscou.

— Você é como ela. E aposto que ela está aqui agora, nos fazendo uma visita.

Minha bisavó tinha falecido três anos antes, mas eu tinha ido visitá-la antes de isso acontecer. Fomos para a Califórnia quando ela teve um ataque cardíaco, e minha mãe queria vê-la. Já sabíamos que ela não tinha muito tempo de vida. Nem conseguia falar, mas ficou o tempo todo segurando minha mão e fazendo gestos, como que tentando me dizer alguma coisa.

Apesar de doente, ela continuava linda. Pele lisa e clara, olhos azuis e longos cabelos bem cuidados, presos no alto da cabeça. Francesa de nascença, ela sempre teve um porte elegante que me fascinava. Eu ficava imaginando como teria sido a vida dela quando criança. Minha mãe me contou que ela trabalhava com confecção de chapéus. Ela morreu alguns meses depois de nossa visita.

Os biscoitos ficaram prontos, minha mãe os colocou sobre a mesa e minha avó pegou um para experimentar. E contou:

— Quando eu era pequena, as pessoas vinham de toda parte comprar os chapéus feitos à mão por minha mãe. Tínhamos uma sala onde ela trabalhava, cheia de recortes de veludo e alfinetes. Eu adorava vê-la trabalhar. As mulheres, que vinham fazer provas e ajustes nos chapéus que compravam, ficavam conversando com ela.

Eu adorava ouvir as histórias de minha avó. Aquela voz aveludada e suave me fazia muito bem. Enquanto contava, seus olhos pareciam distantes, como se estivesse revivendo a infância.

— Lembro-me de um dia em que uma mulher que tinha uma loja na cidade veio nos visitar. Naquele dia eu estava usando um vestido amarelo. Como eu adorava aquele vestido. Era de algodão e tinha um cinto para amarrar. Minha mãe também tinha me dado sapatos de couro e meias amarelas para combinar. Eu estava sentada em uma cadeira no canto, observando minha mãe fazer os ajustes no chapéu para a mulher. Então, de repente, a freguesa balançou a cabeça e começou a chorar. Minha mãe colocou a mão no ombro dela e disse que não havia com o que se preocupar; que o marido poderia perder a loja, mas ela via os dois em uma fazenda com muito gado e terras. Eles se mudariam para lá e seriam muito felizes. A mulher enxugou as lágrimas e confirmou que eles estavam mesmo procurando terras para comprar. Então minha avó disse que eles estavam certos ao investir em terras. Meses depois, a mulher voltou à nossa casa trazendo um presente para minha mãe para agradecê-la. Eles tinham comprado as terras e estavam muito felizes.

Vovó fez uma pausa e tomou um gole de chá. Mamãe e eu ficamos em silêncio, esperando que ela continuasse; mamãe encostada no balcão, imóvel, com a espátula ainda na mão.

— Às vezes minha mãe demorava bastante para terminar os ajustes de um chapéu, porque passava horas conversando com as clientes. Mas eu sentia que havia uma espécie de código de silêncio entre as freguesas, pois não comentavam com outras pessoas sobre as conversas que tinham com minha mãe. E ela mesma me dizia para manter em segredo tudo o que eu ouvia. Então eu também nunca comentava. Hoje eu entendo o motivo: as visões dela iam contra os princípios de nossa igreja.

Ela fez outra pausa e sorriu.

— Minha mãe sempre me dizia que via cenas e rostos em sua mente, e que eram sobre as pessoas que vinham à nossa casa nos visitar ou comprar chapéus. E também via anjos, que lhe diziam o que devia ser revelado a cada uma delas. Para quem vinha à nossa casa, ela era uma mulher de grande sabedoria. Para os demais, era uma chapeleira.

Vovó olhou novamente para mim.

— E você é exatamente como ela, minha querida — e piscou.

— Bem, se sou igual, o melhor é fazer como ela e manter tudo isso em segredo.

capítulo 14

No último dia de aula levei as asinhas de anjo para a escola e colei-as discretamente no armário de Lacey. Fui então para o final do corredor e fiquei observando. Ela chegou, se aproximou do armário e estranhou aquilo. Olhou para os lados, confusa, mas pegou as asinhas e olhou bem para elas, sorrindo. Obviamente achou que tinha sido um presente de Burke. Mas aquilo não me incomodou. Pouco importava de quem viessem, as asinhas iriam dar a ela um pouco de conforto. Mas por que me vinham pensamentos negativos? A verdade era que eu sentia que algo estava para acontecer com Lacey, e não era coisa boa. Mas eu não queria me envolver com isso naquele momento, então me virei e fui embora. A cada passo me senti mais leve. Fui andando bem rápido.

Véspera do Natal. Eu estava em meu quarto, deitada, me embalando ao som de músicas natalinas. John tinha aceitado o convite para passar o dia de Natal comigo e com minha família na casa de meus avós, e eu estava muito feliz, pensando: "Vamos trocar presentes e muitos beijos. E quem sabe ele não me ajuda a fazer uma casinha de pão de mel, que eu gosto tanto de fazer no Natal? Vai ser muito legal".

Continuei a ouvir as músicas e olhei para a pilha de presentes para ele, que eu já tinha embrulhado. Mal podia esperar até o dia seguinte.

Peguei meu livro de poesias e citações de Jim Morrison e fui folheando. Quem sabe ler algo mais profundo não diminuísse minha ansiedade? Parei ao me deparar com a frase "Existe o conhecido e o desconhecido, e entre eles existe The Doors". Fiquei pensando: o que eu conhecia e o que não conhecia, afinal? O pai de John me veio à mente. Será que John tinha chegado a passar alguma noite de Natal com ele? Eu já tinha até perguntado, mas John se recusava a tocar no assunto. Eu detestava quando ele fazia isso. Até quando iria continuar agindo assim com relação ao pai? Eu, no lugar dele, teria ido até o fim do mundo para descobrir seu paradeiro.

E quanto a minhas visões? Será que eu conseguiria escondê-las para sempre? Provavelmente não. Respirei fundo e pensei em John. Talvez fosse assim que ele se sentisse com relação ao pai; perdido e inseguro. Se havia alguém que podia entendê-lo quanto a isso, esse alguém era eu. Virei a página e me deparei com outra frase: "O amor não pode salvar as pessoas de seu verdadeiro destino". Fechei o livro e o coloquei de volta no criado-mudo. Não queria mais ler. Queria pensar no Natal.

O dia foi se arrastando lentamente até que a noite finalmente chegou. Na noite de Natal, costumávamos ir até a igreja Saint Thomas Apostle para acender uma vela. No caminho, fui observando as ruas cobertas de neve e as luzinhas enfeitando as casas e as árvores. Desde criança eu era apaixonada pela véspera de Natal. Gostava mais da véspera do que do dia seguinte.

Adorava ficar observando a árvore que montávamos na sala, com todos os presentes embaixo. Era como um campo de neve virgem, intocado, sem marcas ou pegadas.

Mamãe, papai, Brian e eu entramos em silêncio na igreja, e eu senti imediatamente a energia do lugar, lindamente iluminado apenas por velas. Observando as pequenas chamas brilhantes, imaginei que o paraíso deveria ser assim, magicamente iluminado. Inalei o ar, aproveitando cada segundo naquele lugar. Mas não durou muito. Logo estávamos novamente a caminho de casa.

Quando entramos, minha mãe disse:

— Brian e Indie, acho que está na hora de abrir os presentes.

Brian me cutucou de leve, piscando e rindo.

— Acho que sei o que você comprou para mim...

Eu ri.

— Deixe-me pensar... Será que tem alguma coisa a ver com dormir? — ele perguntou, com a mão no queixo. E então levantou as duas mãos — Já sei! É um pijama!

— Parem com isso, vocês dois — disse ela, nos empurrando para a sala.

Todo ano ganhávamos pijamas de presente. Então fazíamos a "festa do pijama", assistindo a um filme, e depois ganhávamos mais presentes que minha mãe trazia em uma bandeja de prata, usada apenas nessas ocasiões. Este ano era minha vez de escolher o filme, e eu tinha escolhido "Labirinto".

— Boa escolha — disse Brian. E completou, baixinho: — Só que não é um filme de Natal.

Fomos dormir por volta da meia-noite. E eu acordei às 4h44m em ponto. Todos os anos eu acordava precisamente a esta hora no dia de Natal. Era o único horário em que eu não tinha medo do escuro.

Ao me sentar na cama, acordei Cedar. Fiz um carinho nela, dizendo baixinho:

— Pode dormir tranquila. Está tudo bem.

Desci, pé ante pé, até a sala de estar, acendi as luzes da árvore, me sentei no chão e fiquei observando seu brilho colorido: azul, verde, vermelho e amarelo. Depois vinha o branco, piscando alternadamente.

Respirei fundo e fui relaxando. Desde criança eu tinha esse hábito de descer de madrugada para observar a árvore de Natal. Claro, quando era pequena, esperava em meu quarto até Papai Noel chegar. Só descia depois que o copo de leite e o prato de biscoitos deixados sobre a mesa estivessem vazios e as renas tivessem comido os cubos de açúcar que espalhávamos ao redor.

Fui respirando devagar, sentindo a paz do momento. Adorava ver aquela árvore iluminada e os presentes embaixo dela, embrulhados com todo o carinho em papel especial e belos laços, tudo pronto para alegrar as pessoas. Peguei um dos presentes que ainda não haviam sido abertos, chacoalhei, curiosa, e coloquei de volta no lugar.

Olhei para o anjo no topo da árvore. Desde que eu era pequena tínhamos aquele anjo de asas brancas, roupinha vermelha e uma luzinha que piscava dentro, iluminando as asas e a auréola sobre sua cabeça. Sorri, pensando como os anjos de verdade eram diferentes; seres grandes e dourados, com muita luz, emitindo energia. Pelo menos os que eu tinha visto eram assim. E se moviam a uma velocidade que humanos não conseguiam. A energia ao redor deles era tão intensa que parecia mesmo asas circundando seu corpo. Devia ser por isso que as pessoas sempre os representavam assim, como seres alados. Para mim eram seres de paz, que tinham o poder de me aconchegar com sua energia dourada. Toda vez que apareciam eu me sentia imediatamente mergulhada em uma onda de calor e tranquilidade. "Protejam-me", sussurrei. E senti um arrepio. Mas por que eu precisava pedir proteção? Agora, com John, eu tinha tudo de que precisava.

Então a sensação agradável desapareceu e outro arrepio percorreu minha espinha. Fui me encolhendo e apoiei a cabeça nos joelhos. Olhei para cima e pedi novamente: "Protejam-me".

Ouvi a voz do homem em minha mente, quebrando o momento mágico da noite de Natal: "Nathan".

Nathan? Lembrei-me, então, do que ele tinha dito um dia no ônibus que eu era como uma borboleta, livre para voar de flor em flor à luz do verão.

Comecei a tremer e me senti em meio a uma tempestade de neve, usando apenas o pijama. Não consegui mais ficar sentada no chão. Estava congelando. Decidi me levantar e voltar para minha cama quentinha.

Ouvi a campainha, desci correndo e abri a porta. Uma corrente de ar frio entrou no *hall*, mas eu mal percebi. A única coisa que senti foi a presença de John. Ele entrou e nos abraçamos.

— Feliz Natal — eu disse, com os lábios encostados em sua orelha.

— Para você também — ele respondeu.

Peguei a mão dele e o levei para a sala. Embaixo da árvore estavam os presentes já abertos e alguns ainda embrulhados. Peguei uma caixa retangular embrulhada em papel dourado, enfeitada com um laço vermelho. Sorri e levantei o dedo.

— Presente número um.

— Presente número um? — ele perguntou, arqueando as sobrancelhas. — Mas eu só trouxe um presente.

— Não se preocupe. São coisinhas simples. Abra — eu disse, entusiasmada.

Eu adorava o som do papel de um presente sendo aberto. Ele pegou o suéter, olhou bem e disse:

— Gostei!

— Ah, vai ficar tão bem. Essa cor azul combina com você.

Ele me beijou; um beijo intenso, forte, como se a qualquer momento alguém fosse entrar na sala e estragar o momento. Meu corpo todo se eletrizou. Mesmo após meses de namoro, o toque dele mexia comigo de uma maneira muito especial.

Depois do beijo rápido, ele piscou e perguntou:

— Quer o seu presente?

— Sim!! — eu disse, batendo palminhas.

Ele me entregou uma caixinha embrulhada em papel prateado, um pouco amassado, revelando que ele mesmo tinha feito o pacote, o que me deixou mais contente ainda. Fiquei olhando a caixinha por um instante e depois chacoalhei, como sempre fazia ao ganhar um presente. Ele riu, balançando a cabeça.

— Você é mesmo maluca. Vamos, abra logo.

Rasguei o papel e lá estava uma caixinha azul da Birks. Gelei. Birks era uma joalheria, não uma loja qualquer como aquelas em que eu comprava presentes para meus amigos. Fiquei segurando e observando o presente como se fosse um tesouro. Nós estávamos namorando fazia pouco tempo, desde setembro. Honestamente, eu esperava apenas uma camiseta, um livro ou algo assim. Ou nada mesmo, conhecendo John e suas opiniões sobre o Natal.

Assim que meu coração voltou a bater normalmente, fui abrindo devagarinho a caixinha, forrada por dentro com cetim branco. Lá estava um lindo pingente de borboleta em uma correntinha de prata. As asinhas brilhantes eram esmaltadas em tons de turquesa e laranja. Eu não conseguia acreditar que ele tinha comprado aquele presente para mim.

— Nossa, que coisa linda! — sussurrei.

— Ela me lembra você — ele disse. — Leve, livre e linda.

Peguei o pingente e observei mais de perto. Ele reluzia, refletindo para todo lado suas cores à luz do pisca-pisca da árvore de Natal. Quer dizer que John me achava bonita? Nunca tinha dito. Ouvir aquilo aqueceu meu coração. Estava acostumada a ouvi-lo falar sobre crenças e filosofia; jamais algo tão pessoal. Olhei para ele e me senti diante do sol em uma praia tropical. Nossos olhos se cruzaram. Ele me amava. Só podia ser. Nunca tinha verbalizado, mas aquele presente era uma prova. Eu queria ficar para sempre ao lado dele. Dizer que meu coração estava disparado naquele momento era pouco. Ele quase saltava do peito.

— Quer ver seus outros presentes? — perguntei.

— Vamos colocar esta correntinha em seu pescoço primeiro — ele disse, se colocando atrás de mim com um leve movimento. Pegou a correntinha, afastou de leve meus cabelos e a prendeu. Era muito bom sentir o toque de seus dedos em minha pele e sua respiração.

Virei-me, então, para ele.

— Ficou bom — ele disse.

Segurei sua mão carinhosamente entre as minhas e disse:

— Obrigada. Eu adorei.

Peguei, em seguida, o restante dos presentes sob a árvore.

— Indie, o suéter era mais que suficiente — ele disse. — Você sabe o que eu penso sobre o Natal.

— Bem, abra e veja. Não custa. O espírito do Natal está no ato de doar, de presentear. E é isso que eu quero oferecer a você.

Algumas horas depois estávamos a caminho da casa de meus avós para o jantar de Natal. Fomos no Oldsmobile Cutlass Supreme do meu pai, que tinha bancos maiores. E, claro, por ser a menor, fui espremida no meio. Meus avós moravam em Maynard, uma cidade pequena a uma hora de Ottawa, em uma casa antiga, que eu adorava e estava louca para mostrar a John. Queria muito que ele os conhecesse e que experimentasse o delicioso jantar com peru que fazíamos todo ano. Meu pai decidiu ir, como sempre, pela Highway 31, uma estrada lateral, e pegar a River Road, que seguia pela costa marítima, St. Lawrence Seaway. Como a pista estava coberta por uma fina camada de gelo, foi seguindo sem pressa, o que para mim era bom. Eu adorava observar a bela paisagem ao redor, com a água congelada em alguns pontos e fluindo em outros, e blocos de gelo flutuando por toda a parte. Fomos em silêncio, apreciando a viagem. Eu segurava a mão de John por baixo do casaco para ninguém ver. Adorava o toque de sua pele. Em sua presença eu me sentia protegida e feliz.

Estávamos todos tão tranquilos, que levamos um grande susto quando Brian gritou, apontando:

— Vejam aquele carro!

Meu pai reduziu a velocidade e vimos um carro parado bem perto da beira da água. Por sorte, havia uma pilha de neve na beirada, o que provavelmente tinha impedido um acidente maior. Estava vazio. Provavelmente os ocupantes o tinham deixado ali e seguido a pé, o que era estranho. Será que tinham ficado sem gasolina? Ou tinham mesmo perdido o controle, deslizado para fora da pista e atolado no acostamento?

Ao ver o carro vazio, meu pai retomou a velocidade para seguir em frente. E eu já estava me acomodando novamente ao lado de John quando ouvi a voz masculina em minha mente, só que desta vez mais alto, não com a suavidade de sempre.

"Há uma mulher no carro!"

Gritei, sem pensar:

— Pai, pare! Há uma mulher naquele carro!

Ele me olhou pelo retrovisor.

— Como você sabe?

— Eu vi. Você não viu? — menti.

— Tem certeza? — ele perguntou.

— Pois eu não vi — disse Brian. — E fui o primeiro a avistar o carro.

Estiquei o braço e segurei o ombro de meu pai.

— Tenho certeza absoluta. Precisamos ir até lá.

— Está bem — ele disse, erguendo os ombros e procurando um retorno.

Enquanto isso, mil coisas passavam por minha cabeça: "Você deve estar mesmo maluca, Indie. O carro está vazio. Você vai passar por idiota. É Natal e todos querem chegar logo. John vai rir de você".

Assim que meu pai estacionou, saímos todos do carro. Minha mãe correu na frente e eu fui com ela. John, Brian e meu pai seguiram atrás, mais devagar. Quando nos aproximamos, eu logo avistei a mulher, usando um casaco azul, caída para o lado no banco, aparentemente inconsciente.

Minha mãe abriu a porta rapidamente e colocou os dedos no pescoço dela para verificar a pulsação. Era seu lado enfermeira em ação.

— Está viva! Chamem uma ambulância — gritou.

Meu pai voltou para o carro para telefonar, e John e eu ficamos observando minha mãe checar o pulso da mulher e tentar fazê-la recobrar a consciência, falando com ela e esfregando seu rosto. Brian encontrou uma manta no porta-malas de meu pai e trouxe rápido. Porém, mesmo envolta na manta e com minha mãe massageando seu rosto e seu corpo, ela não reagia.

Fiquei pensando: "Quem podia ser aquele homem que sempre falava em minha mente?". Eu não fazia a menor ideia, mas estava surpreendentemente grata a ele por ter me alertado sobre a mulher. Ela podia ter morrido. Ele sempre me pedia que confiasse nele, e dessa vez eu tinha confiado. "Obrigada. Obrigada mesmo", pensei. E a resposta veio: "Você está aprendendo a confiar, Indie. Isso é muito bom".

Tremi ao pensar no que estava fazendo. Confiar em quê? Em visões? Em vozes? Em coisas estranhas, que não faziam o menor sentido? Não, desta vez havia um motivo. E um grande motivo! Comecei a tremer. O que teria acontecido se eu simplesmente tivesse ficado quieta em vez de fazer meu pai voltar? Percebendo meu tremor, John me abraçou, e eu encostei a cabeça em seu ombro. O calor e o abraço dele me acalmaram. Eu sentia que ele queria me proteger.

Os paramédicos finalmente chegaram. A sirene e a luz vermelha contrastavam com a alegria da noite de Natal. A neve e o gelo, tão lindos de se admirar, agora tinham uma conotação diferente. A bela cena de inverno se tornara sinistra e perigosa. Podia significar a morte daquela mulher. John continuava com o braço ao meu redor. Os paramédicos retiraram a mulher do carro, e, enquanto era carregada de maca até a ambulância, um deles disse a meu pai:

— Foi muita sorte vocês pararem. Ela podia ter morrido congelada.

John olhou para mim, sério.

— Uau! Você acaba de salvar uma vida. Isso, sim, é um presente de Natal — ele afagou meu rosto, com ternura. — Você é incrível, Indie. É a pessoa mais incrível que já conheci.

E quando estávamos no carro, seguindo viagem, completou:

— Você tem mesmo olhos de águia.

— Ah, olhos de águia — disse Brian, caçoando. — Uma definição perfeita para você — e balançou a cabeça. — Não sei mesmo como conseguiu ver aquela mulher deitada no banco. Impossível.

Encostei a cabeça no ombro de John e não respondi. Mais um segredo para guardar. Só eu sabia que não tinha visto de verdade aquela mulher.

capítulo 15

A semana do Natal passou rápido. Como tinha prometido, fui ensaiar com Sarah e as meninas, mas só depois que John viajou. Não queria deixá-lo chateado passando menos tempo com ele. E ele também não precisava saber que eu ainda estava ensaiando. Estávamos tão próximos depois do que tinha acontecido no Natal, que eu já sentia saudades antes mesmo de ele partir. O ensaio não me ajudou muito a esquecer.

— Vamos ensaiar "Every Breath you Take"? — propôs Zoe. — É muito boa. Temos ensaiado sem você.

— Ensaiado sem mim? — perguntei.

— Bem, não há opção — disse Carly. — Temos que tocar em março, com ou sem você. Já que não consegue largar um minuto o namorado, a banda segue em frente.

— É claro que consigo — me defendi.

— Ah, sim, claro — disse ela, olhando para os lados.

— Muito bem, meninas — disse Zoe. — Estamos todas aqui hoje, então vamos ensaiar.

— "Every Breath you Take" completa — disse Sarah.

Fechei os olhos e cantei a letra inteira pensando em John. Ele era tudo para mim. Eu não tinha como evitar. As meninas não entendiam, mas como poderiam? Nunca tinham se apaixonado de verdade.

Na noite do Ano-Novo acordei com uma tremenda dor de estômago. Não que estivesse doente. Mas o tio de John tinha acabado de se mudar para Ottawa, iria dar uma festa de Ano-Novo e John queria que eu fosse. Claro, a mãe dele também iria. Fechei os olhos, pensando em como seria encontrá-la depois de tanto tempo. Só esperava não ter visões. Enquanto me trocava, fui falando sozinha no banheiro, como sempre. Brian já tinha saído, então não havia perigo de ele me aborrecer dizendo que eu era louca.

— Por favor, que corra tudo bem esta noite.

Prendi os cabelos em um coque no alto da cabeça, mas não gostei do resultado.

— Quero que tudo esteja perfeito à meia-noite quando John me beijar.

Fiz então um rabo de cavalo, como Sarah sempre fazia.

— Esta noite tem que ser mágica.

Fui ajeitando os cabelos e falando. Devo ter mudado o penteado pelo menos dez vezes. Ao final, usei a escova, fiz alguns cachos e os deixei soltos. Resolvi usar calças pretas (nunca achei meu corpo bonito usando *jeans*) e uma blusa nova, cinza e preta, que tinha ganhado de presente no Natal. Desci até a cozinha para me despedir de minha mãe.

— Está bonita — ela disse.

— Obrigada.

— John vai trazê-la?

— Sim. Mas não me espere antes da meia-noite. Quero estar com ele na virada do ano.

Ela já ia dizer alguma coisa quando a campainha tocou.

— Feliz Ano-Novo! — eu disse, beijando-a no rosto.

Abri o armário, peguei meu casaco longo e um cachecol e saí.

A casa do tio de John ficava a poucas quadras da casa dele. Havia muitos carros parados na rua. Tio Jonah tinha vindo de Newfoundland no início de dezembro, mas já tinha morado em Ottawa e conhecia muita gente. A história que contavam é que ele estava voltando para Ottawa por motivos de trabalho. Mas eu sabia que também tinha algo a ver com a mãe de John.

Quando saímos do carro, senti algo estranho no ar. Será que viria uma tempestade? O tempo parecia estar mudando. Tinha feito muito frio antes do Natal, mas agora estavam prevendo uma frente quente vindo do Texas. Diziam que iria esquentar, o que era estranho naquela época do ano, e também que poderia chover. Olhei para os montes de neve empurrados para os lados da calçada. Ainda estavam brancos e limpos, mas logo a chuva iria transformá-los em barro e sujeira. Pelo menos a cidade tinha ficado bonita com a neve branca durante o Natal. Imaginei que John fosse entrar segurando minha mão, mas não foi o que aconteceu. Ele acendeu um cigarro enquanto íamos para a porta.

— Sarah deve vir mais tarde — eu disse, me encolhendo no casaco.

— Mais gente vem — ele disse.

— Quem?

Ele encolheu os ombros.

— Carly. Randy. E talvez Amber.

— Amber?? — perguntei, irritada. — Por que convidou Amber?

— Ela é divertida.

Ele apagou o cigarro e perguntou:

— Pronta?

Tentei sorrir.

— Sim. Vamos.

O *hall* de entrada estava cheio de sapatos. Tirei os meus e os coloquei junto. John me ajudou a tirar o casaco e o pendurou no armário da entrada. Depois pegou minha mão e me levou pelo corredor.

Havia música antiga tocando, e eu não soube identificar exatamente o grupo, talvez o Eagles. Fui ficando tensa, torcendo para não ter reações ao ambiente ou às pessoas. Havia tigelas com salgadinhos e pratos com queijo e azeitonas sobre os balcões.

Gritaram nossos nomes assim que nos viram. A mãe de John estava perto da mesa, segurando um copo. Sorriu ao me ver. Parecia bem. Mas vi que estava usando o relicário e gelei. Quem era aquele homem a quem ela parecia querer tão bem? Eu queria perguntar a John sobre a foto, mas não conseguia. Minha garganta travava cada vez que eu tentava. Eu imaginava que devia ser pelo mesmo motivo de eu não querer falar sobre assuntos de que não gostava.

Olhei para John e vi que ele estava de cara feia. Balançou a cabeça e foi em direção à mãe. Fiquei sem saber se o acompanhava ou não. Ele apontou para o copo, e ela fez sinal negativo. Respirei fundo, tentando não absorver a energia que estava se formando. "Não deixe que isso a afete, Indie. Não deixe. Isto é uma festa; um momento para se divertir."

Depois de alguns segundos, John voltou e disse:

— Vamos lá para baixo.

— Quero cumprimentar sua mãe primeiro.

— Está bem — ele disse.

A cozinha agora estava cheia, então fui desviando das pessoas para chegar até ela.

— Como vai? Há quanto tempo, não? — eu disse, mantendo certa distância para evitar que ela me tocasse.

— Indie! Que bom ver você. Sinto falta de suas visitas.

— Sim, quem sabe depois dos feriados? — respondi. — E que bom ter agora o seu irmão morando em Ottawa, não? John também está contente.

— É bom para John ter uma figura masculina por perto — ela disse, levando a mão ao relicário.

Vi então o mesmo brilho ofuscando meus olhos. O que havia de tão especial naquele relicário? Respirei fundo. "Não me interessa. Não quero saber."

— Há alguma foto neste relicário? — perguntei, de repente.

O que estava acontecendo comigo? Por que eu tinha feito aquela pergunta? Tentei me afastar mais um pouco para manter uma distância segura. Ela passou a mão no pescoço.

— É que uma amiga minha — eu disse, tentando consertar — tem um desse e colocou a foto de seu cãozinho. Mas o dela é um pouco diferente, em formato de coração.

Eu estava falando sem pensar e sem muito nexo. Mas não estava inventando. Quando Lacey era pequena, tinha mesmo um relicário com a foto de seu cão.

A mãe de John esfregou mais uma vez o pescoço, um tanto sem graça, e tentou sorrir, mas sem muito sucesso.

— É. Assim como sua amiga, tenho uma foto de alguém que amei muito — e fez uma pausa, ainda tentando dar um sorriso. — Mas fico feliz em saber que John está contente por seu tio ter vindo para Ottawa.

— Sim, ele gostou — respondi, aliviada por ela ter mudado de assunto. Tentei sorrir também para aliviar a tensão. — Acho que está contente por ter alguém para ajudar com os reparos que precisa fazer no carro.

— Eu gostaria tanto de poder dar a John um carro melhor... — ela disse.

— Não diga isso — respondi, tocando o braço dela, num gesto impensado. Mas meus dedos queimaram tanto que logo tirei e me afastei. — Ele tem sorte por ter um carro. Meus pais não vão me dar um.

— O que seus pais não vão lhe dar? — disse John, entrando na conversa.

— Um carro! — eu disse, cutucando o estômago dele com o cotovelo, de brincadeira.

Foi um alívio ele ter chegado. A conversa estava forçada e artificial. Estava me sentindo sufocada. Precisava sair daquela cozinha.

Como se tivesse lido meus pensamentos, John apontou para o outro lado e disse:

— Vamos lá para baixo. Randy e Amber já chegaram.

— Bem, foi bom vê-la novamente — eu disse à mãe dele.

John colocou as mãos em minhas costas e foi me encaminhando para o salão no subsolo. Ouvi vozes e música conhecida enquanto descíamos. Havia umas doze pessoas da escola ali, algumas jogando bilhar e outras atirando dardos em um alvo. Amber tinha mesmo vindo. Eu só esperava que ela estivesse dando em cima de Randy ou de algum de nossos colegas naquela noite.

Fui falar com Sarah e Carly. Ficamos conversando sobre os feriados, os exames finais e o baile de formatura.

— Vou comprar logo meu vestido — disse Sarah. — Mas ainda não sei se será curto ou longo.

— O meu vai ser curto — eu disse. — Não me vejo usando um longo.

— Mas eu acho que prefiro longo — disse Carly. — Le Château é uma loja com vários modelos bonitos. Precisamos comprar logo. Já estamos em janeiro. Sim, em menos de duas horas.

Olhei para o relógio na parede.

Sarah riu.

— Sim. Já é mais que tempo. Ainda não tenho com quem ir ao baile, mas não dá para ficar esperando, especialmente porque todos os vestidos de fim de ano vão entrar em oferta.

— Pensei em esperar mais um pouco — eu disse.

Sarah riu novamente.

— Por quê? Já não se decidiu por um modelo curto? Então vá e compre, ora. E já tem até com quem ir, puxa vida! Está praticamente casada com John. Nem tem com o que se preocupar. Aliás, nunca vi um casal tão grudado.

Fui olhar para John e percebi que ele estava perto de Amber, ao lado da mesa de bilhar. Aliás, perto demais. Os dois riam e se olhavam. E estavam tomando cerveja. Aquilo me irritou. Desde quando ele estava tomando cerveja?

— Vamos lá fora? — perguntei a Sarah.

Acenei para John, e ele levantou o dedo, indicando que iria em um minuto. Antes de irmos, Sarah nos serviu uma dose de sua bebida escondida, disfarçada em uma garrafa de refrigerante. Mas para mim colocou apenas um pouco e em um copo de plástico para garantir que eu não beberia demais. Um drinque apenas não iria fazer mal, pensei.

O céu nublado de inverno lá fora mostrava entre as nuvens algumas estrelas e uma lua cheia, iluminando o jardim. Minha mãe sempre dizia que os prontos-socorros ficavam bem mais cheios e caóticos durante a lua cheia, o que não me surpreendia.

Eu mesma ficava estranha nessas épocas. Perdia objetos e me esquecia das coisas.

A temperatura estava bem baixa, mas o ar estava úmido. Eu torcia mesmo para que chegasse uma onda de calor. Sarah e eu acendemos um cigarro e começamos a fumar, tremendo de frio. Eu não tinha comido muito no jantar, então a bebida logo começou a fazer efeito. As bebidas de Sarah eram realmente fortes.

— Tenho uma pergunta para fazer — eu disse a ela. — E quero uma resposta sincera.

— Sim, pergunte.

— Você acha que Amber está dando em cima de John?

Ela soltou uma gargalhada.

— John é maluco por você, Indie. Para que iria querer Amber? Vocês dois não se largam. São tão grudados que você nem tempo para a banda.

Observei o jardim, iluminado pelo luar azul. Olhei então para a lua, redonda e bela. Mudamos de assunto e falamos sobre a escola e sobre música. De repente ela disse:

— Mas que droga. Quase me esqueci de contar. Você não sabe da última.

— O que aconteceu? — perguntei, me embrulhando no casaco.

— Aquele menino, Nathan, morreu um dia depois do Natal.

Meu corpo se arrepiou inteiro. Fiquei petrificada.

— Você sabe quem é, não? — ela insistiu. — Aquele que vivia com o dedo enfiado no nariz.

Não podia ser. Eu estava em choque. Desde a morte de meu Papa, quando eu tinha 7 anos, não lidava bem com notícias como aquela. Meus olhos foram se enchendo d'água. Minhas mãos tremiam. A porta se abriu atrás de nós e John se aproximou, cruzando o braços, com frio.

— Está gelado aqui fora.

Olhei para ele.

— Nathan morreu.

— Nathan? — ele franziu a testa, olhando para Sarah e levantando a mão na altura do menino. — Aquele baixinho?

— Ele mesmo — disse ela, com os dentes batendo de frio. — Eu soube hoje. Muito estranho.

— Mas como? — John perguntou.

— Não faço ideia — disse Sarah.

— Ele queria ser violinista — sussurrei.

Meus joelhos tremiam tanto que eu mal conseguia me manter de pé. As lágrimas começaram a correr em meu rosto.

— Ele não queria morrer.

John me abraçou, e eu encostei o rosto em seu peito. Ele beijou minha testa.

— Vamos entrar. Está muito frio aqui — ele disse.

Fomos até o lavabo e ele fechou a porta.

— Indie. Está tudo bem agora — ele disse, tentando me consolar.

Balancei a cabeça, sem querer aceitar. Eu tinha ouvido a voz masculina em minha cabeça na noite de Natal. Estava tentando me alertar. Mas por que motivo? Eu não tinha como ajudar.

Estava me sentindo muito mal com aquilo. Será que podia ter feito alguma coisa? Por isso tinha ouvido a voz do homem? Mas eu nem sabia onde Nathan estava. Como iria telefonar para ele tentando avisar? O que podia fazer? Bem, talvez eu não tivesse ouvido direito. Talvez o homem tivesse dito outra coisa, como "mulher", referindo-se à mulher que iríamos encontrar dentro do carro, na estrada.

Por que eu tinha que ficar ouvindo aquelas vozes e tendo aquelas visões se não podia ajudar? As lágrimas não paravam de cair. Estava me sentindo uma idiota por chorar daquele jeito. Mas não conseguia parar porque sabia que Nathan não queria morrer. Só queria que o deixassem tocar seu violino em paz. Tinha algo de muito bom para mostrar ao mundo e não teve chance. Estava morto. Morto.

John me abraçou e afagou meus cabelos.

— Fique aqui comigo esta noite.

Eu me aconcheguei em seu peito. Ele encostou os lábios em minha orelha.

— Durma aqui em casa.

— Minha mãe não vai deixar — eu disse.

Ele levantou meu queixo e me deu um beijo carinhoso e suave. O sal de minhas lágrimas se misturou com o beijo.

— Acho que faria bem para você. Vamos dormir em quartos separados. Minha mãe também não nos deixaria dormir juntos.

Ele me soltou, então, e pegou um lenço de papel em uma caixinha no canto do banheiro. Enxuguei os olhos e perguntei:

— Você vai ao baile de formatura comigo, não vai?

— Baile? — ele perguntou, acariciando meu rosto. — Por que esta pergunta agora?

Encolhi os ombros.

— Não sei. Sarah e eu estávamos falando sobre isso. É para mudar de assunto e esquecer um pouco o que aconteceu com Nathan. Ele não vai se graduar, afinal.

Ele afagou mais uma vez meus cabelos.

— É claro que vamos juntos ao baile. Na verdade, vamos ficar muito tempo juntos. Podemos nos mudar para a Inglaterra no ano que vem e viver lá. Sempre quis morar em Londres.

— Está falando sério? — perguntei, olhando seus belos olhos castanho-claros. — Isso seria fantástico.

Ele beijou minha testa.

— É claro que estou falando sério. Agora vamos ligar para sua mãe e avisar que você vai ficar aqui.

— Sim, vamos.

Lavei o rosto e fomos até a cozinha telefonar.

— Mãe? — fui falando em som agudo. — Posso dormir aqui hoje?

Silêncio. Esperei.

— Não acho que seja uma boa ideia.

— Por favor, mãe. Não vamos dormir no mesmo quarto.

Mais silêncio.

— Você andou bebendo?

— Só um pouquinho.

— Impressão minha ou você está chorando?

— Um pouco, mãe, mas...

— Estou indo pegar você aí agora.

— Não! Mãe, não.

Quando ela chegou na festa, fiquei com vontade de vomitar. Pedi, implorei, mas ela me mandou entrar no carro. Fez eu me vestir e calçar meus sapatos e me obrigou a deixar a festa. Por que ela tinha que estragar tudo? John só queria me abraçar, me acalmar. Poderíamos ter ficado conversando sobre Nathan a noite toda.

Entrei e me joguei no banco, me recusando a conversar. Nem contei a ela sobre Nathan, pois estava furiosa. Se eu tinha que sofrer, ela iria sofrer junto. Foi o caminho todo falando sobre como eu ainda iria agradecer a ela por isso no futuro; por não ter engravidado aos 17 anos. Quando entramos em casa, eu fechei com raiva a porta do carro, dizendo:

— Nada disso ia acontecer.

E quando entrei na cozinha não consegui me segurar.

— Como você pôde fazer isso comigo? — berrei. — Passar tanta vergonha na frente dos meus amigos e de John. Simplesmente acabou com minha noite de Ano-Novo! — comecei a chorar. — Nem vou poder beijar John à meia-noite!

Corri para o quarto e me joguei na cama. Minha mãe bateu na porta, e eu gritei a ela que fosse embora. Ouvi a televisão lá embaixo anunciando a meia-noite, a música e as vozes dos locutores, animados. Chorei tanto que meu corpo sacudia. Tinha perdido a oportunidade de receber um beijo à meia-noite por causa de uma mãe idiota e superprotetora. Sentei-me na cama. Será que John estava beijando Amber naquele momento?

Algum tempo depois minha mãe veio bater na porta novamente.

— Indie.

— Vá embora, já disse.

— Falei com a mãe de John, e ela disse que você pode dormir lá, em um dos quartos de hóspedes. Ela me contou sobre Nathan. Mil desculpas, meu amor. Imagino o choque que isso foi para vocês. Venha. Vou levá-la de volta para a festa. Parece que outros amigos seus vão dormir lá também. Querem falar sobre o que aconteceu com ele.

Fui tão calada quanto tinha vindo. Ainda estava furiosa por ter perdido o beijo à meia-noite. Enxuguei as lágrimas, decidida a parar de chorar. Quando estacionamos, abri a porta com raiva. Hesitei por um instante e me virei para minha mãe, que me olhava com preocupação.

— Não sou mais uma criança. John é minha vida agora.

— Já pedi desculpas, Indie.

— Mãe, está na hora de você deixar eu viver minha vida.

— Eu sei. Só fico preocupada.

Coloquei a mão no braço dela.

— Não se preocupe mais comigo. Estou muito bem — fiz uma pausa. — Mãe, eu amo John. E ele me ama. Pode deixar que ele vai me proteger.

Saí do carro e entrei na casa, sem olhar para trás.

capítulo 16

As aulas começaram na segunda-feira seguinte. E, como os meteorologistas haviam previsto, o tempo havia mudado e uma chuva gelada de granizo caía do céu nublado. Todas as rádios avisavam aos motoristas sobre as condições das estradas, para dirigir com cuidado etc., etc. Eu tinha escutado as notícias apenas para saber se os ônibus estavam circulando, e infelizmente estavam. A suspensão dos ônibus significava suspensão das aulas. Era só o que eu queria escutar. Mas não tinha jeito. Quando tínhamos sorte, a chuva forte ou a neve nos permitia ficar pelo menos um dia por ano sem aulas, mas com os ônibus circulando não seria naquele dia. Com a mochila nas costas, saí de casa e, já no primeiro passo, escorreguei. Claro, não estava usando sapatos com sola adequada. Endireitei o corpo e fiquei imóvel um instante, absorvendo a realidade daquela manhã. O ar estava parado, sem vento. O granizo, agora, tinha sido substituído por flocos de neve. Olhando para eles, tinha-se a sensação de estar flutuando. Eu adorava aquela paisagem surreal. Era como visitar outro planeta. O gelo já cobria a parte de cima das árvores e dos postes. A imagem era quase mística.

Mas o barulho do trânsito me fez voltar à realidade. Eu tinha que ir para a escola. Fui andando devagar até o ponto e olhando ao redor. Cada passo era um esforço para não escorregar. Claro, o certo era olhar para o chão para ver onde eu pisava, mas eu não conseguia deixar de apreciar a paisagem. Os cristais de gelo pareciam obras-primas mágicas, como se eu estivesse numa cena de filme futurista. Alguns galhos de árvores já começavam a pender para o chão, e logo alguns iriam quebrar. Os carros circulavam devagar, e havia alguns parados por pequenas colisões. O ônibus atrasou, mas já era de se esperar. Entrei. O motorista estava tenso com as condições da rua. Os passageiros que entravam sacudiam os cabelos para tirar os flocos de gelo que se acumulavam sobre eles. Minha mente vagava. Agora, em vez de observar a paisagem, eu pensava em Nathan. Ele não iria para a escola naquele dia; jamais iria à escola novamente. Fiquei imaginando o que teria causado a morte dele. Às vezes o mundo era mesmo impiedoso e frio como gelo.

Quando o ônibus parou em frente à escola, eu estava decidida: tinha que descobrir o que havia acontecido com Nathan. Tentei entrar o mais rápido possível, mas tinha que tomar cuidado para não escorregar. Nenhum de meus amigos sabia ao certo a causa da morte de Nathan. Alguns diziam que ele tinha se afogado. Mas eu queria saber a verdade.

— Bom dia — eu disse, na porta da administração. — Posso entrar?

Passei a mão pelos cabelos para tirar o gelo. A mulher da recepção me olhou por cima dos óculos. Eu não sabia o nome dela, porque raramente ia até a administração da escola.

— Gostaria de obter uma informação sobre Nathan Carroll. A senhora pode me dizer como ele morreu?

Ela continuou a me olhar como se eu fosse um ser de outro planeta. Normalmente, nesse tipo de situação, eu sairia discretamente, evitando falar alto ou dar escândalo. Mas hoje eu não sairia dali sem uma resposta.

— Eu sou... era amiga dele. Preciso saber. É importante. Por favor.

A mulher balançou a cabeça afirmativamente, parecendo entender que eu estava mesmo preocupada.

— Ele estava em um balneário no México e foi encontrado no fundo de uma piscina. Ninguém sabe realmente o que aconteceu. Como ele não sabia nadar, concluíram que caiu por acidente. Os salva-vidas até tentaram ressuscitá-lo, mas, pelo que disseram, ele já estava morto quando foi tirado.

Fechei os olhos e me segurei no balcão. Era isso. Eu tinha sentido o empurrão. Duas vezes. E ele tinha mesmo falado sobre piscinas; que não gostava e não queria estar perto delas. Eu tinha que ter mesmo conectado as coisas? Eles afirmavam que a morte dele tinha sido acidental, então provavelmente ninguém o tinha empurrado de propósito. Poderia ter sido até um cachorro passando correndo. Ou ele podia ter esbarrado em alguém sem querer. Ou mesmo um grupo de crianças podia tê-lo derrubado sem perceber. Eu jamais saberia a resposta. Devia ter dito a ele para tomar cuidado em lugares com água. Por que não tinha dito? Assim ele tomaria mais cuidado. Como eu odiava ver as coisas e não saber o que fazer com elas! Abri os olhos e coloquei a mão na testa.

— O funeral vai ser aqui na cidade? Procurei nos jornais, mas não há informação.

A recepcionista balançou a cabeça.

— A família achou melhor não divulgar. Parece que ele não tinha muitos amigos.

— Obrigada — sussurrei.

Ela me olhou, preocupada.

— Você está bem?

— Sim — consegui responder, em voz baixa. — Estou bem.

A mulher tirou os óculos e sorriu de leve.

— Bem, parece que ele tinha uma amiga, afinal. Vou dizer aos pais dele que você veio perguntar.

Fui andando pelo corredor com as pernas bambas. Meu corpo tremia, e eu só queria algo que me fizesse esquecer tudo aquilo. Não importava se estava gelado lá fora ou se era hora das aulas. Virei em direção à porta, e, quando já estava quase saindo, ouvi a voz de John. Parei e olhei para trás. Ele estava encostado na parede, rindo e conversando com Amber. Vê-los ali, tão próximos, me irritou. Amber deve ter percebido, pois olhou em minha direção rapidamente, deu um tapinha no braço de John e foi embora. E ele acenou para mim como se o fato de estar conversando com Amber fosse algo sem importância. Será que eu estava exagerando as coisas por causa de Nathan? Estaria sensível demais?

Com seu jeito suave e gingado, ele foi se aproximando.

— Que tempo maluco está fazendo hoje, não? Você ia sair?

— Estou precisando relaxar antes da aula. Quer vir comigo?

— Não posso — ele disse, puxando uma pilha de papéis de dentro da mochila. — Terminei aquele trabalho sobre Cayce e quero entregar já na primeira aula — sorriu contente. — Acho que é o melhor trabalho que já fiz na vida. Estudei tanto sobre Cayce que poderia escrever um livro inteiro a respeito dele.

— Ainda bem que terminou — eu disse.

Pelo menos eu não teria mais que ficar ouvindo sobre aquela fraude que ele tanto admirava.

— Ele ajudou tanta gente — disse John.

— Bem, boa sorte com o trabalho — respondi, tentando demonstrar animação.

Mas não queria conversar sobre Cayce e seus atos de ajuda. Se bem que eu tinha ajudado a mulher do carro. Mas Nathan estava morto. Eu tinha ajudado a salvar a mulher. Mas... Nathan tinha morrido!

— Sabe, fui escrevendo e as palavras fluíram — John continuou falando como se eu não estivesse ali. — Foi incrível. Acho que vou tirar uma boa nota. Talvez a melhor que já tirei.

— Que bom — resmunguei.

— Ele era uma pessoa fascinante. As coisas que fazia...

E eu não tinha ajudado Nathan. Por que não ajudei?

— Ah, me esqueci de dizer — ele prosseguiu, animado. — Acho que descobri alguém como Cayce aqui na região de Ottawa. Dizem que ele faz as mesmas coisas. Vou falar com ele. Vai ser uma experiência e tanto falar com alguém assim.

— Ninguém consegue saber o que vai acontecer no futuro! — gritei.

John franziu a testa e ergueu a mão.

— Ei, qual o problema? Amber achou que seria uma ótima ideia.

— Você falou com Amber sobre isso?

— Sim. Qual o problema? Acredite se quiser, Indie, mas ela ouve o que eu tenho a dizer com a mente aberta, ao contrário de você.

— Des-desculpe. Não queria gritar com você — respondi.

Ele se aproximou e afagou meu rosto.

— Tudo bem. Esse tempo maluco mexe mesmo com a gente. Mas agora preciso ir.

— E eu preciso sair um pouco.

Fui até o pátio. Minhas mãos tremiam. Uma chuva leve caía, mas as gotas congelavam assim que tocavam a parede, o chão ou qualquer outra coisa ao redor. Incrível pensar que algo tão suave como uma gota d'água podia se transformar em algo sólido e gelado em uma fração de segundo. Era como John: tão terno e suave em um instante e, em outro, frio e insensível. A chuva continuava a cair e o céu estava cinza escuro. Os galhos das árvores pendiam cada vez mais com o peso do gelo. Ao menos não estava ventando.

Ergui a gola da jaqueta para me aquecer. O frio me ajudava um pouco a esquecer Nathan. Eu não queria pensar no fato de não tê-lo ajudado. Acendi um cigarro, mas, na verdade, eu odiava fumar. Sabia que me fazia mal e ainda assim insistia. Tinha a impressão de que aquilo me fazia sentir... normal? Será que era isso? Mais uma adolescente tentando provar alguma coisa? Só que eu era tudo, menos normal.

Nathan. Meu coração doía só de pensar. Eu me sentia tão insegura sobre o que fazer quanto às minhas visões. Só queria nunca mais tê-las. Elas me deixavam confusa e com medo, pois eu nunca sabia que atitude tomar. Bastou contar a Lacey sobre a visão que tive com Burke e.... nem preciso comentar o resultado: ela agora me odiava. Deixei de contar a Nathan e.... ele morreu.

"Você salvou uma mulher, Indie."

— Por que você fica falando comigo?

"Estou aqui para ajudar. Para guiá-la."

— Não há como me ajudar. Não há solução para mim.

Olhei ao redor. Se alguém na escola me visse falando sozinha, eu seria declarada oficialmente louca. Mas a única ali fora, naquele lugar gelado, era eu.

"Você tem um caminho a seguir. Essas visões não acontecem por acaso."

— Um caminho. Sei. Deve ser uma estrada coberta de gelo, então, para eu ficar caindo a toda hora como uma idiota.

Então percebi. Gelo. Burke! Alguma coisa iria acontecer com ele! Foi a visão que tive no *halloween*. Eu tinha que avisar Lacey ou alguém. Nathan havia morrido, porque eu tinha deixado de avisá-lo. Eu não iria aguentar outra desgraça daquelas. Senti um frio mais forte. Tinha que entrar. Fui para a porta, sacudindo os cabelos para tirar o gelo.

A chuva gelada se estendeu por toda a manhã, e as calçadas ficaram cobertas por uma fina camada de gelo. Na hora do almoço o diretor anunciou pelo alto-falante que a escola iria fechar porque estava prevista uma tempestade de neve. Os alunos gritaram, assoviaram e aplaudiram. Quando cheguei ao armário para pegar meu casaco, John estava me esperando. Não vi Lacey. Queria falar a ela sobre a visão que tinha tido com Burke. Com aquele tempo, provavelmente ele não iria jogar hóquei. E se sofresse um acidente de carro? Bem, mas nas visões não parecia ser um acidente de carro.

— Vamos para sua casa? — disse John, encostado em meu armário.

— Sim — respondi, sorrindo.

Por que eu me sentia tão insegura com aquela relação, afinal? Ele sempre estava ao meu lado quando eu precisava.

Ele sorriu também, e agora eu só queria ficar nos braços dele. Não estava mais com raiva. Precisava muito de seu carinho. E era eu quem receberia esse carinho, não Amber. Eu tinha mais é que ser grata por tê-lo ao meu lado.

Saímos e, ao chegar à rua, descobrimos que estava extremamente escorregadia. O ônibus atrasou, mas por sorte ainda estava circulando. Entramos e nos sentamos no fundo.

— Olhe essas árvores — ele disse. — Alguns galhos estão quase encostando no chão. Vão quebrar se continuar nevando.

Observei a paisagem. Ottawa estava literalmente se transformando em uma placa de gelo. Quando descemos, quase não conseguíamos ficar em pé na calçada. Tive que me segurar em John para não cair.

— Deixe que eu levo sua mochila — ele disse.

Entreguei a mochila e ele pegou minha mão.

— Agora vamos andando juntos e um segura o outro — ele completou.

Embora a cidade estivesse um caos por causa da chuva e os carros estivessem derrapando, quase sem poder trafegar, eu tinha que admitir que era divertido andar com John naquele cenário de ficção científica. O gelo tinha coberto tudo, deixando as ruas, os cabos de eletricidade e os prédios brancos. Os postes pareciam monstros e os carros, insetos gigantes. Era muito gostoso estar abraçada com John daquele jeito. Tínhamos que andar bem devagar e demorou bastante para chegarmos. Entramos em casa rindo e sacudindo o gelo dos cabelos. Fui chamar minha mãe, mas nem ela nem meu pai tinham chegado.

— É melhor eu avisar minha mãe — disse John.

Eu também telefonei para meus pais, mas os dois resolveram ficar no trabalho até o final do expediente. Depois ele iria buscar minha mãe, que não gostava de dirigir com aquele tempo. Brian estava viajando a trabalho.

Decidimos fazer uma sopa e alguns sanduíches para comer assistindo televisão. A todo instante os programas eram interrompidos para avisar sobre a tempestade de neve que estava a caminho.

Terminamos de comer e nos acomodamos no sofá do porão, com as luzes apagadas, assistindo a um programa qualquer e lendo as notícias sobre a tempestade no letreiro, que agora ficava passando ininterruptamente na parte de baixo da tela. Nossos corpos ficavam tão bem juntos daquele jeito. Pareciam feitos um para o outro. Olhei para John e, sem dizer uma palavra, ele me deu um beijo apaixonado. Minha pele inteira sentiu o calor, e eu me encostei ainda mais em seu corpo. Ele soltou um leve gemido e me abraçou com força, deslizando as mãos em meu corpo. Já tinha me sentido assim com ele, mas desta vez foi diferente. Meu corpo reagiu de uma maneira que eu desconhecia. Eu o desejava mais que nunca. Não sei se era o efeito da tempestade lá fora ou o turbilhão de emoções envolvendo a morte de Nathan (ou uma combinação de tudo), mas eu estava mais vulnerável e carente. Só queria sentir John ali comigo, como se fôssemos um único ser. Minhas mãos foram deslizando em suas costas e acariciei sua nuca, ansiando pelo contato de pele dele com a minha. Ele foi me beijando com mais intensidade, na boca e no pescoço. Eu queria que ele me beijasse inteira. Uma coisa foi levando a outra, e a outra.

Deitamo-nos juntos sob um cobertor, corpos entrelaçados. Eu estava feliz e segura. Ele me beijou com carinho, e eu me aconcheguei completamente nele. Sensações maravilhosas percorriam meu corpo. Aquilo era amor. Só podia ser. Não havia outro termo para descrever. Cada gesto, cada respiração, cada batida de seu coração me fazia vibrar. Deitei a cabeça em seu peito nu e me encolhi ao seu lado. Só queria que ele me protegesse do mundo e do fino véu que eu tantas vezes havia cruzado. Com John talvez eu pudesse ficar a salvo das visões e da vida oculta que levava. O que eu sentia por ele era tão poderoso que me fazia esquecer todos os problemas. Queria ficar daquele jeito para sempre, em um porão à meia-luz, com uma tempestade de neve lá fora, só ele e eu. Assim podia me esquecer de tudo ao meu redor e até de quem eu realmente era. John tinha feito o que ninguém mais conseguira: ao seu lado, eu simplesmente vivia o momento presente, sem pensar em passado ou futuro. A tempestade continuou até tarde, e ele não teve como voltar para casa. Ao me deitar em minha cama naquela noite eu sorria, feliz da vida por saber que ele estava em minha casa, dormindo na sala de TV que tínhamos no porão. Nem precisei cobrir a cabeça, pois não senti medo.

A neve pesada se estendeu por dias, bem mais do que se previa, criando um verdadeiro caos em toda a região. Três grandes tempestades (havia-se previsto apenas uma) atingiram Ottawa. A chuva congelada continuava a cair, e o peso do gelo ia destruindo árvores inteiras, como se tivessem sido serradas ao meio. Cabos e postes também pendiam. Muitas casas ficaram sem eletricidade por longos períodos, incluindo a de meus avós, onde tínhamos passado o Natal. Meus pais ficaram desesperados, até descobrir que meus avós tinham arranjado um gerador. Eu nunca tinha visto tempestades como aquelas. Apesar de causarem desastres, foi bom ver as pessoas se unindo para ajudar umas às outras. As escolas viraram abrigos para as famílias que ficaram sem energia elétrica. Vizinhos dividiam a energia de seus geradores. A situação tomou proporções de desastre nacional e as forças armadas foram convocadas para ajudar. Mas havia um aspecto positivo em tudo aquilo: cada dia sem aulas era um tempo a mais que John e eu passávamos juntos. Ele dormia na sala de TV, já que tentarmos ficar mais próximos era impossível. Ficávamos o dia todo conversando, rindo e dividindo pensamentos. Não tínhamos lição de casa ou qualquer outra coisa para fazer. E também não trabalhávamos. Nas noites que ele não dormia em minha casa eu ficava pensando nele. Não conseguia pensar em outra coisa. John preenchia os instantes e os pensamentos, e todos eles eram de felicidade. Eu estava muito apaixonada. Até gostava das tempestades. Elas me davam tempo para estar com John sem distrações.

A tempestade de gelo era a única coisa em que as pessoas conseguiam pensar, de Ottawa até Montreal. Mas eu só me dedicava a estar com John. De vez em quando até imaginava como seria quando o tempo melhorasse e as aulas recomeçassem. Amber continuaria a dar em cima dele? Porque eu sabia que era isso que ela estava fazendo. E Lacey continuaria a me ignorar? Eu continuaria a ter visões? John descobriria meu segredo?

Na sexta-feira, as aulas ainda estavam suspensas. John e eu ficamos em minha casa, aconchegados no sofá do porão. Ele começou a brincar com uma mecha dos meus cabelos e disse:

— Bem que as aulas poderiam ser canceladas pelo resto do ano, não? Assim eu passaria todo o tempo com você.

— Isso seria fantástico — eu disse. — Será que já vamos voltar na segunda-feira?

— Acho que sim. Ouvi dizer que o tempo vai melhorar no final de semana — fez uma pausa. — Mas, sabe, ficar assim com você todos os dias me fez pensar — outra pausa. — No ano que vem vamos nos mudar para a Inglaterra e morar juntos?

— Então você está falando sério mesmo? — perguntei, olhando para ele.

— Sim. Quero ir com você para lá no ano que vem — ele disse, com a mão no meu queixo. — Ficar com você uma semana me fez perceber que quero ficar com você para sempre.

Para sempre! Eu estava ouvindo direito? Aquilo era tudo o que eu queria. Encostei a cabeça no peito dele. Ir para a Inglaterra seria tão romântico. Era um país que eu tinha muita vontade de conhecer.

— Podemos visitar a Escócia e a Irlanda também — eu disse, animada.

— Não consigo imaginar minha vida sem você, Indie — ele disse, afagando meu rosto.

— Nem eu — respondi, pegando a mão dele e beijando. — Não desejaria mais viver se você não estivesse comigo. Vamos, vamos para a Inglaterra, sim. Vai ser mágico.

Senti algo estranho, mas não quis prestar atenção. Nada nem ninguém iria me convencer de que aquela não era a coisa certa a fazer. Era certo, sim, pois tudo é certo quando se ama.

Ele sorriu:

— Combinado, então. Vamos para a Inglaterra.

E me olhou de uma maneira tão intensa que eu achei que iria me dissolver em seus braços. Era como se meu corpo fosse se fundir com o dele. Meu coração batia mais forte do que nunca. Sabia que ele estava para dizer algo importante. Esperei.

— Eu amo você — ele disse, após alguns instantes.

O impacto daquelas palavras reverberou em meu corpo inteiro. Deixei aquela sensação gostosa me aquecer e respondi:

— Eu também amo muito você.

PARTE 3

março de 1998

capítulo 17

Eu corria com John em uma praia, e Lacey estava conosco. De repente ela parou e começou a sufocar. A correntinha em seu pescoço estava muito apertada. Levou as mãos ao peito e caiu. John imediatamente começou a aplicar massagem cardíaca, tentando ressuscitá-la. Então, quando olhei, já não era Lacey, e sim Burke, ali, deitado no chão. John continuava a fazer a massagem, mas ele não voltava a respirar. Fiquei parada, sem ação. Aquilo me deixou desesperada.

Acordei em uma poça de suor, quase sem ar. Coloquei a mão no peito, tentando me acalmar. Era a sexta vez que eu tinha aquele sonho em menos de um mês. Olhei para o calendário sobre a mesa. A última tinha sido dois dias antes. Burke. As semanas passavam e eu não conseguia contar a Lacey. Minha garganta travava cada vez que eu chegava perto dela. Tinha tanto medo do que poderia acontecer se as pessoas descobrissem. Se John descobrisse. John era tudo o que me importava. Eu tinha até saído da banda para passar mais tempo com ele.

À medida que os dias se passavam e nada acontecia com Burke eu me perguntava: "Por que eu tinha que avisar, afinal? Nada estava acontecendo. Mas... e se eu não avisasse e algo acontecesse?".

"Você tem que avisar Lacey, Indie."

— Cale a boca!

Quem era aquele homem que não me deixava em paz? E agora eu estava tendo aqueles sonhos. Não sabia quanto tempo iria aguentar aquela situação.

— Não posso dizer uma coisa dessas a ela — eu disse em voz alta, abraçando meu velho ursinho de pelúcia. — Não posso, entende? Nada aconteceu até agora, então provavelmente não irá acontecer. Não posso destruir minha vida por causa de uma coisa tão incerta.

Deitei na cama, olhando para o teto.

"Você tem que contar a ela AGORA."

Sentei-me imediatamente. Era o mesmo tom de voz que ele tinha usado para me alertar sobre a mulher no carro, no dia de Natal.

— Quem é você? — perguntei, baixinho.

Comecei a tremer.

"AGORA!"

Pulei da cama, vesti o *jeans* que estava jogado no chão. Minhas mãos estavam trêmulas. Peguei um suéter e fui vestindo enquanto penteava às pressas os cabelos. Corri até o banheiro. Não tinha muita certeza do que estava fazendo, mas tinha que ir. Sem tomar café, peguei o casaco no armário e corri para a porta, gritando para minha mãe que tinha que ir mais cedo para a escola. Ela respondeu alguma coisa, mas eu nem ouvi.

A neve derretida foi molhando meus tênis enquanto eu corria. Meus nervos estavam a ponto de explodir. Por que eu estava fazendo aquilo, afinal? Meu corpo avançava independentemente da minha vontade. Pare, pare. Mas desde que aqueles sonhos começaram, algo me compelia a agir. E agora lá estava eu, em uma missão que eu não entendia. Fui preparando mentalmente um discurso. Tinha que ser convincente. Jamais me perdoaria se algo acontecesse com Burke e eu não tivesse avisado. E aquele homem, de voz sempre tão suave, tinha gritado comigo.

Cheguei ao ponto de ônibus e olhei para meus pés ensopados. Não conseguia parar de tremer. Se eu tivesse ignorado aquela voz no Natal, a mulher teria morrido. E ele tinha usado o mesmo tom de urgência. Não falaria comigo daquele jeito a menos que fosse importante. Ou será que estava cansado de ficar avisando e ver que eu não tomava providência? Não, não devia ser isso.

Tomei o ônibus, ainda zonza. Quando cheguei ao armário, na escola, repassando mentalmente o discurso enquanto pegava meus livros, senti um tapinha em meu ombro. Quase desmaiei de susto.

— Ahá! Assustei você — era John, bem perto de mim, respirando em minha nuca.

O cheiro de sabonete me invadiu as narinas. Virei e vi seus belos olhos. Então, ele fez algo que jamais tinha feito: me beijou ali no corredor, em plena escola. Retribuí com intensidade e depois olhei para os lados.

— Mas o que foi isso? Você nunca me beija em público.

Ele encolheu os ombros.

— Senti vontade — ele disse, com voz suave. — É segunda-feira e eu estou com saudade.

— Vamos nos encontrar embaixo da árvore, lá fora, na hora do almoço?

Ele fez que sim com o polegar, andando de costas. Depois se virou e foi para a sala de aula. Fiquei parada perto do armário, com o coração disparado. "Esqueça-se dele agora, Indie. Concentre-se no que tem que fazer", pensei.

Mas onde estaria Lacey? Peguei mais um livro no armário e, olhando para o lado, vi que ela estava chegando, atrasada como sempre. Minhas pernas bambearam. "Concentre-se", ordenei a mim mesma. "Mas não falo com ela há meses. Não importa. Concentre-se."

— Lacey — eu disse, assim que ela se aproximou.

Ela nem me olhou e foi direto para o armário.

— Ainda é o meu nome — disse.

Instintivamente, toquei o braço dela como fazia quando éramos amigas.

— Tenho que lhe dizer uma coisa — fui direto ao assunto.

Ela não respondeu.

— Tive uma visão — continuei. Não havia tempo para titubear. — Creio que Burke esteja em perigo — as palavras foram saindo como uma cachoeira, rápidas e sem pausas. — Estava em um lugar frio e com luzes fortes. E se chocava contra alguma coisa, se ferindo gravemente.

Ela olhou bem para mim e começou a rir.

— Só pode ser brincadeira. Você é realmente a pessoa mais estranha que eu já vi.

Foi se aproximando de mim e me fuzilando com os olhos.

— Veja bem, da outra vez deixei passar. Mas agora vou contar para a escola inteira.

Pegou os livros e fechou a porta do armário, com raiva.

— Ah, por falar nisso — completou. — Já estou sabendo de Amber e John. Acho que Burke não era mesmo o alvo dela.

Saiu e eu fiquei parada, a cabeça encostada no armário. Tentei me recompor e trancar a porta, mas minhas mãos tremiam tanto que derrubei meus livros no chão. Quando fui pegá-los, vi que a correntinha de Lacey tinha caído junto, toda emaranhada novamente. Coloquei-a no bolso. Senti então minha energia se esvaindo. Tinha chegado tão agitada, correndo para falar com Lacey, e agora... tinha vontade de me enfiar em um buraco.

Por que eu tinha contado a ela? E que história era aquela sobre Amber e John? Bem, ela não iria me ajudar desta vez. Olhei para cima.

— Como puderam fazer isso comigo? — sussurrei. — Para quê? Para que essas visões? Qual o motivo de tudo isso?

— Indie Russell. Hora de ir para a sala de aula — disse o professor Leonard, passando pelo corredor.

Passei a primeira aula inteira desmanchando os nós da correntinha. Quando o sinal tocou, ela já estava em ordem novamente.

Entre a primeira e a segunda aula fui andando pelo corredor, tão triste e distraída que nem vi Lacey e suas amigas paradas logo à minha frente. Abaixei a cabeça, esperando que não me notassem, e segui em frente.

— Ei, cartomante! Diga: vou ser uma estrela de cinema? — uma delas perguntou.

Todas caíram na gargalhada. Meu rosto corou.

— Olhe em sua bola de cristal. Quem sabe não vê meu futuro? — disse outra.

Continuei andando. Se saísse correndo, iria chamar mais ainda a atenção.

Na hora do almoço saí preocupada. Mas ninguém mais fez piadas. Que alívio. Fui para fora esperar John. Ainda estava frio e nublado, só que a temperatura tinha subido um pouco e a neve estava derretendo. Eu estava usando só uma jaqueta leve e comecei a tremer. Por que não tinha pegado o casaco? Detestava essa época do ano. Queria que a primavera chegasse logo, assim poderia usar roupas mais leves. Sentia falta do sol e do calor. O tempo foi passando. Olhei para o relógio. Nada. Meu estômago começou a se revirar. Havia alguma coisa errada. Esperei mais quinze minutos. Nada. Peguei a mochila e entrei novamente. Tinha que encontrá-lo. Fui para o corredor dos armários, mas ele não estava lá. Fui até a área de fumantes. Também não estava.

Meu coração disparou. "Pense, Indie. Pense." Respirei devagar, tentando me acalmar.

— John, onde você está? — sussurrei.

A biblioteca! Corri para lá e entrei correndo, procurando entre as prateleiras.

Lá estava ele em uma das mesas do fundo, sentado na beirada da cadeira e apoiado no encosto, com as pernas esticadas, lendo alguma coisa. Exatamente como no dia em que tivemos nossa primeira conversa. Lembrei-me do seu jeito, do seu olhar e do que tinha dito a ele: que não acreditava em Edgar Cayce nem em pessoas que tinham visões e não concordava absolutamente com seu pensamento a respeito da dimensão espiritual.

— John — chamei.

Ele olhou para mim.

— Fiquei esperando lá perto da árvore. Você já almoçou?

— Vamos ver. Já almocei? — ele disse, bem devagar, palavra por palavra. — Por que você não se concentra e me diz: comi salada ou sanduíche de atum?

Gelei. Não conseguia me mover. Ele me olhou com frieza.

— Você tem visões, não tem, Indie?

Engoli em seco.

— Vai me responder ou não?

— Sim.

Ele levantou as mãos, com ar cínico.

— Sim, o quê? Significa que vai me responder ou, sim, tem visões?

— Tenho visões, às vezes — fui falando, devagar. — Desde pequena.

Ele franziu a testa e balançou a cabeça.

— Mentiu para mim esse tempo todo. Mentiu descaradamente — e gesticulou, de maneira afetada. — Não sei muito sobre Edgar Cayce. Ele é um charlatão. Ninguém tem visões. Isso não existe.

— Eu não queria que você soubesse — sussurrei. — Não queria que deixasse de gostar de mim.

Ele me olhou com os olhos semicerrados, de maneira ainda mais fria.

— E você acha que mentir faz as pessoas gostarem de você?

— Não.

— Relacionamentos se baseiam em confiança, Indie. Confiança — ele disse, elevando a voz.

Eu só tinha vontade de sumir.

— Lamento. Isso é horrível.

— O que é horrível? O fato de você não ter me contado? Ou o fato de eu ter descoberto? Diga, vamos. O que é tão horrível?

— O fato de eu não ter lhe contado — sussurrei.

— Que visões você teve desde que começamos a namorar?

A pá, o relicário. Como iria contar a ele? Eram visões sem sentido. A pá poderia até significar que meus segredos não poderiam ficar guardados para sempre. Que seriam desenterrados. E quanto ao homem da foto do relicário? Tentei falar, mas não tive como. Estava perdida. Nada mais fazia sentido. Fiquei ali parada na frente dele, sem conseguir falar.

Ele continuou a me olhar com frieza, as mãos para o alto.

— Esqueça. Nem quero saber.

Pegou seus livros, que estavam espalhados sobre a mesa, e enfiou de qualquer jeito na mochila.

— Está bem, vou dizer.

Mas ele balançou a cabeça, sem olhar para mim.

— Já disse: esqueça.

Pegou, então, o papel que estava lendo.

— Está vendo isto?

Praticamente esfregou o papel em minha cara. Era uma folha escrita com um A+ no alto, em vermelho.

— É o meu trabalho, Indie. Acabei de receber minha nota. Que ironia, não?

— John, me perdoe...

Ele começou a rasgar o papel.

— Não faça isso!

Fui segurar sua mão para impedir, mas ele se afastou.

— Indie, toda vez que eu tentava falar com você sobre o que estava escrevendo ou pesquisando para este trabalho você vinha com uma de suas mentiras.

Foi rasgando até restarem apenas pequenos pedaços espalhados pelo chão. E continuou falando:

— Mas sabe o que é mais irônico nessa história toda? É que eu teria respeitado profundamente você por ter esse dom. Mas você não me respeitou o suficiente para me contar. Acha mesmo que eu sou tão ignorante a ponto de não querer mais namorar com você por causa disso? Que tipo de pessoa pensa que sou? Isso é o que mais me machuca; o fato de não achar que sou um ser humano decente. Não quis me contar porque... achou que eu iria rir de você?

— Eu queria contar. Queria mesmo, de verdade.

— Mentira! Tudo mentira!

Veio em minha direção, e eu tentei abraçá-lo, mas ele me empurrou para o lado e ficou me olhando por um instante. Então saiu a passos rápidos e me deixou ali, perdida.

Agora eu soluçava sem parar, lágrimas correndo pelo rosto sem controle. A dor em meu peito era imensa. Caí de joelhos no carpete sujo e fui catando um por um os pedaços de papel. Guardei tudo na mochila e fui para casa o mais rápido que pude. A viagem de ônibus parecia interminável. Eu queria que Nathan estivesse ali para me fazer companhia.

Ao chegar em casa procurei minha mãe, mas ela não estava. Fui direto para meu quarto, peguei os pedaços do trabalho de John e coloquei em uma caixa de sapatos, onde ficavam meus desenhos de infância. Guardei a caixa no guarda-roupa, me encolhi na cama e cobri a cabeça. Devo ter dormido, pois não me lembro das horas seguintes; apenas de minha mãe vindo me perguntar sobre meu dia na escola e me chamando para jantar. Disse a ela que desceria em alguns minutos.

Lavei o rosto, desci e sobrevivi ao jantar. Não sei como, mas sobrevivi. Era como se estivesse em uma missão robótica, tendo que fingir que estava tudo bem quando, na realidade, minha vida estava destruída. Comi o suficiente para minha mãe não fazer perguntas e voltei para o quarto, dizendo que tinha lição para fazer.

Deitei-me encolhida novamente, me cobri e dormi. Tive sonhos confusos e acordei ensopada de suor no meio da noite. Fiquei deitada sob as cobertas, pensando em tudo o que tinha acontecido. Eu jamais seria uma pessoa normal. Jamais. E me odiava por isso. Queria chorar, mas não consegui. Era como se as lágrimas tivessem secado junto com meu coração. Sem lágrimas. Sem raiva. E o pior de tudo: sem alegria. Eu estava anestesiada. Não sentia mais. Acabei dormindo.

Na manhã seguinte me levantei e me arrumei para ir à escola. Por que não? Eu tinha que terminar o curso, mesmo que não fosse ao baile de formatura. Ou talvez nem conseguisse me formar. Não tinha feito minhas lições de casa nem estudado para a prova que teria hoje. Mas que diferença faria se eu me formasse? Não iria continuar meus estudos. Não iria mais para a Inglaterra com John. Não iria fazer o que quer que fosse em minha vida. E John não iria comigo ao baile. Provavelmente iria com Amber.

Ao chegar à escola fui direto para meu armário, sem prestar atenção às pessoas. Parei e fiquei olhando para a porta, lendo todos os "bilhetinhos" que estavam colados nela: "maluca", "bruxa", "filha dos infernos" e muito mais. Alguém também tinha se dado ao trabalho de deixar encostada na porta uma vassoura com um chapeuzinho de *halloween* no cabo. Fiquei ali por alguns instantes, sem conseguir reagir, lendo e relendo aquilo tudo. Então, fora de mim, fui rasgando papel por papel, jogando tudo no chão do corredor. Não conseguia pensar racionalmente.

— Odeio isso! Odeio tudo isso! — gritei.

Fui rasgando e jogando até a porta do armário estar limpa. Ao acabar, estava vazia, sem sentimento; sem raiva nem tristeza. A mesma inércia da noite anterior e do café da manhã havia tomado conta de mim.

Havia agora uma pequena multidão parada no corredor, me observando.

— Ei, Indie — disse uma voz que não reconheci.

Olhei para trás e vi uma garota vestida de preto e cabelos tingidos de preto e roxo, *piercings* no rosto e tatuagens por todo o braço.

— Queria lhe dar isto — e me entregou um papel. — Somos do Clube Extraterreno da escola e gostaríamos que você se juntasse a nós.

Rasguei o papel e joguei nela.

— Nossa! — ela disse. — Você parecia tão legal. Desde quando ficou chata assim?

Saí e fui andando, sem abrir meu armário nem limpar a sujeira que tinha feito no corredor. Ouvi então a voz de Sarah me chamando e reduzi o passo. Ela veio correndo e me abraçou.

— Você ainda é a pessoa mais legal que eu conheço — disse. — Isso tudo vai passar. Se quiser conversar, pode ligar para mim. Não deixo de ser sua amiga, não importa o que aconteça.

Olhei bem para ela. Não conseguia acreditar que estava falando comigo.

— Obrigada — sussurrei. — Sei que não tenho sido a melhor amiga ultimamente — fiz uma pausa. — Você acha mesmo que ele está tendo alguma coisa com Amber?

Ela balançou a cabeça.

— Nada disso. Eles são bons amigos, nada mais — e completou. — Mas sinto que ele não trata você tão bem quanto deveria.

Aquilo foi como um soco no estômago. Tive até vontade de vomitar.

— Vou para casa — respondi. — Não consigo mais ficar aqui.

— Vá, sim. Eu entendo. Ligo para você mais tarde.

Ninguém estava em casa. Estavam todos trabalhando. Em vez de ir para o meu quarto, fui para o banheiro e tranquei a porta. Olhei no espelho e só conseguia enxergar a parede rosada atrás de mim. Não via meu rosto. Era como se não existisse. E era exatamente o que eu queria. Não havia vida para mim sem John.

E todos aqueles planos de viver junto na Inglaterra? De ter uma vida junto? De envelhecer junto? Minhas pernas bambearam e me sentei no vaso. As paredes cor-de-rosa do banheiro pareciam vibrar e respirar para dentro e para fora; para dentro e para fora. Rosa. Rosa e mais rosa. Era só o que eu conseguia enxergar. Mas não devia ser rosa, e sim vermelho, cor de sangue. Abri o armário do espelho. Os comprimidos de meu pai ficavam ali, nas prateleiras. Peguei um vidrinho e observei. Se tomasse um inteiro daqueles, talvez funcionasse. Olhei o rótulo: um comprimido três vezes ao dia durante as refeições. Sim. Eu podia tomar o vidro inteiro. Dormiria para sempre, em paz. John nem se importaria; nem sentiria falta. "Não", pensei, segurando o vidro. Meu pai precisava daqueles comprimidos. Não podia fazer isso com ele. Abri novamente o armário e guardei o vidro.

Quando olhei para o espelho, vi Papa atrás de mim.

"Não é uma boa ideia, Indie."

"Mas eu vou estar com você, Papa."

"Não, Indie. Ainda não é hora."

"Não era a hora de Nathan, e ele morreu. Também quero morrer!"

Peguei uma navalha que estava sobre o armário. Será que vermelho não combinava com a cor das paredes? Eu teria que encher a banheira e mergulhar nela para não sujar o banheiro. Eu me odiava. Odiava ser daquele jeito. Odiava aquelas visões. Odiava ver pessoas mortas. E odiava magoar as pessoas a quem amava. Por que John tinha que descobrir? Agora ele me desprezava e eu me odiava ainda mais. Guardei a navalha. Iria fazer sujeira demais e minha mãe é que acabaria tendo que limpar. Teria que lavar o tapete, a banheira, o chão, tudo. Peguei um vidro de aspirina e saí. O sol agora brilhava no céu. O ar estava mais quente e agradável. Dava para ouvir o barulho da água da neve derretida escoando pelos canos da casa e da rua. Eu nem fazia ideia de que horas eram. Estava vazia de emoções e pensamentos.

Fui até o ponto, peguei um ônibus e me sentei no fundo. Coloquei a mão no vidro de aspirina que estava em meu bolso. Se eu pulasse da ponte, me afogaria. Então meus pais não poderiam se culpar ou se sentir incompetentes por não terem percebido que havia alguma coisa de errado comigo. Eu não queria que eles sofressem. Eles me amavam muito. Só queriam o melhor para mim. Seria melhor se achassem que eu tinha me afogado, como Nathan; que tinha sido um acidente. E John, o que iria pensar? Provavelmente nem ia se importar. Continuaria sua vida e talvez até descobrisse que sua amizade com Amber poderia se transformar em algo mais. Senti, então, uma angústia terrível. Olhei para as árvores lá fora, agora sem folhas. Em poucos meses a paisagem iria se modificar. Viriam os insetos, as folhas e as borboletas. Segurei o pingente que John havia me dado. Não, era melhor não pensar em John. Lembrei-me então de Lacey. Ela também me odiava e não iria se importar. Sarah também se esqueceria de mim com o tempo. Zoe e Carly já tinham se esquecido depois que eu deixei a banda.

O ônibus chegou ao local onde eu queria, então desci e fui caminhando para a ponte Billings, sobre o rio Rideau. Fiquei observando a água por alguns instantes, com seu fluxo constante e os pequenos blocos de gelo boiando aqui e ali, se enroscando na vegetação. Nessa época do ano a água tinha maior volume, corria rápido e era bem fria; a melhor época para o que eu queria fazer.

"Volte para casa, Indie. Ainda não é sua hora." Era Papa, novamente.

— Estou cansada de tudo isso, Papa. Cansada. Por ser desse jeito, perdi a única pessoa que amo de verdade. E o resto da vida vai ser assim: perdendo uma pessoa atrás da outra por ser estranha e maluca.

"Seu avô está certo." Agora era a voz suave do homem.

— Cale a boca! Está me ouvindo? Cale a boca e saia de uma vez por todas da minha vida. Odeio você!

"Estou aqui para ajudar."

— Mas não ajuda! Só faz as coisas ficarem piores! — gritei, ao vento.

"Se você tenta morrer, acaba voltando exatamente para a situação em que está. Tem que voltar e passar por tudo isso novamente, Indie. Não há escolha. Não se pode simplesmente pular um capítulo da história. Terá que voltar e viver uma situação bem parecida, e o que é pior: sem livre-arbítrio. Escute o que estou dizendo. Ainda não é sua hora."

— E o que é esse tal de livre-arbítrio? — resmunguei.

Lá estava eu, no meio do dia, na beira de uma ponte, conversando com uma voz dentro de minha cabeça. Não era à toa que John tinha terminado o namoro. Não era para menos. Livre-arbítrio é quando se tem escolha.

"Agindo assim você vai deixar de fazer o que veio fazer na terra, meu amor", disse Papa.

— Não, Papa. Não adianta tentar me fazer mudar de ideia.

"Volte para casa, Indie."

— Para quê?

"É lá que sua família está. Eles a amam muito", disse ele. "Você ainda não cumpriu seu destino de vida."

Fiquei observando a água e minha mente foi parando, como um telefone sem bateria. A única imagem que ainda tinha era a de minha família. Os feriados seriam tristes para eles. Ação de Graças. Será que fariam o almoço com peru, como todo ano? Como Brian reagiria diante da minha morte? Estávamos sempre brigando, mas nos gostávamos de uma maneira muito engraçada. Ele achava que eu era louca e não acreditava em minhas visões, mas isso era o que menos importava. Apesar de seu jeito, ele não me julgava.

Natal. Eu adorava o Natal. Adorava presentear. Mas talvez, com o tempo, as pessoas nem se lembrassem mais de mim. O mundo iria me esquecer. Ninguém mais saberia quem foi Índigo Russell ou, se soubessem, apenas olhariam para minha lápide dizendo: "Essa foi uma garota muito estranha que morreu pouco antes de terminar o ensino médio. Jogou-se da Billings Bridge". E até diriam: "Ela não namorou John Smith por um tempo?". E alguém responderia: "Sim, mas ele acabou ficando com Amber McKinnon". Ninguém iria mesmo se importar, exatamente como fizeram com Nathan.

— Com licença!

Levei um susto, abri os olhos, e vi um homem em uma cadeira de rodas vindo à toda velocidade em minha direção. Saí do caminho para dar passagem, mas, quando chegou mais perto, ele simplesmente parou em vez de seguir em frente.

— Passeando um pouco? Dia perfeito, não? — ele comentou, sorrindo. — Estou contente que a primavera esteja chegando. Essa neve é um saco para quem usa cadeira de rodas. Desculpe se a assustei.

— Sem problema — eu disse.

Vi então que suas pernas estavam presas à cadeira. Ele provavelmente era paralítico da cintura para baixo. Fiquei imaginando se tinha nascido assim ou se algo havia acontecido. Ele olhou para mim.

— Está tudo bem?

Enfiei as mãos nos bolsos.

— Sim, tudo bem.

Ele olhou para a água.

— A vida aqui é muito boa, sabe? Vivemos em um país sem guerra nem grandes desastres. Claro, nem tudo é maravilhoso. Mas há momentos muito bons a cada dia.

Ele colocou as mãos nas rodas.

— Bem, já vou indo...

— Uma boa tarde para você — completei.

Ele fez sinal de positivo com o polegar e atravessou a ponte.

"Esse foi um aviso, Indie. Volte para casa, por favor", disse Papa, em voz alta e clara.

Olhei para o sol. Não iria conseguir me jogar. Não depois do que aquele homem na cadeira de rodas tinha dito.

Fui andando para o ponto de ônibus.

— Aposto que isso foi coisa sua, não foi, Papa?

capítulo 18

Como Sarah tinha previsto, em poucos dias deixei de ser o assunto preferido das conversas na escola. Uma semana depois todos já tinham se esquecido de mim, inclusive John.

No intervalo das aulas, na sexta-feira, eu estava em meu armário pegando os livros para a próxima aula, pensando se iria ou não assisti-la, quando senti um cheiro conhecido de sabonete e cigarro. Meu coração disparou. Eu estava sozinha no corredor. Será que ele tinha vindo falar comigo? Virei-me devagar. Ele estava parado, me olhando. Ao perceber que o vi, olhou para frente e passou direto por mim. Mas algo nos olhos dele me preocupou. Estavam vermelhos, com as pupilas dilatadas. Já haviam me dito que John tinha usado drogas a semana inteira, e drogas pesadas. Eu me sentia muito mal com isso e queria poder falar com ele. Fechei a porta do armário, sem pegar os livros, e fui para o pátio. Será que aquela dor em meu peito iria ficar para sempre?

Sarah, Zoe e Carly estavam fumando e conversando animadamente, mas assim que me aproximei, pararam. Será que estavam falando de mim?

— Oi — eu disse.

— Oi — disse Sarah.

Elas se olharam.

— O que foi? — perguntei.

— Nada — disse Zoe. — Só estávamos... — e parou.

— Bem, OK — eu disse. — Mas queria saber. Seria sobre John e Amber?

— Estávamos falando da banda — disse Sarah.

— Sobre o show — disse Carly.

— Ah — respondi.

Ela começou a dançar, levantando os braços.

— Mal posso esperar.

Em que dia estávamos? Nem me lembrava. Sexta-feira, 6 de março. Elas iriam tocar no sábado, dia 14, à tarde. Eu tinha deixado a banda em janeiro para poder passar mais tempo com John. Era tudo o que eu queria na época. Achava muito romântico da parte dele querer ocupar todo o meu tempo livre. Mas agora as meninas estavam felizes, com aquele brilho no olhar, e eu vazia por dentro. Ficamos em silêncio por alguns instantes. Olhei para o horizonte. Tinha desistido de muita coisa por John. Mas ninguém havia me obrigado. Eu mesma tinha tomado aquelas decisões. E ele só tinha terminado o namoro por causa das minhas mentiras.

— Quer ir conosco e tocar uma das músicas? — perguntou Sarah.

— Acha mesmo uma boa ideia? — perguntou Carly, antes que eu pudesse responder. E olhou para mim. — Você nos trocou por um cara. Eu jamais deixaria meus amigos por causa de um namorado. Jamais.

E soltou um daqueles anéis de fumaça perfeitos.

Então, como se eu não estivesse presente, Zoe disse:

— Ela pode cantar "Every Breath you Take". É uma música que tocamos bem.

— Tenho que ir para a aula — eu disse, saindo, de cabeça baixa.

Assim que entrei no corredor ouvi a voz dele, rindo, como se não tivesse qualquer preocupação, e também a voz de Amber. Fui andando o mais rápido que pude, mantendo a cabeça baixa, mas a curiosidade acabou me vencendo. Olhei por um instante. John estava encostado em um armário e Amber ao seu lado, com as garras enfiadas nos passantes do cinto dele. Meu estômago revirou. Corri para o banheiro e mal tive tempo de levantar a tampa do vaso. Aquilo era a pior coisa que ele podia ter feito comigo. Amber. Ele estava deixando a escola inteira vê-lo com ela, sendo que mal tinha terminado nosso namoro! Lavei a boca, o rosto e voltei para o armário. Já era quase hora do almoço, mas eu não estava com a menor fome. Olhei para o lado e vi Lacey vindo pelo corredor. O enjoo voltou. Eu não tinha a menor condição de encará-la naquele dia. Peguei a mochila e nem troquei os livros. Não ia voltar para o armário. Saí rápido, novamente de cabeça baixa, e mais à frente senti alguém pegando em meu braço. Era Sarah.

— Pare um instante e me ouça.

Olhei para ela.

— Estávamos falando sério sobre você cantar uma música conosco — ela disse, em tom carinhoso. — Carly não quis ofender. Sabe como ela é: superindependente. Jamais deixaria que um namorado a controlasse. É o jeito dela. Venha conosco no sábado. Vai ser muito bom se estiver lá conosco. Estava tudo tão bem com você na banda, até que... — ela parou.

E eu tentei sorrir.

— Bem, até que toda aquela droga aconteceu — ela completou, agora sorrindo também. E colocou a mão em meu ombro.

— Obrigada — respondi, me segurando para não chorar. Era a última coisa que eu queria fazer na frente de alguém na escola.

— Por falar nisso — ela disse, animada —, tenho ingressos para o jogo dos Sixty-Seven desta noite. Quer ir? Vai ser ótimo.

Demorei para responder, e ela franziu a testa.

— Você precisa sair um pouco. Passo em sua casa às seis e meia.

— Você vai me buscar?

Ela arregalou os olhos.

— Você esteve mesmo fora do ar. Não sabe que meus pais me deram uma lata-velha? Espere até ver. Vai adorar.

Ela estava certa. Eu adorei mesmo a "lata-velha" dela. Era um Pontiac Sunbird amarelo. Ela tinha pendurado miçangas e penas no espelho retrovisor. E forrado os bancos com cobertores coloridos para esconder os buracos no forro e as molas enferrujadas. Partimos ao som de AC/DC, "Thunderstruck", a todo volume.

— O jogo promete — ela disse, batendo no volante ao som da música. — O time de Burke está disputando o primeiro lugar nas finais.

— Como Amber consegue manipular todos esses caras ao mesmo tempo? — perguntei, me acomodando no banco e enfiando as mãos nos bolsos da jaqueta para me aquecer.

Sarah me olhou por um instante.

— Pelo que sei John não ficou com Amber enquanto vocês estavam namorando, mas é muita falta de consideração da parte dele ficar desfilando com ela quando vocês mal terminaram. Nem fez uma semana ainda. É só para chatear você.

Depois de alguns minutos ela abaixou o som e disse:

— Estou para lhe perguntar uma coisa já faz algum tempo.

— E o que é?

— Por que você saiu da banda? Gostava tanto de tocar. E estávamos indo tão bem!

— John queria que eu passasse mais tempo com ele.

— Bem, pode não ser o melhor momento para eu dizer isso, mas dane-se. Vou dizer: isso é dominação; é controle.

Aumentou o volume, e eu encostei a cabeça no apoio, olhando para o teto do carro. Não era só a opinião dele que contava. Eu também tinha decidido sair da banda para ficar com ele.

A primeira coisa que fiz ao entrar no estádio foi tentar ver se John estava lá. É triste, eu sei. Só que não queria encontrá-lo, principalmente com Amber. Mas se estivesse sozinho... quem sabe pudéssemos conversar? A primeira vez que saímos juntos foi para ir a um jogo de hóquei. Era bem provável que ele estivesse ali. Sarah e eu nos sentamos. O trator terminou de limpar o gelo da pista, as luzes do estádio diminuíram e os juízes foram examinar se estava tudo bem. Então veio a música e o anúncio de que o jogo ia começar. Os jogadores entraram e todos se levantaram, aplaudindo. Burke entrou, circulando, e se juntou aos outros. Meu pai tinha me dito na noite anterior, durante o jantar, que o nome de Burke tinha aparecido no jornal entre os mais prováveis para escalação profissional. Eu também já tinha ouvido falar que ele estava indo a reuniões com os diretores do time Pittsburgh Penguins. Lembrei-me da pequena visão que tive no dia em que ele me levou à festa. Na verdade, eu até torcia para que outro time o contratasse. Seria prova de que nem todas as minhas visões se concretizavam.

Assim que o jogo começou e todos se sentaram, eu vi Lacey. Estava superbonita, sentada no mesmo lugar do dia em que eu estava com John. Eu ainda tinha a correntinha dela, bem guardada e sem nós. Queria tanto poder devolver. Aquela situação me fazia muito mal.

Então, como se tivesse lido meus pensamentos, Sarah se inclinou para mim, dizendo:

— Não consigo acreditar que Lacey ainda não está falando com você. Já se passaram meses.

"Ela vai falar com você ainda hoje", disse a voz em minha mente. Mas eu não tinha ideia de como isso podia acontecer.

— Ela ainda está com Burke — eu disse.

Sarah olhou para cima, com ar de tédio.

— E eu não consigo entender o motivo. Ele é muito bonito, joga bem hóquei, mas trai Lacey o tempo todo. Segundo me disseram, ficou com Chelsea em uma festa na semana passada. E Lacey é tão bonita. Podia namorar quem quisesse.

No início, eu também não entendia por que Lacey era tão apegada a Burke, mas depois de me relacionar com John, passei a entender. Ela simplesmente o amava. Olhei para ela de novo e senti uma grande tristeza. Também estava angustiada, como eu. Por fora continuava linda, com seus cabelos castanhos escuro, de cachos perfeitos, usando uma jaqueta vermelha, que combinava perfeitamente com sua pele e maquiagem impecáveis. Mas por dentro estava péssima, sofrendo. Será que eles iriam terminar o namoro também?

— Ela merece alguém melhor — comentei com Sarah.

— E você também — ela disse, sem tirar os olhos do jogo. — Boa jogada!

Ela se levantou e aplaudiu. Um jogador do outro time se chocou contra a proteção lateral e o vidro quase quebrou. A torcida vibrou. Pelo barulho, achei que o vidro não fosse aguentar. A torcida continuava gritando e aplaudindo.

— Adoro essas jogadas perigosas! — disse Sarah, batendo as mãos. — São a melhor parte do jogo. Bem, também gosto das brigas...

Burke aproveitou o momento de distração do outro time, com a queda do jogador, e avançou com o taco, driblando os oponentes e se aproximando do gol.

De repente, aconteceu: senti algo estranho, como se meu corpo também estivesse sendo arremessado contra o vidro de proteção. Senti até o choque da pancada. Meus sentidos se aguçaram e tudo ficou mais forte e estridente: o barulho da plateia, o cheiro de *hot dog*, de pipoca, de cerveja e as luzes fluorescentes, cegando meus olhos. Meu estômago embrulhou. Mas não era uma sensação nova. Era algo que eu já tinha sentido. Ouvi a voz de Lacey gritando para Burke seguir em frente e olhei em sua direção. Mas ela não estava gritando, apenas observando.

Olhei de volta para o jogo e, tentando afastar aquela sensação ruim, levei as mãos à cabeça. Agora eu sentia sede, a garganta estava seca, e comecei a suar frio. Era como se estivesse gripada, com febre. Parecia que ia desmaiar. Senti cheiro de sangue.

Enquanto isso, na arena, o atacante do outro time veio para o centro da pista, com movimentos rápidos. Foi para cima de Burke, que estava concentrado apenas na bola e na rede. Iria tentar impedi-lo a todo custo. Burke continuava olhando somente para a frente. Ele se achava o melhor, invencível; o todo poderoso que ninguém conseguiria deter.

Então a visão do *halloween* voltou à minha mente. O atacante estava indo com muita velocidade na direção de Burke e ia se chocar contra ele com toda a força. "A cabeça. A cabeça", ouvi alto e claro em minha mente. Senti como se estivessem me dando uma facada entre as sobrancelhas.

Os dois estavam muito próximos do gol. O goleiro se abaixou, se preparando, encostando o taco no chão. Burke ia ser arremessado e bater a cabeça na trave. Entrei em pânico. Tinha que impedir aquilo de alguma maneira. Coloquei as mãos em concha ao redor da boca e gritei:

— Burke! Cuidado!

Em uma fração de segundo Burke olhou na minha direção. Tinha me ouvido ou eu estava enganada? Como, com todo aquele barulho? Mas algo me dizia que ele tinha ouvido... Eu nem respirava. Ele olhou para o lado, então, e jogou o corpo para se esquivar, mas colidiu com o outro jogador. Deu para ouvir o som da pancada. Meu estômago revirou de vez e senti uma dor aguda no ombro, como se ele tivesse sido tirado do lugar. Mas a dor de cabeça desapareceu. Burke voou pelo ar e caiu bem adiante, a cabeça passando a poucos centímetros da trave.

A plateia se levantou, assustada. Ainda deslizando no gelo, Burke atingiu o goleiro e se chocou direto contra a lâmina afiada de seus patins, cortando a nuca. Todos na plateia gritaram e depois ficaram em silêncio, chocados.

Uma mancha de sangue foi se formando embaixo de Burke, e rapidamente se espalhou no gelo. Um dos jogadores do time se ajoelhou imediatamente e segurou sua nuca. Os outros gritaram, pedindo ajuda. O treinador veio correndo, escorregando, mas sem perder o equilíbrio. Enrolou uma toalha no pescoço de Burke e começou a falar com ele. Burke continuava imóvel. A toalha logo ficou ensopada de sangue.

As pessoas na plateia se olhavam e gemiam, como se tivessem sido feridas também. Uma mulher atrás de nós parecia querer vomitar. Os guardas tiveram que entrar na arquibancada e ajudar uma moça, que desmaiou. Os pais cobriam os olhos das crianças. O lugar rapidamente se encheu de seguranças e policiais. Os jogadores estavam em choque, muitos olhando para o lado para não ver o sangue. E outros se aproximavam, mas logo se afastavam, assustados.

Burke continuava imóvel no chão. Todos comentavam: "Ele está muito ferido", "Não viu o atacante se aproximar", "Oh, meu Deus. Nem consigo olhar".

— Que coisa horrível — disse Sarah, e olhou para mim. — Mas, Indie..., como...? Burke ouviu você gritar. Mas como? Impossível!

Coloquei a mão na testa.

— Não sei. Não sei como isso acontece.

— Ele está perdendo muito sangue — ela disse.

Olhei para Lacey, que agora estava perto da divisória de vidro, com as mãos na boca, olhando para Burke sem acreditar. Sentiu que eu a olhava, pois se virou e me procurou na multidão. Estava assustada e ao mesmo tempo com remorso. Já tinha associado minha visão ao acidente.

Então tudo aconteceu como em um filme: os paramédicos chegaram, correndo, trazendo uma maca, agindo com precisão. Mantiveram a nuca dele pressionada, falando com ele enquanto o levavam. A multidão aplaudiu e os jogadores também, batendo os tacos no gelo. Os juízes se reuniram para discutir o que seria feito. Não tinha sido culpa do atacante. O gelo teria que ser raspado para tirar o sangue antes de o jogo continuar. Eu agora tremia, sentindo muito frio. Cruzei os braços sobre o peito. A perda de sangue estava fazendo com que a temperatura de Burke caísse rápido. Lacey olhou para mim novamente. Nossos olhos se conectaram e eu senti uma espécie de corrente elétrica. Suas pupilas dilatadas mostravam choque e medo. Ela respirava com dificuldade e também comecei a ofegar. Senti tontura. Precisava agir rápido.

— Temos que pegar Lacey — eu disse. E ir para o hospital.

Antes que Sarah pudesse responder, saí correndo escada abaixo, abrindo caminho entre as pessoas.

— Venha. Temos que ir para o hospital — eu disse, pegando Lacey pelo braço.

Subimos as escadas às pressas e encontramos Sarah. Saímos como loucas, praticamente empurrando as pessoas sem nem pedir licença. Chegando ao estacionamento, corremos até o carro, quase sem fôlego. Sentei-me no banco da frente, com Sarah, e Lacey se sentou no de trás.

— Foi isso que você viu, não foi? No *halloween*? — Sarah perguntou, ainda sem fôlego, ligando o carro e saindo às pressas.

Respondi com um gesto de cabeça. Olhei para Lacey.

— Calma. Pense positivo. Ele tem que ficar bem — continuou Sarah.

Sarah foi desviando dos carros, atravessando faróis e cruzamentos praticamente sem parar até chegarmos ao Ottawa General Hospital. Estacionou de qualquer jeito e corremos como loucas até a entrada do pronto-socorro. Sem fôlego, Sarah teve que parar para respirar. Lacey foi procurar alguém para perguntar onde Burke estava.

O cheiro de antisséptico penetrou rápido em minhas narinas e tive que me controlar para não vomitar. Era como se eu tivesse bebido litros de água com gás. A adrenalina corria em meu corpo, e tive que fazer um grande esforço para me concentrar. Precisava ajudar Lacey. Ela estava no balcão, falando com a atendente. Tremia dos pés à cabeça.

Respirei fundo, me acalmei e fui até ela.

— Lacey — chamei, com voz calma.

Ela olhou para mim, com lágrimas correndo pelo rosto.

— Eu não quis ouvir você.

— Não faz mal. Não importa agora.

Perguntei para a atendente, que estava procurando a informação no computador:

— Onde ele está?

— Na UTI.

— Ela pode entrar para vê-lo? — perguntei.

— Não neste momento.

— Você tem alguma notícia? Sabe qual o estado dele?

— Vocês são da família? — a mulher perguntou.

— Sou a namorada dele — disse Lacey.

— Lamento — disse a atendente. — Só posso dar informações a familiares.

Abracei Lacey e a levei para se sentar.

— Eu devia ter prestado atenção no que você disse — ela murmurou.

Sarah, que estava do outro lado da sala, fez um sinal de que ia sair para fumar.

— Não ia adiantar, Lacey — eu disse, segurando o braço dela. — Burke não ia deixar de jogar.

— Mas talvez tivesse prestado mais atenção, olhado para os lados e previsto aquele ataque.

— Agora você precisa se concentrar em Burke e fazer pensamento positivo para que ele se recupere rápido. Mande a ele todo o seu amor.

Ela fez que sim com a cabeça.

— Sim, eu o amo muito, você sabe. Por mais absurdo que seja, eu amo Burke. Não posso evitar — e segurou meu braço. — Indie, sei que ele me ama também. Se for contratado pela NHL, quer que eu vá morar com ele.

Fez uma pausa e ajeitou a manga da jaqueta, que estava virada.

— Na verdade, nem sei se quero mesmo ir.

Eu a abracei.

— Entendo muito bem o que você sente por Burke, pode acreditar. Mas agora você tem que se concentrar e enviar pensamentos positivos para ele.

Ela se virou para mim, olhos arregalados.

— Você está vendo alguma coisa? Consegue saber como ele está? — balançou meu braço. — Indie, me diga o que você vê.

Minha testa suava. Tirei a jaqueta, fechei os olhos e tentei me concentrar, mas nada me vinha à mente. Nada. Nenhuma imagem. Tentei imaginar se ele estava vivo, mas só via uma tela em branco. Nada. Lembrei-me da visão do uniforme preto e dourado. Talvez eu não tivesse conseguido contar sobre ela na época porque Burke tinha que passar por essa experiência primeiro. Ou talvez nem tivesse que jogar realmente no time, e sim prestar algum tipo de serviço para eles. Eu não estava conseguindo juntar as peças do quebra-cabeça. Poderia ser algo totalmente diferente. Será que minhas visões tinham algum tipo de sequência? Alguma charada a ser desvendada? Eu não entendia. Às vezes, as coisas eram mostradas de maneira clara e aconteciam exatamente como eu via. E em outras, como agora, ou como no caso de Nathan, era como se eu tivesse que desvendar um grande mistério.

Respirei fundo e abri os olhos. Lacey me olhava desesperada, esperando que eu tivesse boas notícias. Pensei em mentir e dizer a ela que tinha visto Burke vivo, mas balancei a cabeça. Mentiras não me levariam a lugar algum. Eu tinha aprendido isso da pior maneira possível.

— Não adianta. Não consigo ver. Desculpe.

— Você acha que isso quer dizer alguma coisa? Se não consegue vê-lo, talvez seja porque ele não irá sobreviver! — sua voz agora era de histeria. — Indie, o que significa o fato de você não conseguir ver? O que quer dizer?

— Eu não sei. Não tenho essas respostas. Acredito que o futuro de Burke esteja nas mãos dele agora. Ele é quem tem que decidir se quer viver ou morrer.

Ela agarrou meu braço.

— Não quero que ele morra! Ainda hoje brigamos e eu disse que queria que ele morresse e fosse para o inferno! Mas falei só por falar. Como eu queria poder retirar o que disse!

Eu a abracei e senti que ela estava muito frágil. A impressão era de que, se a soltasse, ela desfaleceria no chão. Continuei a abraçá-la.

— Sei que não falou por mal.

Ela começou a chorar, e eu deixei que extravasasse. Depois de um bom tempo ela suspirou e enxugou os olhos.

— Mas falei — balançou a cabeça. — Estou tão cansada de ser traída o tempo todo. Na verdade, eu já sabia que ele estava com Amber — ela olhou para cima e inspirou profundamente, depois olhou para mim. — Você estava certa quando me falou.

E eu sabia, só não quis admitir. E também sei que ele não fica apenas com ela. Queria que Burke me amasse e ficasse só comigo.

— Bem, é assim que deveria ser, não?

— Não sei mais o que fazer. Eu o amo demais, mas ele não é honesto comigo.

— É. Acho que merecemos coisa melhor.

Ela me olhou de lado.

— Você está falando de John? Indie, eu só inventei sobre ele e Amber para chatear você. Ele não ficou com ela. Nunca a traiu.

— Sim... só que ele faz outras coisas. Nem sempre me trata tão bem.

— Como assim?

Suspirei.

— Não sei. Fica sempre dizendo que sou uma idiota por tocar na banda, que canto mal; coisas desse tipo.

E machucou meu braço também. Mas eu não iria contar isso.

— Como assim? Você canta muito bem — ela disse, agora sorrindo. — E a banda é muito boa.

Ficou em silêncio por alguns instantes, e as lágrimas voltaram a correr em seu rosto.

— Indie, estou tão arrependida por não ter acreditado em você.

— Lacey!

Olhamos para o lado e vimos a mãe dela se aproximando, sem fôlego. Provavelmente tinha vindo correndo também.

— Eu já soube o que aconteceu — disse, sentando-se ao lado de Lacey.

— Mãe! — Lacey se jogou nos braços da mãe, desatando a chorar.

— Os pais de Burke estão na sala de espera — ela disse. — Parece que ele vai ficar bem.

Ajudou a filha a se levantar e fomos andando pelo corredor. Fui vestir a jaqueta, mas ela ficou enroscada em minhas costas. Ao tentar me desvencilhar, tropecei em uma cadeira e ela caiu no chão, fazendo um enorme barulho. A mãe de Lacey se virou para olhar. A última coisa que eu queria naquele momento era ter alguém perguntando se eu estava bem. Ergui logo a mão, dizendo:

— Está tudo bem.

Mas não estava. Eu me sentia vibrando em uma frequência estranha e não sabia o motivo. Quando chegamos à sala de espera, vi um casal de fisionomia carregada e logo imaginei que eram os pais de Burke. Os dois foram em direção a Lacey, e a mulher a abraçou.

— Vocês já tem alguma notícia? — ela perguntou, entre lágrimas.

— Ele está em cirurgia.

Mas não consegui ouvir o restante, porque alguém tocou em meu ombro e reconheci a voz atrás de mim.

— Indie, eu já soube do que aconteceu. Imaginei que você estaria aqui.

Era John. Percebi imediatamente as pupilas dilatadas e os olhos vermelhos dele.

— Não precisava ter vindo por minha causa.

Ele afagou meu rosto e me senti reconfortada. Aconcheguei-me na mão dele.

— Mas eu quis vir — ele disse, em tom suave. — Sabia que você iria precisar de alguém com quem conversar.

Só o fato de vê-lo ali, na minha frente, fez meus olhos se encherem d'água. Eu não tinha chorado até então. Ele me abraçou e eu me aconcheguei em seu peito, adorando sentir novamente aquele corpo forte. Era tão bom ter uma presença familiar para me confortar.

— Vamos nos sentar? — ele disse.

— Sim.

Fomos até um banco, nos sentamos e ficamos alguns instantes em silêncio. Eu precisava de tempo para organizar os pensamentos e acalmar meu coração. Por que ele tinha ido até o hospital? Ele pegou minha mão, e eu não me afastei. Ainda era bom sentir o toque de sua pele. Desde o primeiro instante de namoro aquilo me eletrizava.

— Será que ele vai ficar bem? — ele perguntou. — Eu não estava no estádio.

Encolhi os ombros.

— Não sei. Lacey perguntou se eu tinha visto alguma coisa, mas eu não vi.

— Você tentou?

— Sim, mas não consegui.

— Como acontecem essas visões?

Respirei fundo e olhei bem para ele.

— Minha mente fica vazia e eu tenho a impressão de estar olhando através de lentes telescópicas para dentro de um aquário. É uma coisa maluca.

Ele acariciou minha mão.

— Não. Não é uma coisa maluca.

— Ela me perguntou se eu conseguia ver Burke, mas eu não consegui.

— Talvez não haja o que ver neste momento.

Soltei a mão dele e me encostei no banco. De repente, meu coração começou a bater com uma velocidade assustadora. Fiquei até sem ar. Será que estava sentindo o coração de Burke?

— Ele vai viver! — eu disse. — Estou sentindo o coração dele bater.

Abaixei a cabeça e olhei para minhas mãos entrelaçadas. Estavam esbranquiçadas. Eu devia estar pálida.

— Indie — ele disse, erguendo meu queixo e me olhando de frente. — Perdoe-me por ter brigado com você daquele jeito.

— Perdoe-me por não ter lhe contado — respondi.

Ele me abraçou. O calor dele me fez parar de tremer.

— Tantas noites tive vontade de telefonar para dizer "oi" — ele disse, afagando meus cabelos e fez uma pausa, passando a mão pelos cabelos. — Especialmente... quando encontrei uma foto antiga de meu pai. Você é a única pessoa para quem eu quero mostrar.

Ele passava a mão nos cabelos sem parar. Quase segurei a mão dele para que parasse.

— Bem, está com a foto aí? — perguntei. — Lacey está ocupada, conversando com a família de Burke.

John pegou a carteira no bolso e foi falando, sem parar:

— Achei por acaso numa caixa que minha mãe tinha jogado no lixo. Ela nem sabe que eu peguei. Foi por acaso. Minhas chaves caíram nela por acidente, e, quando fui pegar, algo me fez olhar o que tinha dentro.

Só que eu não queria mais olhar a foto. Percebi o que estava para ver. Minhas mãos tremiam.

Olhei, e meu coração quase parou. Eu estava certa. Era mesmo o que eu havia imaginado. Só que agora eu não tinha a menor ideia do que fazer para ajudá-lo.

capítulo 19

— Decidi ir atrás de meu pai — disse John, mexendo nervosamente as mãos. — Preciso saber dele. Não aguento mais.

E eu não sabia o que fazer. Qualquer coisa que eu dissesse o magoaria. E sentia que ele também não acreditaria em mim, da mesma forma que Lacey não acreditou quando eu falei a ela sobre Burke. Talvez eu não devesse mesmo falar. Aquela incerteza era terrível.

— Está mais que na hora — ele continuou. — Tenho que descobrir onde ele está. Quero fazer isso por mim e por minha mãe.

"Ajudem-me", pedi em pensamento. O pai de John era o homem da foto no relicário, o homem do charuto. Será que eu era a única a saber que ele estava morto? Mas eu não tinha como resolver isso naquele momento. Eram muitos problemas ao mesmo tempo.

— John — eu disse, com a mão no braço dele —, vamos conversar sobre isso depois? Tenho que ver como Lacey está. E saber sobre Burke. Mas não vou me esquecer, está bem?

Torci para que ele não percebesse o tremor em minha voz. Ele colocou a foto de volta na carteira.

— Tem razão — disse.

Agora a sala de espera estava cheia. Os amigos de Burke não paravam de chegar. O time inteiro estava ali. Vieram assim que terminou o jogo. Ninguém comentava o resultado da partida; era um detalhe insignificante naquele momento. Respirei fundo e pensei sobre a morte. O que será que acontece depois que morremos? O pai de John tinha morrido. Mas por que a mãe dele nunca contou a ele? Burke iria viver. Tinha escapado por pouco. Ou pelo menos era o que eu achava.

"Confie em sua intuição, Indie. Assim, poderá ajudar as pessoas."

Mas será que eu tinha ajudado? Gritei, chamando a atenção de Burke. Será que tinha realmente feito diferença? Bem, se ele morresse eu saberia que não tinha ajudado mesmo. Por que algumas pessoas morriam e outras continuavam vivas?

Senti um enjoo de repente, e minha cabeça parecia girar. Por que tudo tinha que acontecer ao mesmo tempo? O acidente com Burke e John me procurando para falar do pai. Era demais para mim.

Sarah estava em um canto com alguns de nossos colegas. Acenou ao me ver, mas franziu a testa. Pelo olhar dela, percebi que era porque eu estava com John. Fui ao seu encontro, mas Lacey me interrompeu, vindo em minha direção. Deixei John um instante.

— Alguma notícia? — perguntei, pegando suas mãos.

— Ele está em cirurgia. É só o que disseram.

— Quer um chá? — perguntei, abraçando-a.

— Chá de hortelã — ela respondeu, com um meio-sorriso. — Não tomo chá de hortelã desde que paramos de nos falar — e suspirou. — Sinto tanto, Indie.

— Pare com isso. Não vamos mais falar nesse assunto.

— Foi você que me deu as asinhas de anjo, não foi?

Eu sorri.

— Obrigada — ela disse.

— Agora você precisa de um bom chá de hortelã — respondi.

John se aproximou, e eu disse:

— Vou pegar um café para você também.

Sarah continuava me olhando. Fiz sinal de que iria pegar bebidas. Ela respondeu que também queria uma.

Fui andando até a lanchonete do hospital, mas não conseguia relaxar. O lugar estava vazio, então fui até a máquina de café. Enchi dois copos descartáveis com água quente e peguei saquinhos de chá de hortelã. Depois peguei café. Lembrei-me daquela manhã na escola, quando John me trouxe café e esbarrou em minha mão. A sensação do contato da pele dele com a minha era incrível, e se repetia cada vez que ele me tocava, eu não sabia por quê. Ele mexia muito comigo. Será que voltaríamos a namorar? Alguma coisa havia mudado. Eu já não tinha mais tanta certeza se daria certo. Equilibrei os quatro copos nas mãos e fui até o balcão para pagar.

— Você tem uma bandeja descartável ou algo assim? — perguntei.

A moça, que estava de uniforme e toca de rede nos cabelos, tirando sujeira de baixo das unhas, respondeu:

— Sim. Aqui está — e me deu uma daquelas bandejas com encaixe para os copos.

Paguei e fui pegar creme e açúcar. Apoiei a bandeja no balcão, que ficava do outro lado, e aproveitei para colocar os saquinhos de chá na água quente. Mas em vez do cheiro do hortelã, senti fumaça de charuto. Se não tivesse apoiado a bandeja no balcão, provavelmente a teria derrubado. Não queria me virar para olhar. Quem sabe se continuasse ali, parada, ele fosse embora. Mas o cheiro só foi aumentando. Depois de algum tempo, eu quase não conseguia respirar. Comecei a tossir. Então ouvi um barulho estranho, como se alguém estivesse engasgado. Virei-me e meu coração quase parou. Nem consegui gritar.

O homem estava com uma faca enfiada na garganta. O sangue escorria pelo cabo, encharcando sua camiseta azul. O charuto estava aceso, caído no chão. Então minha mente se esvaziou e eu vi, pelas lentes telescópicas, uma faca de cozinha e uma maçã. Mas a visão durou apenas um segundo. Voltei a ver o homem na minha frente, segurando a garganta. Suas mãos agora estavam cobertas de sangue.

— Sei quem você é — sussurrei, com esforço.

Ele inclinou a cabeça, e eu senti sua tristeza. E sua dor. Era como se eu estivesse presa na lama, sem poder me mover. Não fazia sentido. Será que ele tinha atacado a mãe de John?

— Peça a ela que me perdoe — ele sussurrou.

— Pelo quê? — perguntei, olhando em volta para ver se ninguém estava me vendo falar sozinha.

A atendente estava do outro lado, sentada em um banquinho lendo uma revista. Nem olhou para mim.

Voltei a olhar para o homem, que continuava a sangrar. Dava para ouvir o barulho do sangue e a respiração ruidosa dele. Aquilo era horrível. Devo ter gemido ou feito algum barulho, porque a atendente se virou para mim, perguntando:

— Ei, está tudo bem com você?

— Sim, tudo bem.

— Estou vendo.... — ela disse, com expressão de tédio. E voltou a ler a revista.

Eu tinha que me livrar daquele espírito na minha frente. Pensei em passar através dele, mas aquela faca e o sangue... seria horrível. Respirei fundo e dei um passo para o lado. Ele se moveu para o lado também, e continuou na minha frente. Tentei ir para o outro lado, mas ele fez a mesma coisa.

— O que você quer? — perguntei, impaciente. — Saia da minha frente.

— Eu tinha batido nela, por isso ela me feriu. Depois cavou um buraco com uma pá e me enterrou.

— Chega! Não quero ouvir mais!

Percebendo que tinha falado muito alto, olhei para a moça. Ela já estava com o telefone na mão.

— Acho que mais uma paciente escapou da ala psiquiátrica — ela disse, olhando para mim. — Venham pegá-la antes que faça sujeira por aqui. O pessoal da limpeza já foi e não quero ter que limpar o chão.

Eu tinha que sair dali.

— Diga a ela que eu peço perdão — ele repetiu.

E desapareceu.

Saí da lanchonete de cabeça baixa e o mais rápido que pude, tomando cuidado para não derrubar os copos. Parei perto da sala de espera e me encostei na parede, tentando recuperar o fôlego. Uma faca e uma maçã. "Minha mãe corta igualzinho", John tinha dito. "Tem sempre uma faca no quarto." Não. Não era possível.

Sentei-me no chão, contra a parede, tapando os ouvidos. Eu tinha visto uma pá. E sentido cheiro de terra. Entrei em desespero. Aquilo era horrível demais.

Lembrei-me então de Burke, Lacey, John e todos na sala de espera. "Vamos, aja com naturalidade, Indie. Sua amiga precisa de você."

Eu me levantei, peguei a bandeja e fui andando pelo corredor. Quando cheguei à sala, John e Lacey estavam sentados, conversando. Respirei fundo. Meu corpo todo tremia. Era o tremor de alguém que ficou horas agonizando na neve, sozinho.

Como eu ia dizer a ele que seu pai estava morto? E que... tinha sido sua mãe...? E como eu tinha tanta certeza? Podia estar apenas tirando conclusões precipitadas.

Fui até John e Lacey e fiz sinal para Sarah. Ela veio e, antes de pegar o café, deu um abraço em Lacey.

— Disseram que ele vai ficar bem — ela disse.

— Será que perdi alguma coisa? — perguntei.

Quanto tempo eu tinha demorado? Encostei a mão nos copos. Ainda estavam quentes.

— Conseguiram suturar o corte em tempo. Ele já está na sala de recuperação.

Lacey respirava aliviada.

— Os médicos disseram que ele escapou por milagre — ela disse, pegando o chá. — Parece que deslocou o ombro na queda, mas isso agora é de menos. Provavelmente não vai poder jogar por algum tempo, mas não há perigo de comprometer a carreira.

Tomou um gole do chá.

— Obrigada, Indie — continuou. — Os médicos também disseram que, caso ele não tivesse se desviado daquela trave, poderia ter sido muito pior.

Sarah me cutucou com o cotovelo.

— Mas como fica a situação dele no hóquei? — perguntou John, tomando o café.

— Pittsburgh — disparei. — Eles querem contratá-lo.

Lacey balançou a cabeça, sorrindo.

— Senti muito sua falta, Indie.

— Eu também.

Sarah tomou um gole do café e fez careta:

— Isto aqui está horrível — e, olhando para o relógio. — Tenho que ir, já passa da meia-noite. Vamos, Indie?

Eu já ia dizer que sim, mas John foi mais rápido.

— Pode deixar. Eu levo Indie.

Sarah olhou para mim, querendo me fazer mudar de ideia. Toquei de leve o braço dela.

— Obrigada, Sarah. Eu posso ir com John.

Ela pegou as chaves e foi andando, mas, antes de sair, disse em voz alta:

— Bem, nos vemos no ensaio, então.

Claro, o comentário era mais para John do que para mim.

Olhei para ele e disse:

— Se quiser ir, estou pronta.

Dei um longo abraço em Lacey antes de sair. Era muito bom saber que éramos amigas novamente.

No caminho até o carro, olhei para John. Ele parecia agitado. No hospital, tinha me tratado como o John que eu conhecia, mas agora estava tenso. Eu ainda estava abalada por ter visto o pai dele e não sabia o que fazer. Não queria ter que dar aquela notícia. Não queria. Quem sabe ele não acabaria descobrindo sozinho caso fosse atrás de informações?

John exercia uma espécie de fascínio sobre mim. Isso não era bom. Eu não sabia exatamente como, mas me sentia atraída por ele novamente. Seria carência? Seguimos em silêncio um bom tempo até que ele disse:

— Que bom que Burke está bem.

— Sim, com certeza.

— Ele vai ser um grande astro do hóquei. Tem uma bela carreira pela frente. E boas notas. Além do mais... namora a menina mais bonita da escola, apesar de poder ter qualquer uma que quiser.

Aquilo me deixou ainda mais tensa. Olhei pela janela. Ele devia estar se referindo a Amber. Tinha dito aquilo só para me magoar? Que outro motivo teria em um momento como aquele? Não havia problema em elogiar Lacey, que era minha amiga e realmente a garota mais bonita da escola. Mas Amber? O comentário me incomodou. Ele não me achava bonita também? Só tinha dito uma vez, e no Natal. Abri a janela para tomar um pouco de ar. O vento em meu rosto ajudou a me acalmar. Mas por que eu estava preocupada com o que John achava sobre minha aparência depois de uma noite como aquela? "Esqueça isso, Indie. Simplesmente ignore", pensei.

Ele continuou a falar, obviamente sem perceber meu silêncio ou que eu tinha ficado magoada com o comentário.

— O cara tem muita sorte. Podia ter ficado paralítico.

Bem, talvez eu tivesse mesmo ajudado Burke. A vida valia a pena se eu pudesse ajudar as pessoas.

— Conversei com um rapaz em uma cadeira de rodas um dia, na ponte Billings, e ele me pareceu viver bem — eu disse. — Talvez Burke pudesse atuar na área de esportes de outra maneira, não apenas como jogador. Ou mesmo encontrar a cura com algum novo tipo de tratamento.

Eu sabia que estava jogando conversa fora, mas não conseguia parar.

Ele olhou de lado para mim e disse, de um jeito engraçado:

— Eu estava imaginando... se você ainda gostaria de ir ao baile de formatura comigo.

Meu coração bateu mais rápido.

— Sim, claro. Gostaria — respondi imediatamente.

— Que bom. Eu também.

Ele olhou para a estrada e depois para mim novamente. Nossos olhares se cruzaram, ele sorriu e meu corpo se aqueceu.

Olhou para a frente e colocou a mão em meu joelho. Senti a corrente elétrica se espalhando em minha pele. O que ele tinha que me fazia reagir daquele jeito? Como conseguia me controlar com um simples toque? Porém, naquele momento senti algo mais. John estava distante, falando sem parar... e seus olhos continuavam vermelhos. Eu sabia que ele estava chapado, só não queria admitir. Ele tirou a mão do meu joelho e colocou atrás de mim, no encosto, acariciando de leve minha nuca.

Eu tinha tanta coisa para dizer. Mas como iria contar a ele uma coisa tão grave sobre seus pais? Nem sabia como tocar no assunto. Minha garganta parecia se fechar só de pensar. Como eu iria fazer?

"Você tem que aprender quando deve e quando não deve falar. Algumas pessoas têm que descobrir as coisas por si mesmas", disse a voz masculina em minha mente. "Não se pode sempre salvar as pessoas, mas se pode ajudar."

Será que aquelas eram mesmo palavras de sabedoria?

"Não sei o que fazer", pensei.

"Tenha paciência. Na hora certa você irá dizer."

Eu tinha alertado Burke naquela noite, e provavelmente salvado sua vida. Mas não tinha ajudado Nathan.

"Talvez porque você não soubesse como ajudá-lo."

— Quer sair amanhã? — John perguntou.

— Não posso — respondi e fiz uma pausa. — Tenho ensaio com a banda. Vão me deixar cantar uma música no show.

— Está falando sério? — era aquele tom de acusação novamente. O tom que eu conhecia bem.

Olhei para ele.

— Sim, estou — respondi com firmeza, como se a pergunta fosse ridícula.

Ele franziu a testa e balançou a cabeça.

— Que absurdo, Indie. Já é hora de crescer.

— Você nem conhece a banda. Nunca foi a um ensaio.

— Ah, não me peça para ir assistir a essa palhaçada.

— Não vou, pode ficar tranquilo.

Ele esmurrou a direção do carro, agitado, e parou de repente no acostamento. Pegou meu braço com força.

— Não quero você nessa banda.

Puxei o braço, arrancando-o da mão dele.

— Solte. Está me machucando.

Ele parou imediatamente, percebendo o que tinha feito.

— Desculpe-me, de verdade — sussurrou, abaixando a cabeça. — Essa história com meu pai está me deixando maluco.

Tive vontade de abraçá-lo, de dizer que tudo ia ficar bem e que eu iria ajudá-lo. Mas em vez disso respondi calmamente:

— Isso não é desculpa, John.

Ele me olhou.

— Ah, Indie. Não machuquei você. Só peguei em seu braço.

— Quero ir para casa.

Ele ligou o carro e saiu acelerando em alta velocidade. Eu me segurei na porta e olhei para a frente. Por que fui aceitar a carona dele?

Quando chegamos, eu ia sair, mas ele pegou minha mão. Olhei bem em seus olhos.

— Indie, me perdoe. Pode me ajudar a encontrar meu pai?

— John, não sei bem como lhe dizer, mas seu pai não está mais vivo.

Aquilo saiu sem querer. E, para dizer a verdade, eu daria qualquer coisa para não ter dito. A dor no rosto dele foi terrível. Eu não conseguia suportar. Abaixei a cabeça. Meu coração estava em pedaços. Eu sentia a dor dele vibrando em meu corpo inteiro.

— Não está mais vivo? — ele perguntou, aturdido.

Balancei a cabeça.

Ele começou a esmurrar o volante, gritando e xingando. Eu só observei, quieta. Deixei que ele desabafasse e, depois de um bom tempo, coloquei a mão sobre a dele. John parou, se debruçou sobre o volante e chorou, desesperado.

— Sou exatamente como ele. Machuquei você, da mesma maneira que ele fazia com minha mãe.

Não respondi. Não iria dizer a ele que estava tudo bem, porque não estava. Só me aproximei, coloquei os braços ao redor dele e encostei a cabeça em seu ombro. Deixei que chorasse até não ter mais lágrimas. Então ele se virou, me envolveu em seus braços e eu também o abracei. Depois de algum tempo, ele ergueu meu queixo e olhou bem em meus olhos.

— Como ele morreu?

Sem pensar, respondi:

— Isso você terá que perguntar à sua mãe.

capítulo 20

As rosas se abriram e seu perfume se espalhou pelo ar. Nathan estava nadando em um grande lago, usando um colete salva-vidas vermelho.

— Veja, Indie — ele gritou. — Consigo nadar.

Uma mulher usando um casaco vermelho entrou patinando no lago, que agora tinha se transformado em gelo. Enquanto ela patinava, Nathan tocava violino; as notas ecoando na bela paisagem. Ele ainda estava com o colete.

— Você vai fazer muito sucesso em sua apresentação — ele disse.

A mulher fez uma manobra perfeita de patinação de hóquei e, de repente, não era mais ela, e sim Burke, usando o uniforme preto e dourado dos Pittsburgh Penguins.

— Obrigado, Indie. Você salvou minha vida — ele disse, com seu sorriso perfeito, e foi se afastando.

Mas antes de desaparecer se transformou em uma mulher de casaco azul, que saiu andando de mãos dadas com uma criança. Nathan continuava a tocar.

O rádio relógio tocou, eu estiquei a mão, desliguei e espiei para ver que horas eram. Tinha uma hora para me arrumar. Sentei-me e balancei a cabeça. Que sonho estranho. Sentindo o meu movimento, Cedar se sentou, começou a lamber a pata e olhou para mim.

— Desculpe-me. Acordei você — eu disse.

Nathan tinha vindo me dizer que estaria comigo em espírito. Era bem o estilo dele. Lembrou-se de que eu ia fazer uma apresentação.

— Obrigada, Nathan — agradeci. — Você disse mesmo que não iria perder meu show.

"Eu disse que iria." Praticamente ouvi a resposta.

Mas agora não era hora de pensar no sonho. Eu tinha que ir para o abrigo de animais. Hoje seria a grande estreia das Bad Girls. E eu ainda tinha que tomar banho, ajeitar os cabelos e ensaiar minha música. Decidi que iria mais cedo para ajudar as meninas a preparar tudo e assistir a elas tocando as quatro músicas. A minha seria no final.

— Seu pai e eu vamos assistir — disse minha mãe, enquanto tomávamos café. — Quer que a levemos?

— Não precisa — eu respondi, tomando um copo de suco de laranja. — Lacey vai me levar.

— Estou tão contente por vocês terem reatado a amizade.

— E eu mais ainda — respondi sorrindo.

Lacey buzinou lá fora. Dei um beijo em minha mãe, peguei a guitarra e saí.

Assim que entrei no carro, vi que ela estava usando a correntinha de prata. Tinha aceitado de volta, feliz. Acho que não tirava mais do pescoço desde que a devolvi. Fiquei em silêncio enquanto ela dava ré e fazia a manobra para sair. Ela detestava manobrar.

Então perguntou:

— John vai também?

Eu ri.

— Duvido muito.

— Vocês terminaram mesmo? Vi que estavam conversando outro dia na escola.

— Sim, terminamos. E vocês?

— Pois é. Terminamos também. Eu ia esperar até ele se recuperar totalmente, mas consegui uma bolsa de estudos na Queens. E eles me querem no time de vôlei.

— Isso é fantástico — eu disse. — Mas o que Burke disse?

— Não gostou, é claro. Disse que preferia que eu continuasse sendo sua "namorada de hóquei". Acho que nós dois precisamos de um tempo. Talvez no futuro até voltemos. Quem sabe? E você? Acha que algum dia irá voltar com John?

— Não sei. Ele tem muito que mudar, e eu também. Mas me conte mais sobre a Queens.

— Nossa, estou tão contente! É uma escola muito boa. Vou até lá para conhecer o *campus* na semana que vem. E você? Quais são seus planos para o ano que vem? — ela quis saber.

Olhei para fora e vi as árvores à beira da estrada, passando rápido. Minha vida também era assim: tudo de passagem, sem direção certa. Em pouco tempo aquelas árvores teriam folhas e flores, enfeitando o mundo. E quanto a mim? Que destino teria? Olhei para Lacey e ergui os ombros.

— Não faço a menor ideia. Talvez arrume um emprego e vá morar em Glebe, ou viajar... Não sei.

Liguei o rádio, fingi estar com um microfone na mão e fui cantando com a música. Lacey começou a rir e eu continuei.

— Também posso estrelar em uma banda de *rock*.

— Em qualquer coisa que você decida investir, tenho certeza de que vai se dar bem. Jamais desista de ser a pessoa que é — ela disse, erguendo a mão. — Promete?

— Prometo — eu disse, batendo a mão espalmada na dela.

Mas será que conseguiria cumprir a promessa? Nem tinha muita ideia de quem eu era. Será que com minhas visões eu poderia ajudar as pessoas? Até agora tinha saído quase tudo errado.

— Estou tão animada com o seu show, Indie.

— Mas eu estou bem nervosa — respondi, o estômago já revirando.

— Imagine. Você vai arrasar.

Mais de cem pessoas foram assistir ao show. Sentei-me no fundo da plateia para ver as meninas tocar. Estavam perfeitas. Uma apresentação incrível. Tinham conseguido dinheiro para comprar um bom microfone, e a voz rouca de Sarah estava maravilhosa, combinando perfeitamente com as músicas; todas agitadas e de ritmo contagiante. Algumas crianças foram dançar na frente do palco, o que deu um charme ainda mais especial à apresentação. Eu estava tão concentrada, assistindo ao show, que só percebi a mulher ao meu lado quando ela disse:

— Buddy, pare.

Olhei para baixo, e lá estava um cãozinho lindo, pulando à minha frente e abanando o rabo, alegre. A mulher puxou a guia.

— Peço desculpas — ela disse. — Eu o tirei aqui do abrigo ontem.

Olhei para ele e o reconheci. Era o cãozinho que eu tinha visto naquele dia, no Denny's. Imediatamente me ajoelhei e o abracei.

— Eu sei quem você é, coisa linda.

Ele lambeu meu rosto, e eu comecei a rir. Os olhos dele não estavam mais tristes. Agora ele tinha um lar. A mulher foi para o outro lado, e ele a acompanhou, feliz da vida.

Nesse instante Sarah terminou a quarta música e fez sinal para eu subir no palco.

— Tomara que você quebre uma perna — ela sussurrou em meu ouvido, quando subi; uma maneira de os artistas se desejarem boa sorte.

Senti meu estômago revirar. Mas me lembrei de Nathan dizendo que eu era como uma borboleta, livre para voar.

Peguei a guitarra, coloquei a tira no ombro e a ajeitei para ficar bem confortável. Olhei para frente e vi meus pais, ao lado de Brian e Lacey, sentados logo à frente. Nada de John. Fizemos a introdução, peguei o microfone e comecei a cantar. As palavras fluíam sem esforço. Como sempre, eu estava cantando para John. Mas, em algum momento da música, percebi que não era mais para ele. Estava cantando para mim mesma. E era isso o que realmente importava. Cada passo, cada respiração do meu corpo, era para me manter viva e seguindo em frente. Se eu estava no mundo, era por algum motivo. E eu tinha a capacidade de fazer e construir algo, mesmo que ainda não soubesse o que poderia ser.

"Muito em breve", ecoou uma voz suave em minha mente. "Muito em breve você irá descobrir."

perguntas e respostas

Embora seja um romance de ficção, *O segredo de Indie* baseia-se nas experiências de vida de Tara Taylor. Para tornar mais claros alguns pontos da obra, Lorna pediu a ela que respondesse a algumas perguntas sobre a personalidade de Indie.

Lorna: *Indie ouve, vê e sente coisas que os outros não conseguem sentir ou captar. O que isso significa?*

Tara: Há quatro maneiras diferentes de trabalhar com dons ou habilidades de sensitivo. Prefiro o termo *habilidades*, pois dom, para mim, soa como algo que somente pessoas muito especiais possuem. Sou um ser humano como qualquer outro, só que um pouco diferente, o que, aliás, é uma característica que torna todos os seres humanos especiais. Como sensitiva, nasci com a habilidade de ver e ouvir o que muitas pessoas não veem ou ouvem. Mas todos nascem com ao menos uma das habilidades. E eu fui desenvolvendo e trabalhando cada uma delas ao longo da vida e hoje tento ajudar as pessoas a seguir o mesmo caminho. Em *O segredo de Indie,* Indie tem as quatro habilidades, o que foi proposital para mostrar como elas funcionam. Porém, as mais fortes nela são a da visão e da audição.

Para tornar mais claro o conceito, vamos tratar em separado cada uma delas:

Clarividência: é o tipo de intuição que permite "ver" mensagens, tanto fisicamente quanto por quadros mentais ou imagens rápidas. Muitas pessoas com essa habilidade são chamadas "videntes". Edgar Cayce era uma delas, assim como minha bisavó, que é mencionada no livro. E eu também. No decorrer da história são apresentados vários exemplos de como Indie vê as coisas. É sua habilidade mais desenvolvida. Às vezes, ela vê cenas e às vezes imagens soltas. Vê Burke e Amber em uma ocasião ou, em um momento diferente, apenas um coração vermelho. Uma visão é bem específica, enquanto a outra é um símbolo que ela tem que decodificar. Parte de meu trabalho como sensitiva é permitir que todas as imagens cheguem à minha mente e tentar descobrir como elas se aplicam.

Clariaudiência: é o tipo de intuição que permite "ouvir" uma mensagem ou uma resposta. No livro, Indie ouve uma voz dizendo "Curtis" e entende que algo tinha acontecido com seu primo. E também ouve batidas de coração quando a mulher está tendo um ataque cardíaco. Ou a voz do homem dizendo que havia uma mulher no carro parado na estrada. São vários exemplos de clariaudiência.

Clarisciência: é o tipo de intuição que permite "sentir" uma situação. O sensitivo sente o que a outra pessoa está sentindo. Indie sente uma dor aguda no peito ou no coração quando alguém próximo dela está sofrendo. Isso não significa que o sensitivo tenha problemas cardíacos; apenas mais sensibilidade. Ela sente a dor da mulher que está tendo um ataque cardíaco e ouve as batidas de seu coração. Quando segura o relicário, tem a impressão de que ele lhe queima a mão, uma indicação de que há algo errado com aquele objeto e com a mãe de John. Sente também um chute no encosto do banco no ônibus quando está com Nathan, indicação de que ele iria ser empurrado.

Claricognição: é o tipo de intuição que permite "saber" que algo vai acontecer. O sensitivo tem conhecimento do fato, embora não tenha provas. Indie sabe que John tem ou irá ter algo com Amber, mas não tem como confirmar. Também sabe que Lacey irá ficar zangada com ela e culpá-la e por isso não quer lhe dizer o que vê. Essa é a habilidade de Indie menos explorada no livro.

Explicados esses conceitos, imagine um botão regulador de volume ou de frequência em um aparelho com números indicando o valor crescente. Eu nasci com uma frequência dez, enquanto pessoas com apenas uma das habilidades intuitivas nascem com frequência cinco. O meu caso é aquele a que se pode chamar "hipersensitivo", descrito pela dra. Z no livro.

Apenas por curiosidade, releia as categorias que acabei de descrever e, nos próximos dias ou semanas, preste atenção ao que você fala e como sente as coisas. Isso pode lhe dar pistas das habilidades que possui. Por exemplo: quando estou explicando alguma coisa, costumo dizer às pessoas frases do tipo "Consegue ver o que estou dizendo?". Eu me expresso assim porque sou clarividente. Mas alguém pode dizer "Ouve o que estou dizendo?". Trata-se, provavelmente, de uma pessoa que tem clariaudiência. E outra pode perguntar "Como você se sente com relação a isso?". É o caso de quem tem clarisciência. Há também aquela que pergunta "Sabe o que estou dizendo?", o que indica claricognição.

Lorna: *Por que Indie tem visões mais intensas quando toca as pessoas ou objetos?*

Tara: Quando eu era criança, não tinha muita certeza e não confiava totalmente naquilo que via. O toque me permitia usar mais uma habilidade para confirmar as informações. À medida que nos tornamos mais familiarizados com nossas habilidades e começamos a utilizá-las com mais frequência, passamos a confiar nas informações que recebemos sem questionar tanto. Assim como Indie, quando criança eu não confiava, e por isso precisava usar mais de uma habilidade ao mesmo tempo. Meu mentor (o segundo livro explica mais sobre isso) me ensinou como utilizar melhor minhas habilidades e como trabalhar com elas individualmente, dependendo da situação.

Lorna: *O que é aquela pulsação que Indie sente no meio da testa, entre as sobrancelhas, quando está prestes a ter uma visão?*

Tara: Ela sente a pulsação no ponto chamado "terceiro olho". É o canal através do qual o sensitivo tem as visões. No Oriente, o terceiro olho é considerado um chacra, que permite a um sensitivo como eu ver e prever eventos futuros ou visualizar situações do passado. Quando isso acontece comigo, é como se alguém estivesse pressionando o dedo contra minha testa, causando uma pulsação. Experimente colocar o dedão entre as sobrancelhas e pressionar por alguns instantes. No meu caso é uma sensação bastante forte, a ponto de fazer minha cabeça latejar. Depois é como se uma cortina se abrisse e começo a ver cenas ou imagens em minha mente. Costumo dizer que o terceiro olho é o portal que nos permite ver os eventos com mais clareza.

Lorna: *Por que Indie teve úlcera quando criança?*

Tara: Ela não nasceu com a habilidade de clarisciência totalmente desenvolvida. Assim como ela, quando eu era criança, via e ouvia as coisas, mas, como a clarisciência não era minha habilidade principal, eu não sabia utilizá-la. Eu absorvia tanta energia que ela acabava presa em meu corpo sem que eu soubesse como liberar. E isso acabou se manifestando na forma de doença. Emoções reprimidas podem fazer com que o corpo adoeça. Gripes, resfriados, dores de garganta, herpes ou qualquer doença recorrente normalmente é resultado de emoções não liberadas. No meu caso, o resultado foi uma úlcera. Além do mais, como eu era muito tímida e fechada, deixava que a energia absorvida permanecesse em meu corpo. Não sabia que era preciso liberá-la. Tinha sentimentos estranhos, mas não os entendia: então, acabava ficando doente com tudo o que se acumulava em mim. Com o passar dos anos fui aprendendo a me proteger. Por exemplo: de manhã, quando estou no banho, deixo a água correr sobre meu corpo, fecho os olhos e imagino uma espiral de luz branca descendo junto com ela. Para facilitar, imagino o movimento dessa luz como o movimento daquelas máquinas italianas de sorvete, em que a massa gelada sai girando em espiral e preenchendo a casquinha. Sempre escolho imagens agradáveis! Adoro a maneira como o sorvete vai descendo em espiral e se encaixa suavemente no cone. Deixo a espiral de luz circular ao redor do meu corpo, da cabeça aos pés. Assim que ela me envolve por inteiro, digo mentalmente: "Estou protegida pela luz branca". Outra imagem que uso também é a de uma bolha branca. É o mesmo processo da espiral, e ao final digo a mesma frase. Claro, cada pessoa tem seu próprio método, que descobre aos poucos, com a prática. Mas todos nós precisamos dessa luz, pois interagimos o tempo todo, tanto cedendo quanto sugando energia das pessoas. É importante, então, estarmos equilibrados para que isso não nos afete. A proteção nos ajuda a manter o equilíbrio e a saúde. Quando mentalizo a luz durante o banho, me sinto protegida. Mas é importante dizer: esse tipo de proteção normalmente dura apenas um dia. Por isso a renovo todas as manhãs.

Lorna: *Quais as características comuns entre Indie e Edgar Cayce?*

Tara: Ambos são sensitivos. O único detalhe é que, na época de Cayce, os sensitivos eram chamados de videntes. E tanto Indie quanto ele nasceram com seus dons; não tiveram que passar por experiências de quase morte ou algo parecido para ativar suas habilidades. Muitas pessoas só as desenvolvem ao passar por algum tipo de situação que modifica radicalmente suas vidas. No filme *Além da Vida* (com Matt Damon), o personagem tem uma experiência de quase morte e muita verdade é mostrada. Nesse aspecto, o filme é bem real e houve pesquisa por parte dos produtores. Mas voltando à questão de Edgar Cayce e Indie, a característica principal é que os dois já nasceram com as habilidades.

Lorna: *Indie menciona o tempo todo sobre alguém que conversa com ela mentalmente. Quem é essa pessoa?*

Tara: Bem, isso será explicado no segundo volume, mas já posso adiantar. Todos temos uma equipe divina que trabalha a nosso favor. É uma espécie de "comitiva" que cuida de nós em todos os momentos (até enquanto estamos tomando banho). Pode rir, é engraçado mesmo, mas a verdade é que jamais estamos sozinhos. E não é preciso ter medo, pois as energias ao nosso redor estão presentes para nos ajudar a cumprir as tarefas que viemos realizar neste mundo. Essa equipe tem um líder, que é nosso guia espiritual. E é o guia espiritual de Indie quem fala mentalmente com ela. O segundo livro o descreve com mais detalhe. Ele é, na verdade, o meu guia espiritual.

Lorna: *Indie deseja morrer, mas lhe dizem que ela tem que continuar neste mundo e atingir seu propósito de vida. O que é isso exatamente?*

Tara: Estamos todos aqui por um motivo. Não existem coincidências. O objetivo de nossa existência na Terra é o desenvolvimento de nossa alma. Algumas pessoas, por medo ou por crenças limitadoras, se recusam a deixar que esse processo ocorra. Mas todos viemos com uma tarefa, que é nosso propósito de vida. E essa tarefa pode ser algo complexo ou simples, como ser um bom amigo, um bom filho ou ser médico. E o suicídio jamais é uma opção. O que as pessoas não entendem é que tirar a vida é como romper um contrato antecipadamente. A tarefa a ser realizada ainda não foi cumprida. Podemos até cruzar os portais de luz, mas não nos será permitido permanecer do outro lado por muito tempo. Seremos enviados de volta à Terra e colocados na mesma situação da qual fugimos, só que com pais diferentes e talvez até em outra cidade ou país. Mas a experiência será a mesma ou até pior. Por isso não me canso de repetir: o suicídio não é uma opção. Se você pensa em se matar, procure ajuda e peça também à sua equipe divina, que sempre está ao seu lado e pode orientá-lo direta ou indiretamente. Assim como Indie, eu também já estive em situações desesperadoras e pensei em morrer. Todos podemos passar por isso. Mas sou o exemplo vivo de que tudo passa nesta vida. Acredite em mim quando digo que há sempre uma luz no fim do túnel.

Lorna: *Indie menciona "Vibrar em uma frequência diferente da maioria das pessoas". O que isso quer dizer?*

Tara: Quando fala de "vibrar em um nível diferente", Indie está se referindo ao fato de que sua consciência (assim como a minha) está conectada ao outro lado. Somos todos feitos de energia. Se pudéssemos nos conectar todos a um corpo só, a energia seria tão grande que iluminaria uma cidade inteira. Somos compostos de estática e de eletricidade. É isso que nos faz vibrar e nos mantém em constante movimento.

Lorna: *Como Indie consegue dormir 17 horas ininterruptas?*

Tara: Muito simples. Ela é adolescente. Mas, falando sério, há outros motivos. Indie se sente tão drenada energética e emocionalmente que entra em um estado semelhante ao de coma, dormindo por longos períodos. Isso acontecia comigo também.

O fato de não saber se proteger faz com que ela acabe exaurida, e dormir é a forma que nosso corpo tem de recuperar energia.

Lorna: *Por que Indie fuma?*

Tara: Quero deixar bem claro a todos: NÃO FUMEM! É algo que faz muito mal. Indie fuma, e eu também fumava na idade dela. Era algo que me ajudava a conhecer pessoas, e eu achava que me fazia sentir um ser humano normal. Mas fumar acabava me fazendo sentir pior. É um ato ligado mais ao fato de não sabermos nos proteger. Por estar aberta às energias, eu sentia necessidade de recorrer a algo que me entorpecesse de alguma forma para não sentir tanto as emoções das pessoas ao meu redor. As toxinas entorpecem o organismo.

Lorna: *Por que o* halloween *tem um efeito tão intenso sobre Indie? E o Natal? Por que são efeitos diferentes?*

Tara: As energias durante essas épocas de celebração são muito altas ou muito baixas e afetam a todos de certa maneira. Só que os sensitivos são os que mais sentem. O Natal está relacionado à doação e à troca, o que eleva o nível vibratório das pessoas. Indie se sente hiperanimada e plena de energia. Já o *halloween* envolve a questão do medo, das fantasias, dos mitos etc. E isso abaixa o nível vibratório. Mas ela se sente confusa, pois gosta do lado festivo da data e ao mesmo tempo percebe que as pessoas estão concentradas em coisas que as fazem ter medo. Seus níveis de energia caem drasticamente na noite de *halloween,* porque o véu que divide este mundo e o outro fica bem mais tênue. É uma noite em que muitas pessoas têm contato com o outro lado. E o clima da festividade acaba transformando tudo em uma mistura de medo e fascínio. Hoje, que sou mais velha e sábia (bem que gostaria de ser sábia), o *halloween* não é mais como um filme de terror, pois sei me proteger e aprendi que não há motivo para temer.

sobre as autoras

Tara Taylor é uma escritora canadense, orientadora psicológica, espiritual e palestrante internacionalmente reconhecida, entrevistada com frequência em programas de televisão, rádio e jornais. Atende pessoas de todas as idades, orientando e auxiliando com questões como mediunidade ou habilidade de clarividência, e aos familiares, que nem sempre entendem ou se sentem à vontade para lidar com quem tem esse dom. Tara é presidente e CEO das instituições Whitelight Wellness e Sacred Space, no Canadá, e cofundadora da organização Just Say Yes, pela qual ministra seminários. Cursou religiões, teologia e aconselhamento pastoral na St. Paul University, é Mestre/Instrutora de Integrated Energy Therapy® e Master de Reiki Tibetano (linha Usui). Participou da criação da obra *best-seller* da Amazon, *Manifest Success: The Ultimate Guide to Creating the Life of Your Dreams.*

Seus sites:

www.tarataylor.ca

www.throughindigoseyes.com

Lorna Shultz Nicholson, escritora e jornalista canadense, foi repórter e apresentadora de TV e rádio, atriz em teatro comunitário, coordenadora de atividades físicas e treinadora de remo. Atualmente, dedica-se em tempo integral à atividade de escritora de livros de ficção e não ficção. A lista de obras inclui livros de ilustração para crianças, literatura escolar, ficção para jovens e adultos e esportes para todas as idades. Mais de 20 de seus títulos receberam prêmios, entre eles Roughing (Lorimer, 2004) e Northern Star (Lorimer, 2006), os quais foram indicados para o Red Cedar Award, o Golden Eagle Award e o Diamond Willow Award. Seu livro sobre os Jogos Olímpicos de 2010, *Home Ice* (Fenn, 2009), esteve na listagem de *best-sellers* dos jornais *Globe* e *Mail* durante vários meses e bateu recordes de venda durante os Jogos Olímpicos de Vancouver de 2010.

Lorna mora uma parte do ano em Calgary e outra parte em Penticton. Ela e o marido dividem o espaço com dois cães: o pitoresco *golden retriever* Snowball e a pequena e graciosa Molly, da raça *bichon shih tzu*.

Seus sites:

www.lornaschultznicholson.com

www.throughindigoseyes.com

O livro que encantou milhares de fãs pela Europa, agora no Brasil.

Prêmios Vencedores

- Le Prix Imaginales para melhor romance em tradução (2010)

- Alex Award da American Library Association (2001)

Finalista

- Aurealis Awards, reconhecendo as conquistas dos escritores australianos da ficção científica e fantasia (1999)

- RWA (Romance Escritores Austrália) (2000)

ISBN: 978-85-88477-87-1

Páginas: 608

Formato: 16x23 cm

Passada no crepúsculo celta da velha Irlanda, quando o mito era lei e a magia uma força da natureza, esta é a história de Sorcha, a sétima filha de um sétimo filho, o soturno Lorde Colum, e dos seus seis amados irmãos, vítimas de uma terrível maldição que somente Sorcha é capaz de quebrar. Em sua difícil tarefa, imposta pelos Seres da Floresta, a jovem se vê dividida entre o dever, que significa a quebra do encantamento que aprisiona seus irmãos, e um amor cada vez mais forte, e proibido, pelo guerreiro que lhe prometeu proteção.

Numa terra moldada pela magia, só uma coisa é impossível: deixar de ler este livro.

VENCEDOR do AUREALIS AWARD

MELHOR LIVRO DE FANTASIA

Vencedor do prêmio Aurealis Award de melhor livro de fantasia(2000)

ISBN: 978-85-88477-99-5
Páginas: 608
Formato: 16x23 cm

Esta é a história da jovem Liadan, que, tal como a sua mãe, Sorcha, herdou a habilidade de falar com os espíritos da floresta, os quais lhe segredam que ela deve permanecer, em Sevenwaters, se quiser que as ilhas Sagradas sejam retomadas dos bretões.

A Irlanda está em guerra, e um misterioso homem é temido, reconhecido como um mercenário feroz. Assim como sua mãe no passado, ela é capturada e sente-se cada vez mais atraída pelo ser das sombras, apesar de saber da maldição da profecia que os Seres da Floresta lhe preveniram...

A batalha de Sevenwaters e o destino da humanidade estão em suas mãos!

Lançamento

Finalista
Prêmios Aurealis Awards, reconhecendo escritores australiano nas categorias de ficção científica e fantasia (2001)

ISBN: 978-85-8303-005-8
Páginas: 640
Formato: 16x23 cm

Fainne é criada pelo pai, Ciarán, em uma terra distante. Mas ao se tornar adolescente é visitada pela avó, a malévola feiticeira Lady Oonagh, que a obriga a embarcar em uma terrível missão: infiltrar-se na família, em Sevenwaters, e impedir que seu tio Sean e seus aliados reconquistem as Ilhas sagradas, invadidas há gerações pelos escandinavos. Educada pelo pai usando seus dons de magia para o bem, ela agora se vê forçada a usar de artimanhas e maldades para atingir os objetivos de vingança de sua avó.

Outros livros da coleção Sevenwaters

- Herdeiro de Sevenwaters
- Vidente de Sevenwaters
- Chama de Sevenwaters

Juliet Marillier

Nasceu em Dunedin, na Nova Zelândia, uma cidade com fortes tradições escocesas que a influenciaram profundamente. Graduou-se em Linguística e Música na Universidade de Otago e tem uma carreira variada que inclui o ensino, a interpretação musical e o trabalho em agências governamentais. Sua famosa trilogia *Sevenwaters, Filha da Floresta, Filho das Sombras* e *Filha da Profecia*, publicada no Brasil pela Butterfly Editora, ganhou vários prêmios internacionais e a Juliet foi aclamada como a sucessora de Marion Zimmer Bradley, autora da famosa série literária *As brumas de Avalon.*